雨心中

唯川　恵

集英社文庫

目次

雨心中

第一章　降り暮らす

雨が降ると、芳子（よしこ）はいつも山吹（やまぶき）の花を思い出す。八王子（はちおうじ）にある養護施設の庭の一角に植えられていた八重（やえ）山吹だ。六歳の年、施設に連れて来られた日、雨に打たれて小刻みに枝を震わせている八重山吹を見た。まるで手負いの小動物のように、うなだれ、打ちひしがれていた。

もちろん雨ばかりの花を見ていたわけではない。十五歳で施設を出るまでの九年間、毎年、眩（まぶ）しい初夏の中で、鮮やかに黄色い花が咲き誇っていたはずである。それなのに芳子の記憶の中ではいつも雨に打たれている。八重山吹には雨がよく似合う。

朝七時。いつものように芳子は朝食の支度をしている。２Ｋの古いアパートの台所は少し饐（す）えた匂いがする。どこをどう磨いてもその匂いが消えないのは、たぶんこのアパートの体臭のようなものなのだろう。ふと顔を上げると、窓の向こうを山吹と同じ黄色い傘を手にした小学生たちが駆けて行くのが見えた。

「周ちゃん、そろそろ時間じゃないの、起きなさい」

芳子は振り向き、声を掛けた。もちろんそれぐらいで起きるはずもない。仕方なく奥に続く部屋の襖戸まで行った。半分開けて顔を覗かすと、くしゃくしゃになった掛け布団の端から、周也のTシャツとチェック柄のトランクスが見えた。

「ほら、周ちゃんったら」

「行きたくない」

周也は枕に顔を埋めたまま、くぐもった声で答えた。

「またそんなこと言って」

芳子は小さく息を吐き、周也の枕元に座り込んだ。

「休んだら主任さんに叱られるでしょう。もうご飯もできてるし、ね、起きて一緒に食べよう」

それでも周也は駄々っ子のように、いやいやと首を振る。

「行かないったら、行かない」

「周ちゃんたら……」

「だってあの主任、俺を目の敵にしてるんだ。何やってもケチばっかりつけてさ。俺が施設出身だってバカにしてるんだよ。あんなところで働くのはもういやだ」

「そんな我儘言わないの。いやな人なんてどこにもいるものよ。何を言われても知らんいるんだから」
顔して聞き流しておけばいいの。一生懸命仕事をすれば、ちゃんと見ていてくれる人も
　それでも周也は意地になったように顔を上げようとしない。二十一歳にもなったとい
うのに、その様子は小さい頃と少しも変わりない。甘えん坊で寂しがりやのくせに、周
也は妙なところでひどく強情になる。
　三ヵ月ほど前から、周也は上野にある激安電器店に勤め始めた。もう何度目の働き口
だろう。居酒屋に土木作業員に洋服屋に水商売、胡散臭いキャッチセールスや怪しげな
商法に手を出したこともある。今の仕事には張り切って出掛けていたので、今度こそは
落ち着いてくれるものと期待していたが、ここ最近、周也はことあるごとに主任の愚痴
をこぼすようになっていた。
「あれくらいの給料をもらうために、あんなちんけな奴にこき使われるなんて割に合わ
ないよ」
「そんなこと言わないの。わかったから、とにかく今日一日、せめて今日一日だけは行
ってちょうだい。それでどうしても駄目ならまた考えましょう」
　周也がようやく顔を上げた。左頬に枕カバーの跡が筋になってついている。
「辞めていいの？」
「いいなんて言ってないでしょ。考えましょうって言ったの」

芳子は立って、台所に戻った。

「お味噌汁はなめことお豆腐よ。周ちゃん、好きでしょ。さあ早く起きて、顔を洗って」

周也はしぶしぶ起き上がり、トイレに入って用を足し、それからトイレ横の洗面台で顔を洗って小さな卓袱台の前に腰を下ろした。

「ねえさんがさっき言ったことだけど」

芳子はご飯と味噌汁をよそって卓袱台に置いた。

「何？」

「一生懸命仕事をすれば、ちゃんと見ていてくれる人もいるって」

周也が箸を取る。

「ああ」

「そんな人、本当にいるかな」

あとは納豆と玉子焼きだ。芳子も向かい側に座る。

「いるわよ」

「でも、そんなこと、今まで一度もなかった」

茶碗を手にしたまま、周也が上目遣いを向ける。返答に詰まり、仕方なく芳子は味噌汁を啜った。

「そりゃあ、わかってもらうのは大変かもしれないけど、だからって一生懸命をなくしたら、もっとわかってもらえないじゃない。学歴も後ろ盾もない私たちにできるのはそれだけなんだから、やっぱり我慢は大切よ」

「借金を返さなきゃいけないのはわかってるんだ」

周也は殊勝な顔つきになった。

「やあね、それは心配しないでって言ってるでしょ。大丈夫、ちゃんと計画通りに返済は進んでるから」

芳子はことさら明るく返した。

「俺って、ほんと、ねえさんに迷惑かけてばっかりだな」

周也が目を伏せる。男にしては驚くほど長い睫毛が目の下に薄い翳りをつくる。

「そんなことないって。どうしたのよ、急に」

「もっと稼げる仕事がしたいなあって」

芳子は不安にかられる。今のままでいい。このまま穏やかに暮らせればそれでいい。

他に求めるものなど何もない。

「お金なんかいいの。私は周ちゃんがちゃんと働いてくれたら、それでいいの。そのこと、わかってくれてるよね」

「わかってるけど……」

「だったら、その話はおしまい」

朝食後、なだめすかすようにして周也を仕事場に向かわせてから、芳子は朝食の後片付けと掃除洗濯を済ませ、出勤の用意を整えた。

芳子は今、駅四つ先の理髪店で働いている。勤務時間は午前十時半から午後七時。店が終わると、駅の近くのスーパーで夕食の材料を買い、アパートに戻る。周也とともに夕食をとることもあるし、周也が残業で遅くなる時はひとりで食べる。

そして、夕食を済ませると、だいたい週に二、三度の割合で、事務所に連絡を入れる。そこのオーナーと打ち合わせて、事務所で待機するか、アパートから直接指定の場所に出向くかを決める。

この仕事をする上で、二十八歳になった自分が、若くもなく、人目を惹くような美貌の持ち主でもないのはじゅうじゅう承知している。相手には地味なOL、もしくは世間知らずの主婦という印象を与えるだろう。だから決して人気があるわけではないが、少数ながら芳子のようなタイプを好む客もいて、今では常連と呼ばれる客も何人かつくようになっていた。幸運なことにオーナーはどこか人の好いところがあり、本番やひどいプレイ、大人のおもちゃの販売を強要されたりすることもない。他の店は知らないが、バック率も悪くないように思う。忙しい時は一日で四万ぐらい稼げる。周也には「コンビニで人手が足りない時だけのアルバイト」と言ってあるし、それを周也は少しも疑っていない。

　結局、今夜はアパートで呼び出しを待つことになった。八時ごろ事務所から電話があり、馴染みの老人と、九州から出張で上京してきたというサラリーマンの相手をした。アパートに帰って来たのは午前一時近かった。ドアを開けると、周也がテレビを観ていた。

「おかえり」

　周也が顔を向けた。

「ただいま。作っておいたカレー、食べた？」

「うん、うまかった」

　靴を脱いで部屋に上がると、卓袱台の上にケーキの箱が置いてあるのが目に入った。

「それ、どうしたの？」

「一緒に食べようと思ってさ。今、コーヒーいれるよ」

　周也がいそいそと戸棚からインスタントコーヒーの壜を取り出すのを、芳子はコートを脱ぎながら眺めた。

「ここのチーズケーキ、すごい人気でいつも行列なんだ」

　何かあったということぐらいわかる。そうでなければケーキなど買って来るはずがない。できるならそれを聞きたくなかった。聞かなければ何もなかったのと同じになりそうな気がした。しかし芳子の思いなど察するはずもなく、周也はいとも簡単に口にした。

「辞めてきた」

コーヒーが芳子の前に置かれた。

「ねえさんとの約束通り、今日は行って来た。で、辞めてきた」

今まで何度、同じ言葉を聞いただろう。叱らなければと思う。諫(いさ)め、諭し、辛抱を身につけさせなければと思う。

「あのね、周ちゃん」

「ねえさん、俺は働くのがイヤなわけじゃないんだ。汚くてもきつくても我慢はできる。でも、どうしてもあの主任とは合わないんだ。あんな奴の下で働いていたら、頭がどうにかなっちゃうよ。今度こそ絶対にいい仕事を見つけるから。約束するから。だから、ごめん。ほんと、ごめん」

周也が泣きそうな顔つきで頭を垂れる。それだけで、芳子はもう何も言えなくなる。肩をすくめてため息をつくしかない。


施設の部屋の中はいつも子供らの吐息と喧騒(けんそう)に溢(あふ)れていた。

カトリック系の教会が運営する施設ということで、各部屋のいちばん目立つ場所に、十字架に架けられたイエス・キリストの絵が掛けられていた。来たばかりの頃は、その苦しげな表情が怖くて夜中に泣いてしまったこともある。シスターから「キリストさまは、この世の罪をみな背負ってくださったのよ」と聞かされたが、芳子には後悔を嘆いている顔にしか見えなかった。

母子家庭で経済的に養育は無理、という理由で、芳子はこの施設に連れてこられた。こまごましたものが入ったリュックを背負い、右手は市の職員につながれ、そして左手には物心ついた頃から一緒の熊のぬいぐるみを抱えていた。

母親の記憶はもうまったくない。面会に一度も来ないまま、母は行方知れずになった。シスターたちの会話からすると、男とどこかに逃げたということだった。

施設での暮らしは、孤独と僻（ひが）みと恋しさに満ちていた。しかし、それは何も特別ではなく、ここに住むすべての子供と同じものだった。悲しみも共有すれば心地よい。シスターたちは優しかったし、子供らに苛（いじ）められるようなこともなかった。あの九年間に、いやな思い出はひとつもない。

ただ小学校六年生の時、修学旅行から帰って来ると、ぬいぐるみがなくなっていた。芳子の汗や涙や唾液にまみれ、布地はごわごわになり、それがかつて愛らしい熊のぬいぐるみだったとはとても思えないような代物に成り果てていたが、芳子にとってはたったひとつの自分だけの持ち物だった。どれだけ探したかわからない。子供たちひとりひとりに、シスターすべてに訊ね回ったが、みな知らないと首を横に振った。芳子をことさら可愛（かわい）がってくれていたシスターが、親身になって押入れから物置からゴミ箱から、近所のゴミ集積場まで一緒に探してくれたが、結局、見つからなかった。その時だけはひどく泣いた。困惑するシスターの前で、わあわあと、声を上げて泣きじゃくった。

施設の中で、自分のもの、と呼べるものは何ひとつなかった。すべては施設から与えられたものであり、シスターは「この体さえ、自分のものではないのよ。すべて神様のものなのよ」と言った。恐ろしかった。自分だけのものだと、あのぬいぐるみをそう思ったから、神様が怒って持っていったのかもしれない。

周也が施設に来たのはそれからすぐだ。五歳の周也は、母親の再婚相手である継父に日常的に虐待を受けていて、まだ頬や腕に紫色の痕が残っていた。着ているものはみすぼらしく、痩せて、おどおどしていて、シスターが紹介する間、一度も顔を上げなかった。あの時も雨が降っていた。窓の向こうで、八重山吹が雨に打たれていたのをよく覚えている。

施設では、小さい子の面倒は上級生がみる。芳子がそれを任された。おずおずと芳子を見上げる周也の目は、悲しいくらい怯えていた。

それからいつも一緒に過ごすようになった。周也のおもらししたパンツを洗ったのも芳子だし、食あたりで周也が吐いたものを始末したのも芳子だ。同室の子と喧嘩したとか、転んだとか、めずらしい虫を見つけたとか、何があっても周也はいつも芳子に報告に来て、暇さえあればまとわりついていた。

施設はシスターたちの思いやりに包まれていたが、それだけではどうにも埋められないひんやりしたものを誰もが胸に抱えていた。いつもぴたりと体を密着させてくる周也のぬくもりだけが、自分をここに引き止めてくれているように芳子は思えた。周也は、なくしてしまった芳子のたったひとつの宝物、あの熊のぬいぐるみそのものだった。

「だからって、そこまでする？」

狭い事務所のソファにもたれかかり、まだ二十歳そこそこのアユミが、煙を長く吐き出した。煙草（たばこ）が挟まれてない指は見たことがないくらいアユミはチェーンスモーカーだ。

「そうよ、変よ、本当に血が繋（つな）がっている弟でもないのに、何もそんな子の借金まで背負うことないじゃない」

隣でポテトチップスを食べ続けているのはミニィだ。ミニィはいつだって、バッグの中から手品のようにスナック菓子の袋を取り出す。もちろんふたりとも本名ではない。芳子もここではミドリと名乗っている。

「本当ね、なぜかしらって私も思うんだけどね」

芳子は苦笑した。誰が聞いたって呆（あき）れるのはわかる。壁際のイスにもたれて黙って聞き入っていたオーナーが話に加わった。

「おまえらだって、恋人のために借金作ってるだろうが。恋人は血が繋がってないだろ、それと同じさ」

　オーナーは五十を少し過ぎた男だが、女にはいっさい興味はなく、若い男しか相手にしないという。

「あら、でも恋人とは他のところでちゃんと繋がってるもん、それはある意味、他人じゃないってことでしょう。じゃあ、あれ？　ミドリさんはその弟とそういうことなの？」

「まさか」

　芳子は目を見開き、慌てて首を横に振った。

「だったらなおさら変よ。私にはとても理解できない。それって、セックスのないヒモじゃない。最悪」

　アユミが呆れたように言う。マニキュアに彩られた指先は相変わらず煙草を挟んでいる。ミニィが菓子の脂がついた指を舐(な)めながら、アユミに同調した。

「私から言わせてもらえば疫病神ね。早く縁を切った方がいいって。そんな男と関わってたら、ミドリさんの人生、めちゃくちゃにされちゃうよ」

　ミニィは次から次とスナック菓子を口に運んでいる。朝食も昼食も夕食も、ミニィはスナック菓子だけで生きている。

　芳子は笑って頷(うなず)きながら思う。彼女らの前にこれからどんな男が現れても、ふたりはそれをやめることはないだろう。

　金のためとはいえ、デリバリー嬢を始めるのに抵抗がなかったわけではない。怖かったし、不安だった。知らない男と、と想像しただけで全身が粟立った。初めての時、客の部屋を出てから道端で激しく吐いたのを思い出す。けれどもやがて、一万円札を受け取るたびに、脱がすのも脱がされるのも、舐めるのも舐められるのも、何も感じなくなっていった。

　アユミとミニィはすぐに客が付き、早々に出掛けて行った。三十分ほどして、ようやく芳子に声が掛かり、支度を整えて出掛けようとすると、オーナーがどういうわけか困ったような顔つきで小さく折りたたんだものを芳子の手に握らせた。

「これ、少ないけど。いつもまじめに働いてくれるからさ」

　それが五千円札だとわかり、芳子は思わずオーナーの顔を見直した。

「いいんですか」

「アユミとミニィには内緒でな。そのろくでなしの弟と、うまいもんでも食えよ」

　もしかしたら、芳子にとっての周也は、アユミの煙草であり、ミニィのスナック菓子なのかもしれない。そしてたぶん、オーナーにとっての若い男でもあるのだろう。

　中学を卒業と同時に、芳子は施設を出ることになった。

すでに同じ施設出身者が経営している理髪店で働くのが決まっていた。そこは何人もの施設出身者の面倒をみていて、昼間は店で働き、夜は専門学校に通わせてくれる。資格を取って二年お礼奉公すれば、あとは好きに就職先を探していいことになっている。

施設を出る時、まだ八歳だった周也はひどく泣いてシスターたちを困らせた。芳子がいなくなるのを周也がどれほど心細く思っているか、胸が絞り上げられるほどわかっていた。だからと言って、施設に留まるわけにはいかない。

卒業してから、休みの日には必ず施設に顔を出した。玄関に入ると、いつも待ちきれない様子で周也は飛びついて来た。

早くここを卒業して、ねえさんと同じ理髪師になるんだ。

いつか、そんなことを言い出して、芳子を嬉しがらせるようになっていた。

それなのに、ようやく施設を卒業して理髪店で働き始めた周也は、たった半年でそこを飛び出した。そしてすぐに、別の理髪店で働いていた芳子のアパートに転がり込んで来た。

「どうしたの、何があったの？」

周也の答えはあっさりしたものだった。

「だって、あそこの親爺とはどうしても気があわないんだ」

あれから何度同じ言葉を聞いたろう。この六年の間に、周也は、上司と反りが合わない、同僚と喧嘩した、俺をまったく理解しない、相性が悪い、そんなさまざまな理由で職を転々とした。仕事が変わるたび、意気揚々と出掛けて行くのだが、長くて半年、もしくは三ヵ月、時にはひと月もたたないうちに、憤慨した顔つきで「辞めた」と報告するのだった。

結局、今夜は立て続けに三人もの客があり、すっかり疲れ果てていた。
最後の客が、要求が多い上にしつこくて、そのくせ支払いの段になって「サービスが悪い」と、料金に難癖をつけてきた。オーナーに言われている通り「事務所の者をこちらによこします」と、携帯電話を取り出すと、やくざでも現れると思ったのか、慌てて財布を開いた。こんな仕事だからいやなこともある。危ない目に遭ったこともある。けれども、受け取る金で借金の数字が少しずつ減ってゆくのを見ると、どうってことのない気持ちになった。あともう少しの辛抱だ。借金さえなくなれば、周也とふたり、もっといい部屋に住める。

あれは三年ほど前になるだろうか、ファミリーレストランの仕事が続いてほっとしていた頃、周也が女の子を連れて来た。
「俺、この子と結婚しようと思うんだ」

聞かされた時は言葉が出なかった。辞めた、の方がずっと納得できた。まだ周也は十八だ。普通なら高校に通っている年だ。相手はひとつ年上という。女の子は髪を金色に染め、耳にピアスをいくつもつけ、趣味の悪い服を着ていた。どう見てもふたりとも子供にしか見えなかった。

それでも反対はしなかった。そういう時がいつか来ることは覚悟していたし、家族を知らない周也が、自分の家族を欲しがる気持ちは芳子にも痛いほどわかっていた。

「そう、よかったじゃない。おめでとう」

芳子は理解している。自分にできるのは周也を認めてやることだ。何をしても受け入れてやることだ。周也を否定する人間なら掃いて捨てるほどいる。ひとりでいい、何が起ころうと味方でい続ける人間が周也には必要なのだ。

その頃、芳子も結婚しかけたことがあった。

相手は理髪店に通ってくる客で、仕事が終わって駅に向かう途中、ばったり顔を合わせた。待ち伏せされていたと気がついたのは、「お茶でも」と誘われて、断る言葉を探しているうちに入ってしまった喫茶店だった。そこで男は、履歴書を棒読みするように自分を語り、最後にこう言った。

「結婚を前提にお付き合いしてくれませんか」

それが自分に向けての言葉だとすぐにはわからず、答えを待つ男との間に、ちぐはぐな沈黙が流れた。

「私、施設出身で身よりは誰もいないんです」

それが答えになるかどうかよりも、とにかく伝えておかなければと思った。

「知っています。床屋の親爺さんから聞いています。そんなことは何の関係もありません。あなたの仕事ぶりや客への態度を見ていて、この人だって思ったんです」

この男と家族になる。この男と一生暮らしてゆく。焦点の合わない頭で芳子はぼんやり考えた。周也は自分の家族を手に入れた。これからはあの少女が周也の帰りを待ち、食事を作り、怖い夢を見た時は背中をさすってやるのだろう。芳子には与えられないものも、あの子なら与えられる。もう自分の役目は終わったのだ。

「私でいいんですか？」

「あなたがいいんです」

その言葉を聞いたとたん、ふっと肩から力が抜けるのを感じた。同時に、いままで自分がどれほど肩に力を入れていたかを思い知らされた。もうすべてを誰かに委ねて生きていい。

やがて、ぎこちないながらも男との付き合いが始まった。口数は少ないが心根の優しい男といると、幸福とはきっとこんな形をしているのだろうと、素直に納得することができた。

アパートの玄関に周也が立ったのは、男から「ささやかでも式を挙げよう」と言われた頃である。周也の右手には出て行った時と同じボストンバッグがぶら下がっていた。

「どうしたの、周ちゃん」

「別れた」と、周也は短く言った。

「別れたって……」

「あいつとは価値観が違う」

その上、帰って来た周也は、厄介なことに三百万という借金を道連れにしていた。女の子の知り合いの口車に乗せられて、怪しげなマルチ商法に手を出したのが原因だった。

芳子の結婚話はそれでなくなった。借金まみれの周也を置いて、自分だけが幸せになるなんて考えられなかった。たとえ結婚しても、夫となる人に迷惑をかけてしまうだろう。芳子は周也との暮らしを選んだ。

今、周也は毎月の収入から二万を取り、あとのすべてを渡してくれている。その約束を破ったことはない。酒も煙草も賭け事もやらない。転職を繰り返しても、根はまじめな子なのだ。あとは芳子の理髪店とデリバリー嬢の収入で、返済と生活費のすべてを賄っている。

借金が、今の芳子と周也の生活を追い詰めているのは確かだが、今のこの平和な生活を保っていられるのも、その借金のおかげではないかと思う時がある。借金があるから、こうして周也とともに暮らせる。周也のために朝食を作り、シャツを洗い、朝寝坊の周也を諭しながら起こすことができる。今のこの生活が、芳子にとっていちばん居心地のいい、何物にも代えがたい毎日だった。

激安電器店を辞めてから、周也はじきに板橋にあるビル管理の仕事を見つけてきた。管理と言っても、受け持った何棟かのビルを巡回しつつ、掃除をしたりゴミを集めたり、廊下の切れた電球を替えたりする雑務係だ。それでも周也は、毎日熱心に通っていて、芳子も「今度こそは」と、祈るような気持ちで送り出していた。

二ヵ月ほどが過ぎた頃である。帰ってくるなり、周也が興奮気味に報告してきた。

「ねえさん、俺、すごい人と会ったよ」

芳子はハンバーグを焼いていて、それが好物の周也は、嬉しそうに肩越しにフライパンの中を覗き込んだ。

「おっ、うまそう」

「すごいって?」

「受け持ってるビルの社長さんなんだけど、何て言えばいいのかな、身体(からだ)中からオーラが出てるような人なんだ。でさ、その人から言われたよ、俺の仕事ぶりをいつも感心して見てたって。植え込みの中のゲロを掃除したこととか、巡回を一度もサボったことがないこと、すごく褒めてくれた」

「へえ、よかったじゃない」

「俺、ねえさんの言ってることが初めてわかったよ。一生懸命仕事をすれば、ちゃんと見ていてくれる人がいるんだって」

芳子も嬉しくなってしまう。

「ね、そうだったでしょう」

「うん、本当だった。ちゃんと仕事をしててよかった。一緒に仕事をしてる奴なんかさ、サボってゲームばっかりやってて、それで同じバイト料かって頭来てたんだけど、でも結局、そういう奴って誰からも認められないんだよな。その社長も言ってた、人間にいちばん大切なのは、与えられた仕事にどれだけ責任感を持てるかってことだって。俺はきちんと果たしてるって。感激したよ」

それからも、すごいすごいを周也は連発した。とにもかくにも頬を紅潮させて語る周也を見るのは嬉しかった。

「それでさ、今の仕事なんかやっているのはもったいないから、うちに来て働かないかって誘われたんだ。ねえさん、わかる？　スカウトだよ、スカウト。信じられない、俺、スカウトされちゃったよ」

ふっと、芳子の胸に暗い影が差し込んだ。

「周ちゃんはどうするつもりなの？」

「もちろん、受けてきた。受けるに決まってるだろ、そんないい話、断る方がどうかしてるよ。明日から、その人の下で働く」

「どんな仕事なの？」

「集金人」

「え」

胃の底がきゅっと収縮し、芳子は思わず周也を見据えた。

「それって……」

「違う違う、ねえさんの想像してるような、そんなのじゃないから。言いたいことはわかるよ。俺だって借金に追われてるのに、他人の借金の集金に回るなんて皮肉だなって思うもん」

「そんな仕事、ねえさん、賛成できない」

「だから、言ってるだろ、そんなんじゃないんだって。ビルも持ってるちゃんとした会社で、多崎さんは、あ、多崎さんっていうのが社長なんだけど、他にもいろんな事業を手掛けてるんだ。そのビルにあるのは個人オフィスで、その上、他にも大きな自社ビルを持ってる。そこでは自己啓発セミナーを開いてて、あとは美術品の販売とかもしてるそうだ。とにかく、ちゃんとした会社のちゃんとした社長さんだよ」

「でもね、周ちゃん」

「だからさ、集金人と言っても、前に俺が騙されたマルチみたいな、ひどいところとはぜんぜん違うんだって」

「でも、お金を貸してる会社なんでしょ」

「そうだけど、目的は金貸しじゃない。生きる力を与えようとしてるんだ」

芳子は目をしばたたいた。

「今の世の中って格差があり過ぎるだろ。金を持ってる奴らは腐るほど持ってて、ない奴は死ぬほどない。貧乏人は一生貧乏人のままだ。そういう人を救うために、多崎さんは安い金利でお金を貸しているんだ。ボランティアみたいなもんだよ」

「まさか、そんなの信じられない」

「俺も聞いた時はびっくりしたよ、本当にそんな人がいるのかって。でも、困っている人に頼まれるとどうしても放っておけなくて、つい手を差し伸べてしまうんだってさ。すごいだろ、まるで神様みたいだろ。でもさ、そんな社長の人の好さに付け込んで、借りるだけ借りて後は知らん顔って奴も結構いるらしいんだ。助けられた恩を忘れるなんて、俺は最低だと思う。そういう時にこっちから取りに行く。その仕事を俺が頼まれたんだ」

「だから、そういうのを……」

　取り立て屋というのではないのか。

「やっぱり借りたものはちゃんと返すべきだよ。俺とねえさんだって、苦しいけど一生懸命返しているだろ。世の中には、返せるのに平気で踏み倒そうっていう狡い（ずるい）のがいっぱいいる。社長から話を聞いて腹が立ったよ」

「危ない仕事じゃないの？」

「大丈夫、心配することない。給料も歩合制で結構いいんだ。これなら今までより多くねえさんに渡せる」

「お金なんかいいの。私は周ちゃんがちゃんと働いてくれさえすればそれでいいんだから」

　フライパンが煙を上げて、芳子は慌てて火を止めた。

「だから、ちゃんと働こうとしてるんだよ。俺、今度こそねえさんに恩返しをするよ。今の仕事を頑張ったら、次は本部に行って、もっといい仕事に就かせてくれるって言われてるんだ。出身も学歴も関係ない、あるのは努力のみだって。将来は幹部だって夢じゃない、俺にはその才能があるって。ねえさん、俺、やっと、やりがいのある仕事に巡り合ったよ。見ててよ、俺、やるから。それで今までの迷惑の分、まとめて挽回するから」

芳子は周也を眺めた。まだ頬や耳の辺りに出会った子供の頃の面影が残っている。そんな様子を見ていると、止めなければと思いつつ、やっぱり何も言えなくなってしまう。今度こそきっと、という思いが湧きあがってくる。

「気をつけてね」

結局、言えるのはそれくらいだった。

その日、真夜中になっても周也は帰って来なかった。

新しい仕事を始めてひと月がたっていた。今日が初給料日ということで、朝出がけに「今夜は早く帰ってくる」と上機嫌に言っていたが、誘われてどこかで飲んでいるのかもしれない。

わずかにサッシ窓のガラスに雨の当たる音がした。夕方までよく晴れていたのに、どうやら雨が降って来たらしい。

芳子は春巻きを用意して待っていた。周也の好きなエビをたくさん入れてある。乾杯用の缶ビールも二本、冷蔵庫で冷やしている。

部屋で待ちくたびれているうちに、卓袱台にうつ伏したまま、どうやら眠ってしまったらしい。ふと気がつくと、目の前に周也が座っていた。

「やだ、帰ってたの。びっくりした」

周也は黙って膝に目線を落としている。

「すぐ、ご飯の支度をするね」

立ち上がろうとすると、周也が腰にしがみついてきた。

「ねえさん、俺……」

周也の肩が震えている。泣いているのだった。

「どうしたの、何があったの？」

訊ねながらも、もちろん芳子は驚かなかった。結局いつもと同じ、ということだ。

芳子は周也の背を撫でる。硬い背骨と尖った肩甲骨が、手のひらに懐かしい感触をもたらした。こうやって幾度も周也の背をさすって来た。

「もう駄目だ、俺はもう駄目だ」

身体を震わせながら、周也が泣きじゃくる。

「大丈夫よ、周ちゃんは駄目なんかじゃない。それは私がいちばんよく知ってる。何があったのか、話しなさい」

「ねえさん、俺……」

「うん」

「社長を刺した」

すぐには意味がわからなかった。刺した、と口の中で呟くと、悪寒のような混乱が芳子を包み込んだ。

「周ちゃん……」

返す声が裏返った。

「そんなつもりじゃなかったんだ。でも、あいつは嘘をついてた。あいつのやってることは、人助けでも何でもない。金のためなら何でもやる、ただの闇金だったんだ」

やはりそうだったのか。

「だからって、刺すなんて、そんなこと、そんなこと……」

「俺だって刺す気なんかなかった。ただ、かわいそうな人がいて、どうしてもその人からはお金を取れなくて、それを帰って社長に言ったら、俺のこと散々怒鳴って、散々笑って、散々見下した。言ってることが全然違うんだ。人助けとかボランティアとかまったくの嘘だったんだ。回収できなかった分は俺の給料で穴うめしろって。それでわかったよ、あいつ、最初からタダ働きさせる魂胆だったんだ。俺をカモにしてたんだ。俺、カーッとなって殴りかかって、逆に殴り返されて、何度も足蹴にされて、そしたら机の上の鋏が目に入って、夢中で手にして、気がついたら社長が血まみれになって倒れてた……。どうしよう、どうしよう。ねえさん、俺はもう駄目だ。警察が捕まえに来るよ、あいつの手下が追って来るよ」

芳子の腕の中で周也は泣き続けている。夜が湿気を帯びていっそう重くなる。雨音がまるで生き物のように脈打っている。芳子はようやく我に返り、口を開いた。

「わかった」

「え……？」

「行こう、周ちゃん」

周也が涙と鼻水でぐしゃぐしゃになった顔を上げた。

「行くって、どこへ？」

「どこでもいい、とにかく行こう」

「無理だよ、ねえさん、もう逃げられない。これ以上、ねえさんを巻き込めない」

芳子は周也に笑いかけた。自分でも驚くほど落ち着いていた。

「何を言ってるの、私たちはいつも一緒じゃない。これからも同じよ。ずっとずっと一緒にいるの。何があってもふたりで生きてゆくの。さあ、急いで用意をして」

周也を自分の部屋に押しやり、芳子はすぐさま押入れの中からボストンバッグを引っ張り出した。持ち出すものを選んでいる時間はない。ほんの少しの着替えがあればいい。顔を向けると、泣きながら荷物を詰め込む周也の背が見えた。

周也は悪くない。周也の優しさも気弱さも、ひたむきさも短慮さも、無垢(むく)も無知も、五歳の頃のままだ。出会った時から、周也が愛(いと)しくてたまらなかった。今まで、周也が何をやっても、どんな失敗をしても、芳子は受け入れることだけに心を砕き、決して突き放しはしなかった。それが自分にできる唯一の愛情の証だと思っていたからだ。

そうして周也は受け入れられることしか知らない男になった。自分が受け入れられないことを受け入れられない人間になった。周也を甘やかし、駄目にしてきたのは自分だ。本当はそれを芳子はずっと前から知っていた。

アパートを出ると雨が街を黒々と濡らしていた。

「行くよ、周ちゃん」

周也の手を取ると、ひんやりと湿った感触があった。

あの熊のぬいぐるみをなくしてから、周也だけがたったひとつ、芳子のものだった。もう手放しはしない。誰にも渡しはしない。神様にだってとられたりはしない。

「さあ、行こう」

その時、雨の中に、見えるはずもない八重山吹の花を、芳子は確かに見ていた。

第二章　闇に揺れる

だいたい、週に三日はパチンコ屋にいる。

午後の三時ごろから六時近くまで、一度台を決めたら、当たろうがはずれようが席は移動しない。儲けようなんて魂胆で通っているわけじゃない。むしろ逆かもしれない。するするとためらいなく機械に吸い込まれていく万札を見ていると、自分の稼いだ金を使う場所にパチンコ屋はぴったりだと、北沢は思う。

ここら辺りには数軒のパチンコ屋があるが、この店が気に入っているのは、従業員の目配りのよさにある。トイレに立って戻って来ると、灰皿はもちろん、台のガラスや受け皿まできれいに掃除されている。ささいなことだが、店によっては前の客が汚したのを放置したままだったり、床に吸殻や菓子のクズが落ちていたりする。それを見ると席に座る気も失せてしまう。

何度目かのリーチの後、当たりが来た。ガラス窓の中で、電飾が派手に点滅し始める。

どこから見ていたのか、すぐに従業員がラッキーランプを点けに来た。

「おめでとうございます」

この二十歳そこそこの従業員はいつも礼儀正しく、妙な馴れ馴れしさもない。この世界で働く男たちが身に染み込ませている荒んだにおいもない。真面目な仕事ぶりに、北沢はいつも感心していた。

結局、玉は十箱ほどにもなった。儲けるつもりがなくても当たれば気分はいい。レシートを持って景品交換所に向かうと、小さな窓から六枚ばかりの万札が出て来た。万札よりも、北沢の目はその手に向けられた。こういう場所は年配の女がやっているケースが多いが、手を見る限り、三十はいっていないだろう。短く切り揃えた爪はマニキュアもなく、柔らかい皮膚に包まれた節と、白く伸びた指に、どこか躍動感のようなものが感じられる。残念ながら顔は見えない。見たい気もしないではないが、現金をポケットにねじ込んだ頃にはもう忘れていた。

北沢の店は夜の八時にオープンする。しかし、客が入り始めるのは十時を回った頃からだ。裏ビデオ専門の販売店なんて、一部のマニアックな客は別として、酔った勢いでもなければ入りづらいに決まっている。

錦糸町の歓楽街から少し離れた場所に『ドリーム』という裏ビデオ店を始めてから、そろそろ五年になろうとしていた。その前はキャバクラの店長をしていた。その前はスナックを経営し、その前はクラブの黒服で、その前は……もう忘れてしまった。高校を中退して三十六になる今日まで、昼に働く仕事には一度も就いたことがない。闇が自分には似合っている。

雇っていた店のアルバイトが辞めてから、知り合いに次を頼んでいるのだがなかなか見つからず、今は開店から閉店まで北沢がレジ前に座っていなければならなかった。忙しいわけではないが、その間、席をはずせないのはつらい。

しばらくすると、馴染みの業者が新作のビデオとＤＶＤを何本か持って来た。最近は、ビデオよりＤＶＤが主流になった。テープはダビングを繰り返すと画質が落ちるが、ＤＶＤはその心配がほとんどない。

「置いていってくれ、後で観るから」

「一本、隠し撮りのが入ってるんですけど、それがなかなかいい出来で」

業者の男はおもねるように笑った。店には何人かの業者が出入りしているが、この男の持ち込んでくるものは、大概はずれがない。

「ロリコンものじゃないだろうな」

と、北沢は念を押した。裏ビデオの販売はもちろん違法であり、摘発の可能性はいつだってあるが、それなりに営業を続けられているのは北沢が児童ポルノものに手を出していないからだ。それらの商品は需要が高く、いい値もつくが、わざわざリスクの高い商品に手を出してまで儲けようとは思っていない。

「ホテトル嬢かデリバリー嬢ですよ。でも、見た目は素人っぽいかな。美人じゃないけど、あの時の表情がよくて、何かすごく興奮しますよ」

北沢はレジから八本分の金額、八万円を差し出した。

「それじゃ、また」

男が受け取り、へらへらしながら帰ってゆく。男の名前は山田（やまだ）と言うが、もちろん本名ではないだろう。男がどこから商品を集めてくるのか、北沢は知らない。知る必要もないし、知りたくもない。その先には、裏商売を支える、もっと深い闇がある。

マンションに戻ったのは明け方近くだった。売り上げは十二万、まあこんなものだろう。

湿っぽい布団の中に潜り込んだが、なかなか眠れず、北沢は同じマンションの隣に借りてあるダビング専用の部屋へ行き、男が持って来たビデオとＤＶＤをセットした。定番の売れ筋は、一般レンタルビデオ屋で貸し出されているＡＶのモザイク部分がない流出物だ。芸能人の隠し撮りも人気はあるが、そっくりさんを使った偽物というのがほとんどで、一時的には出るが、すぐに売れなくなる。

男が言っていた隠し撮りのビデオを北沢は眺めた。どこかのマンションの一室らしい。女が部屋に入って来るところからカメラは回っている。洋服簞笥（だんす）の中に隠れての盗撮、というのは、今も昔も変わらない。

画質は鮮明とは言えないが、そう悪くもない。女はやけに礼儀正しく挨拶をしている。服も化粧も髪型も、そこら辺を歩いているＯＬと変わりない。いや、もっと地味かもしれない。年も若くない。二十代の後半だろう。言ってみれば、華のないつまらない女だ。しかし、ベッドの上で女は豹変した。その表情は、淫らという言葉がぴったり当てはまった。男に奉仕する姿は恍惚としていて、組み敷かれる様子は貪欲でもあった。痙攣する唇の端から唾液が流れ出て、必死にこらえようとしているが、快楽が女の身体の奥から湧き出ている。それは自分の意志とはまったく別のところで蠢き出しているものだ。決して演技やサービスでないということは、数え切れないくらいこういった類の画を観て来たからこそわかる。

悪くない表情だ、と、北沢は思った。この女は、男に身体を売っても、快楽は手放さない。無意識の中で、むしろ、男から奪おうとしている。男が果て、やがて女が自分を取り戻してゆく。身体を離し、ベッドから立ち上がり、下着を着け、服を着終えて金を受け取る時にはもう、再び平凡なつまらない女に戻っていた。

いつものようにパチンコ屋に行くと、例の従業員が客に怒鳴られていた。

そう遠くない台に座り、聞き耳を立てていると、だいたいの事情が呑み込めた。客が席を離れた時に、従業員はいつも通りに台のガラスを拭き、灰皿も掃除したようだが、客はそれが気に食わなかったらしい。

「それまでせっかく入ってたのに、急に入らなくなったのは、おまえが余計なことをしたからだろ。運が逃げちまったんだよ、どう責任取ってくれるんだ」

若い男だ。チンピラかヒモか、せいぜいそんなところだろう。従業員はうなだれたまま小声で「すみません」を繰り返している。

「弁償しろよ、損した分、現金で払ってもらうからな。三万は損したからな」

こういう時は店長が宥め役に現れるものだが、席をはずしているのか見て見ぬふりを決め込んでいるのか、来る気配はない。仲間の従業員たちも関わり合いたくないようで、姿を現さない。

「とっとと払えよ」

「すいません、そんなお金ありません……」

「つべこべ言わずに早く払えよ」

男はしつこく食い下がっている。北沢は打つ手を止めて、ゆっくり席を立った。

「あんまり苛めるなよ」

声を掛けると、男が気色ばんだ顔を向けた。

「何だよ、おっさん、おまえに関係ないだろ」

威勢はいいが、喧嘩の仕方も知らない男だとすぐにわかる。得体の知れない相手の出現に、すでに腰が引けている。北沢はポケットから財布を取り出し、万札を一枚抜いた。

「これで勘弁してやってくれ」

そう言って、男の手に握らせた。

「何だよ、こんなはした金で誤魔化(ごまか)すのかよ」

「まあ、そう言わずに、頼むよ」

男は表面上は不満のふりを見せたが、金はすでにポケットの中に押し込まれている。やがて「こんな店、二度と来ねえからな」と、お決まりのセリフを吐いて、店を出て行った。

「すみません」

従業員が腰を折るようにして頭を下げた。

「いいんだ、気にすることないさ」

「でも、お金を」

「あんた、いつも台をきれいにしてくれるだろう。あれ、感心してたんだ。あんな馬鹿な奴のことなんか気にせず、これからもあのサービス続けてくれよ」

北沢は台に戻り、すぐに打ち始めた。しばらくすると「これ、せめてものお礼です」

と、従業員が缶コーヒーを持って来た。

「おう、悪いな」

「本当にありがとうございました」

頭を下げ、仕事に戻ってゆく。似合わないことをしたな、と、自分に苦笑しながら北沢は玉を打ち続けた。


ようやく新しいアルバイトが見つかった。

二十代前半の、色白で退屈そうな顔をした男だ。仕事は別に難しいわけではなく、店に来た客が好きなビデオやDVDを手にし、それを持ってレジに来れば料金を受け取る、それだけだ。時々「レズはあるか」「スカトロものが観たい」などと質問されることもあるが、首を横に振っておけばいいと言っておいた。この辺りには何軒か同じような店がある。ここになければ、そこで探せばいい。

裏稼業ではあるが、北沢はやくざではない。もちろんやくざが経営している店もあるが、滞りなく月に数万のみかじめ料を払っていれば、トラブルが起きるようなこともない。警察の摘発に気をつけること以外はいたって気楽な商売だ。

店はアルバイトに任せて、北沢はマンションで残っていた商品のダビングをした。ビデオデッキは四台、DVDレコーダーは五台ある。効率からしてもう少し増やしたいのだが、「こんな商売いつまで続くかわからない」という思いもあって、結局、これで回している。

午前零時を回った頃に、ダビングした商品を持って店に向かった。しかし、そこにアルバイトの姿はなかった。コンビニにでも行ったのかとしばらく待ったが、帰って来る様子はない。はっと気づいてレジを開けてみると、案の定、中はからっぽだった。

「やられた」

初日でコレか。売り上げがいくらあったのかはわからない。すぐに携帯電話を取り出して、アルバイトを紹介した知り合いに連絡を取った。吉田と言って、今は駅前のキャバクラでスカウトをしている。

「えっ、いなくなった。そうかあ、悪かったなあ、真面目そうに見えたんだけどなあ。また誰か探しとくよ。ま、今回は借りってことで勘弁してくれ」

弁償する気などさらさらないようだ。文句を言ってもどうしようもないのはわかっている。北沢は息を吐き出し、電話を切った。

それから数日後、夕方の商店街をぶらついていると、スーパーの前で、目の前に若い男が立った。誰だかわからない。

「先日はお世話になりました」

その丁寧な頭の下げ方で気がついた。

「ああ、パチンコ屋の」

「あれからずっといらっしゃらないから、残念に思ってました」

「また、行くよ」

「あの、ちょっと待っててくれませんか」

「え?」

「ちょっとだけ」

男はスーパーの中に入り、しばらくして女をひとり連れて来た。

「これ、姉なんです」

と、北沢に言ってから、面食らっている姉に向かって説明した。

「ほら、この間話しただろう。客にいちゃもんつけられた時、助けてくれた人がいたって。この人だよ」

ああ、と姉は大きく頷き、弟に勝る丁寧さで頭を下げた。

「その節は、弟が大変ご迷惑をお掛けして申し訳ありませんでした。その時、お金を払っていただいたとかで、それは私がお返しさせていただきますので」と、バッグに手をやった。

「いいよ、そんなもの。こっちが勝手にやったことなんだから、気にすることはない」

北沢はかぶりを振った。

「でも、それじゃ」

「いいんだ」

姉が困惑の目で北沢を見つめている。顔立ちは弟と似ていない。それでもふたりはよく似ている。まとわりつかせているものが、同じ種類の生き物だと言っている。姉は別段美人というわけではなく、どこにでもいる平凡で地味な女で、そのせいか、どこかで会ったような気がしないでもない。

「それじゃ」

北沢は短く言い、ふたりから離れた。


一週間ほどして、パチンコ屋に行くと、あの従業員の姿はなかった。

期待していたわけではないが、何やらがっかりしている自分が可笑しかった。二万使ったところで、今日は当たりがでそうにないと切り上げて、外に出た。そろそろ七時になろうとしていた。どこで飯を食おうかと考えながら、何の気なしに路地の奥に目をやると、あの従業員がゴミ箱に腰を下ろしているのが目についた。行き過ぎてしまうこともできたが、つい「おい」と声を掛けていた。

「あ、どうも」

従業員がぺこりと頭を下げた。

「休憩か？」

「はい」

「飯は食ったか？」

「いえ、まだ」

「じゃあ、食おうか」

「えっ」

「行くぞ」

「はい」

従業員の顔に無邪気さが広がり、身軽にゴミ箱から飛び降りた。少し歩いて、馴染みの飯屋に入り、奥の席にふたりで腰を下ろした。

「何でも好きなもの食えよ」

北沢はビールと鮪の刺身を注文した。従業員は遠慮してかカレーライスを頼んだ。

「すみません、お言葉に甘えて、図々しくついてきてしまって」

「誘ったのは俺だよ」

ビールが来て、北沢はふたつのグラスに注いだ。

「いいんだろう？」

「はい、勤務時間中に飲むのは初めてだけど」

「ま、とにかく乾杯だな」

グラスを合わせて口に運んだ。いつも思う、ひと口目のビールはどんな食い物よりもうまい。

話題なんてどうでもよかった。名前も知らないが、それもどうでもいい。当たり障りのない話をした。詮索は、されるのもするのも好きじゃない。この街に来る者、去る者、留まる者、事情のない人間などいるはずもない。

そろそろ一時間ほどになるが、従業員は帰る様子を見せないでいる。さすがに気になった。

「いいのか、店」

「いいんです」

あまり酒には強くないらしく、わずかに酔った目で従業員は言った。

「あんな店、辞めようと思ってたところだから」

「ふうん、何かあったのか」

訊ねてから、ふと、聞くことによってこの男と妙な関わりを持つかもしれない、との予感が広がった。答えないでくれればいい、そう思った時には、従業員の口は動き始めていた。

「店長の奴、ねえさんに手を出しやがって」

北沢は後悔にも似た思いでビールを口にした。

「俺たち、住み込みで働いているんです。俺はフロアで、ねえさんは景品交換所で」

北沢はあの小さな穴から金を差し出す指を思い出した。姉は、あの指を持つ女だったのか。

「それで、従業員はみんな同じアパートに住んでいるんですけど、そこには店長もいて、俺がいない時に強引に上がり込んで、ねえさんのこと……」

従業員の頬は怒りを抑えきれずに紅潮している。

「たまたま俺が帰って来たからよかったものの、あと十分遅かったら、絶対にやられてた。あの野郎、ふざけただけだなんて言いやがって、俺、殺してやろうかって……」

そこで自分を落ち着かすかのように、従業員は大きく息を吸い込んだ。

「でも、ねえさんはせっかく慣れてきたところだから我慢しようって言うんです。住み込みで働けるところなんてそうそうあるわけじゃないって。でも、あんなところにいたらいつか絶対にやられる。そんなことになる前に次の仕事を探さなくちゃと思ってるんだけど、なかなか見つからなくて」

北沢はビールを喉に流し込んでから目を向けた。

「働き口なら、ないでもない」

従業員は目を見開いた。

「本当ですか」

「ただし、まともな商売じゃない。裏ビデオ屋だからな」

「構いません、働けるならどこでも」

「日給は一万ってとこだ」

「十分です」

「やる気があるってことか？」

「もちろんです、とにかく今の仕事を一日でも早く辞めたいんです」

「そうか」

北沢の方は何の不都合もない。むしろ大助かりだ。

「まともな商売じゃないが、やくざと関わっているわけじゃない。そこは安心してくれ」

「はい」

「それと、よければ姉さんの働き口も当たってみようか」

売上金をかっぱらったアルバイトを紹介した吉田には貸しがある。頼めば、どこか適当なのを見つけてくるだろう。

「本当ですか、そこまで面倒みてもらっていいんですか」

「おまえの働き振りにはいつも感心してたんだ。みんな、どうやってサボろうかとばかり考えてるのに、おまえは熱心に仕事をしてたよな」

従業員が照れたように肩をすくめた。

「それと住む場所だけど、次の部屋が見つかるまでなら、狭いけどあるから」

ダビング専用に使っている部屋だ。風呂は倉庫として潰しているが、小さな台所がついている。何とかふたりが寝るくらいのスペースもある。

「助かります、ありがとうございます。ほんとに、何て礼を言っていいか。すぐ、ねえさんに伝えます」

どうして自分はこの従業員の面倒をここまでみるのだろうと、北沢は自分に戸惑っていた。人手が欲しいのは確かだが、従業員だけ雇えば済むことだ。何も姉まで、ましてや部屋まで提供するなんてどうかしている。

「実は、俺の店なんだ」

「え、そうなんですか」

「そんな商売をしててね」

「あなたの店ならもっと安心です。よかった、真面目に仕事をしていて。ねえさん、よく言ってました。一生懸命やっていれば、見ていてくれる人が必ずいるって」

持ち上げられるのには慣れてない。だいたい裏ビデオ屋なんて感謝されるような商売でもない。居心地の悪い思いで、北沢はポケットから携帯電話を取り出した。

「じゃあ、俺の番号を教えとくよ。こっちとしては今夜からでも来て欲しいくらいだ」

「わかりました。パチンコ屋には今から辞めるって言って来ます」

従業員もまた自分の携帯電話を手にした。それから戸惑いがちに顔を向けた。

「あの、お名前を聞いてもいいですか」

「北沢って言う。おまえは？」

従業員は一瞬、ためらった。

「……山田です」

「そうか、山田か」

偽名であっても構わない。偽名を使わなければならないような立場の者の方が、実はよく働く。出入り業者の山田のように。

「じゃあ、後で連絡します」

「ああ、待ってるよ」

「早速、ねえさんに知らせなきゃ」

従業員が勇んで店を出てゆく。その後ろ姿が引き戸の向こうに消えてゆくまで、北沢はぼんやり眺めていた。

＊

「そんなこと、勝手に決めて」

芳子は押入れからボストンバッグを取り出す周也に、ため息まじりに言った。

「大丈夫だよ、あの人なら間違いない。ただの店員の俺を客から救ってくれるような人だよ、そんな人に悪い人がいるはずがないじゃないか。早く、ねえさんも荷物をまとめろよ」

「でもね……」

せっかく見つけた住み込みの仕事だ。保証人や身分証明書といった面倒な手続きもない。今の自分たちにこれ以上ふさわしい環境があるとは思えない。ためらっている芳子に、周也はぽんとバッグを放り投げた。

「こんなところにねえさんを置いておけないよ。また何をされるかわかったもんじゃない」

あの時、ずかずかと部屋に上がりこんで来た店長は、有無を言わせず芳子を床に押し倒した。抵抗すると思い切り頬を張られ、恐ろしさのあまり声も出せなかった。もし周也が帰って来なかったら、と想像すると今も身が縮まるような恐怖を覚える。

「もう、何を言われてもドアを開けたりしない。注意すれば大丈夫。だって、裏ビデオの店なんて、何かいや」

「贅沢言ってられないだろう、ねえさんとふたり、安心して働ける場所なら俺はどこだっていいんだ」

　ねえさんとふたり……その言葉が、芳子を甘やかな気持ちにさせる。

　あれから三月余りが過ぎようとしていた。とにかく東京から離れて、しばらく千葉の安いビジネスホテルに身を潜めた。逃げるのに精一杯だった。抱えていた借金も踏み倒すことになった。

　ホテルに泊まっている間は、ほとんど外に出ず、部屋の中に身を潜めていた。それでも毎朝早く、人の気配がない時にだけロビーに下り、ラックに放り込んである新聞を舐めるように読んだ。しかし、周也が起こした事件については何ひとつ載っていなかった。あんな世界では、刺傷沙汰のトラブルなど日常茶飯事で、事件にはならないのかもしれない。素人考えだが、警察が動いている様子も感じられなかった。だからと言って、油断ならないことはわかっている。いつ何時、自分たちの身に何が起きるかわからない。

　そのうち手持ちの金が底をつき、働き口を探し始めた。甘い考えを持っていたわけではないが、身元を明かせないという条件ではなかなか仕事は見つからず、結局、東京へと足を向け、錦糸町にやって来た。パチンコ屋に住み込みで働けるようになった時はホッとした。

「北沢さん、ねえさんの働き口も紹介してくれるって」

「そんなことまで……その人、会ったばかりの私たちにどうしてそこまで親切にしてくれるの。何だか変よ」

「疑り深いな。だからそういう人なんだよ、北沢さんっていうのは」

「でもね、周也、もっと慎重にならないと。だって私たちは……」

　周也は振り向かないまま言った。

「わかってる。でも、店長にはもう辞めるって言ったんだからどうにもならないよ。店長の野郎、だったらアパートもすぐ出て行けってさ。簡単なもんだよ。自分がしたこと屁とも思ってないんだ。あいつなら、またきっとやる。そういう奴だよ」

　芳子はひとつ息を吐き、諦めた思いでボストンを手にした。周也は意志の強い子ではないが、こうと決めると聞く耳を持たなくなる。よく言えば天真爛漫だが、物事を慎重に捉えられない性格とも言える。傷つきやすく、情に脆く、それでいてどんな嫌な出来事も数日すればけろりと忘れてしまい、経験や失敗といったものが身に付かない。小さい頃からそうだった。損とか得とか、嘘とか本当とか、胸の中にそういうこととは別の天秤を持っていて、芳子でさえどう解釈していいのかわからなくなる時がある。

　詰め込む荷物など大した量はない。前のアパートを出た時と同じ、ほんの少しの着替えを持ち、一時間後にはアパートを後にした。外に出ると、周也はすぐに携帯で北沢に連絡を取った。

「辞めて来ました。アパートも出ました。これからどこに行けばいいですか」

はい、はい、と周也は小さく頷き「わかりました」と応えている。電話を切って、明るい表情で振り返った。

「行こう、ねえさん」

芳子は頷く。もう後戻りできない。それは誰より芳子が知っている。不安はあっても、どのみち周也とともに生きてゆくことに変わりない。前のアパートを出た時から、いや、初めて施設で会った時から、そうと決まっている。

到着したのは、古びたマンションの一室だった。ドアの向こうから、先日会った北沢が顔を覗かせた。

「すぐわかったか？」

「はい」

周也が素直に頷いている。その表情は信頼に満ちている。周也はいつもそうだ。何度裏切られても信じてしまう。芳子は胸が苦しくなる。裏切られるのが怖いわけじゃない。怖いのは、いつまでたっても慣れずに、何度も信じてしまう周也だ。

「まあ、入れよ」

部屋はワンルームで、十畳ほどの広さがあった。さほど狭さを感じないのは、ベッドと小型テレビぐらいしか置いてないからだろう。芳子は周也に続いて、部屋に上がった。

「悪いけど、茶碗がないから茶も出せない」

「いえ、お構いなく」

周也とともに床に腰を下ろしてから、芳子は床に手をついた。

「ご面倒をおかけしますが、よろしくお願いします」

「堅苦しいのはやめてくれ」

北沢が眉根を寄せて、顔をそむける。怒っているわけではないのだろう。感情や愛想というものを、とうの昔に捨ててしまったような印象があった。北沢は仕事の内容を簡単に周也に説明してから、ふたりを隣室に案内した。こちらの部屋は、ビデオやＤＶＤ、デッキやレコーダーで雑然としている。

「押入れに、布団がひと組入ってる。干してないから黴臭いだろうけど、まあ勘弁してくれ。すぐ適当な部屋を見つけるから」

「寝られるだけで十分です。本当に、何から何まで申し訳ありません」

「じゃあ、店に行くぞ」

玄関に向かう北沢を周也は呼び止めた。

「あの、その前に」

「どうした」

「俺、さっき山田って言ったんですけど、本当は片岡って言います。片岡周也です。すみません、嘘ついて」

芳子が止める間もなかった。名前を明かさない。身元を口にしない。あれほど言い聞かせているのに、こんなにも簡単に晒してしまう。

「ねえさんは田辺芳子。苗字が違うのは血が繋がってないから」

「周也、やめなさい」

きつく制したが、周也はかえって勢いづいたように喋り始めた。

「俺もねえさんも、子供のころ親に捨てられて施設で一緒に暮らしてたんです。血の繋がりはなくても、俺は本物の姉弟だと思ってます」

北沢は困惑したように首を振った。

「いいさ、そんなことはどうでも。でも、これからは周也って呼ぼう」

「はい」

子供のように周也は目を細め、快活に返事をした。

翌日には、芳子の働き口を紹介された。深夜営業の居酒屋で、店の掃除や洗い物といった下働きだ。もしかしたら際どい仕事を押し付けられるのではないか、もしそうだったらどうしよう、と頭を悩ましていたが、杞憂に終わってホッとした。

三日後には、アパートも決まった。築三十年はたっていそうな木造二階建てアパートで、怪しげな外国人が頻繁に出入りしているような所だが、もちろん贅沢を言える立場ではない。北沢の口利きもあって、毎月五万の家賃を前払いさえすれば、身元などを細かく詮索されることはなかった。

あれから十日ばかりが過ぎたが、周也は今のところ、張り切って仕事に出ている。周也に性的な商品を扱わせることに抵抗がないわけではなかったが、本人はそういったものより、北沢に惹かれているようだ。仕事から帰って来て、真夜中にふたりで摂る食事の間中、話題にするのはいつも北沢のことばかりだった。

芳子もまた、まだ短い付き合いでしかないが、北沢がそう悪い人間とは思えなくなっていた。まともな暮らしをしているとは言えないが、金儲けに汲々とすることもなく、女や酒や賭け事に躍起になるわけでもなく、周也から聞いた限りでは、やくざとの関わりもないという。ただ身体の真ん中に冷たい氷を抱えているような、感覚の一部が麻痺しているような、摑み所のない茫々とした気配が漂っているのだけが気になった。

ひと月ほどすると、部屋にはそれなりの生活用品が揃い、暮らしというものが定着するようになった。あの時、何もかも棄てて来た。名前さえもだ。もう二度と取り戻せないと思っていたものが、少しずつ形をなしてゆく。

周也は労を惜しまず働いているし、芳子が通う居酒屋も居心地は悪くない。生活に余裕はないが、そんなものが欲しいわけじゃない。こうして周也とふたり心穏やかに暮らせるなら、他には何もいらない。実際、そうなっている幸運を、芳子は感謝せずにはいられなかった。

*

周也が来て、店は安心して任せられるようになった。

予想通り、周也はよくやってくれている。遅刻はないし、休みも欲しがらない。売上金は誤魔化さず、閉店間際に顔を出すと、店はいつもきれいに掃除されていた。北沢を見る目は信頼に溢れ、その様子は犬が飼い主に向ける目に似ていて、少々閉口しないでもないが、悪い気分というわけでもない。どころか、北沢はそんな周也を可愛らしく思うようになっていた。

「どこかで飯でも食っていくか」

帰り際に誘うと、周也は申し訳なさそうに頭を下げた。

「すみません、ねえさんが作って待ってるんで」

「そうか、そうだな」

ひとりで馴染みの飯屋にでも行こうかと考えていると、唐突に周也が言った。

「うちにいらっしゃいませんか」

北沢は売上金をポケットに突っ込んだ。

「遠慮するよ」

「そんなこと言わずに、ぜひ来てください。ねえさんも、北沢さんにお礼がしたいっていつも言ってるんです。たいしたものはないけど、ねえさんの料理、結構うまいんです」

「いいや、よしとこう」

「北沢さんもどこかで食べて帰るんでしょう、だったらいいじゃないですか。ぜひ来てください。俺たちの生活もちょっと見て欲しいんです」

周也に執拗に食い下がられ、やがて根負けする形で北沢は頷いていた。

「わかった、わかった。じゃあそうさせてもらうか」

「やった!」

周也は喜び勇んで、携帯電話を手にした。


「こんなものしかなくて」

姉の芳子が恐縮したように、テーブルに料理を並べた。野菜の煮付けと焼き魚、牛肉のしぐれ煮は慌てて加えた一品だろう。それと青菜の浸し、漬物。懐かしい風景を見たような気がした。

「ご飯と味噌汁はあとにしますね」

周也が冷蔵庫から缶ビールを持って来た。

「あの冷蔵庫、リサイクルショップで二千円で買ったんですよ。こう見えて、ねえさん、値切るのうまいから」

「いいの、そんな余計なこと言わなくて」

芳子にたしなめられ、周也は肩をすくめている。

卓袱台の前に座り、北沢は缶ビールを受け取った。それからの食事の間中、周也はどうでもいいようなことを喋り、どうでもいいようなことにひとりで笑っていた。時折、芳子に制されるのだが、ビールで少々酔ったせいもあってか口が止まらない。それは親の関心を引きたいがために、必死ではしゃいでいる子供のようにも見えた。

「施設にいた頃、何がいやかって、夜中に目が覚めて、壁に掛けられた絵のキリストと目が合うことだったな。シスターたちは、慈悲に満ちた目だっていつも十字を切ってたけど、俺は、こんな不幸になるなよって忠告されているような気がした」

「ねえさんは、本当は腕のいい理髪師だったんだ。常連のお客さんもいっぱいいて、指名もたくさんあって。でも、俺のせいで、結局、辞めることになったけど」

「小さい頃から、幸運なんてものとは一生縁がないと思ってた。でも、北沢さんと会ってから、違うかも、なんて気がしてる」

食事が済んでも、周也の喋りは止まらない。北沢が「そろそろ」と腰を上げるのを恐れているかのように、次から次と話題を持ち出す。そのくせ、北沢がトイレに立ち、戻ってくると、もう畳の上で仰向けになり気楽な寝息を立てていた。

「今、お茶をいれますから」

芳子が台所に向かう。すぐにほうじ茶の香ばしい匂いがしてきた。このまま帰ろうかと思っていたが、北沢は再び腰を落ち着かせた。

「すみません、周也ったら北沢さんに甘えてばかりで。仕事はちゃんとやっているでしょうか」

「ああ、よくやってくれてるよ」

「周也は真面目な子なんですけど、融通の利かないところがあって、よくそれでトラブルを起こしてしまうんです。でも北沢さんには本当によくしていただいて、周也もそれがとても嬉しいらしくて、もう毎日、北沢さんの話ばかりしてるんですよ」

ほうじ茶の入った茶碗が前に置かれ、北沢はそれを口にした。温かさが、沁みるように身体の中に広がってゆく。

「それに、私にまで仕事を紹介していただいて。私たち、もうこんな穏やかな生活はできないって覚悟していたんです。だから、今の暮らしは夢みたい」

「そうか」

北沢は無表情に頷く。芳子とこうして向き合っているのがどことなく落ち着かない。

「本当に北沢さんには感謝しているんです」

「それで、あんたの仕事の方はどうだ。もし、何か厄介なことがあったらいつでも言ってくれ」

「ありがとうございます、みなさんによくしてもらってます。紹介してくださった吉田さんも時々お見えになります」

「あいつか、あんな奴のことは放っておいていいよ。女に手が早いから、まあ、そこだけは気をつけた方がいいかな」

芳子が苦笑している。もしかしたら、もう口説かれたのかもしれない。吉田は女と見たら口説かずにはいられない性質の男だ。

もしよかったら、と、芳子は言った。

「これからも、こうして時々、うちにご飯を食べにいらしてくれませんか。せめて、それぐらいのことはさせて欲しいんです」

「いいよ、そんな気を遣わなくても」

「でも、いつも外食ばかりだって、周也が」

「いいんだ、ひとりの方が気楽なんだ」

　自分の言葉に険が含まれていたかもしれない、それを感じて顔を向けると、芳子は膝に視線を落としていた。言葉が途切れ、気まずさが流れた。芳子の好意を突っぱねるつもりはなかった。ただ、自分にはこういった和やかさは似合わない。落ち着けない。

「悪かった、きつい言い方して」

「いいえ、私の方こそ、押し付けがましいことを言ってすみませんでした」

　芳子が身体を小さくしている。

「そうじゃないんだ」

　気がつくと、どういうわけか言葉が口をついて出ていた。

「実は俺は心中の生き残りでね」

　芳子が瞬きし、息を止めるのがわかった。

「ずっと前、もう大昔と呼んでもいい頃なんだけど、所帯を持ってたんだ。これでもガキもひとりいた――。こんな話、聞きたくもないか」

「いえ、聞かせてください」

　芳子の眼差しに後押しされるように、北沢は語り始めた。

「俺はろくでなしでね、女房子供なんか放りっぱなしでゴロついていた。女房は普通の女で、俺に振り回されてばっかりだった。ギャンブルと酒に溺れ、借金を作り、もちろん女もいた。虫の居所の悪い時は、女房を殴ることもあった。もともと向いてないのに、どうして所帯なんか持ったのか。まあ、勢いっていうか、魔が差したっていうか、そんなところだな。そんなだから、俺には所帯を持ったって意識は全然なくて、今まで通り、好きに放蕩(ほうとう)してた。あれはいつだったか、久しぶりに家に帰って寝ていたら、いきなり女房に首を絞められた。一緒に死んでくれって、呪文みたいに唱えてたよ。女房の力なんて所詮たかがしれてる。突き飛ばして、ついでにいえば一発張り倒して、俺は家を出たんだ。一週間後に帰ったら、女房は部屋で首を吊っていた。ガキも、女房に首を絞められて、布団の中で冷たくなっていた——」

芳子が息を吞んでいる。

「まさか、そこまで追い詰められているなんて考えてもいなかった」

どうしてこんな話をしているのか、北沢は自分に戸惑っていた。長く、固く、胸の奥に仕舞い込んで来たはずである。今の北沢の周りに過去を知る者はいない。たった三本の缶ビールに酔ってしまったのか。周也の無邪気さや、芳子の好意に、胸の綻びからこぼれ落ちてしまったのか。

「だから、俺はこういう雰囲気の中にいるのが苦手なんだ。理由はそれだけだ。あんたの気持ちは有難くいただいておく」

北沢は茶を飲み干し、腰を上げた。芳子は目を合わさないまま、玄関先まで見送りに出て来た。

「悪かったな、辛気臭い話をしちまって」

「そんなことありません。何て言ったらいいのか……。ただ、少し北沢さんという人が理解できたような気がします。とにかくお気をつけて。おやすみなさい」

「ああ、おやすみ」

北沢は後ろ手にドアを閉めた。


数日後、吉田から連絡が入った。『ドリーム』に来ているという。

「あれから、どうなってるかなって寄ってみたんだ」

十分後に顔を出すと、調子のいい吉田は周也とすっかり打ち解けていた。北沢の顔を見ると、しゃあしゃあと言った。

「イキのいいのが入ったじゃないか。前ので責任感じてたけど、これで安心だな」

「吉田さんが、ねえさんの働き口を紹介してくれたって聞いて、お礼を言ってたんです」

周也の言葉に、北沢は首を振った。

「いいんだよ、こんな奴にお礼なんか言わなくても」

ひでえな、と吉田は首をすくめている。こんなことで気を悪くするような繊細さなどない。でなければ、キャバクラのスカウトなんかやってられない。

「俺もちょくちょく通ってる居酒屋なんだけど、よく働いてくれるって、店長も喜んでたよ。いい姉さんだな」

「はい」

周也が照れて頭を掻いている。

しばらくくだらない話をして、「そろそろ行くか」と吉田は腰を上げた。それから、小狡そうな笑みを口の端に忍ばせた。

「せっかく来たんだから、いいのを一本くれよ」

「いいのは高いぞ」

「けち臭いこと言うなって。おまえと俺の仲だろう。言っとくが、七本まとめて一万とか、そういうのじゃないのにしてくれよ。ああいうのは画質は悪いわ、短いわ、観た気になれない」

北沢は店を見回し、以前、業者の山田が持って来た隠し撮りのビデオを渡した。

「いいのか、これ」

「かなり上物だよ」

「悪いな」

吉田はやに下がった顔で、バッグの中に押し込んだ。

その夜、久しぶりに、死んだ女房の夢を見た。

女房はにこにこ笑って俺を呼んでいる。俺は近づき、抱き締めた。女房の髪の匂いが鼻腔(びこう)に流れ込み、俺の欲望を刺激する。俺は女房の乳房に手を当てた。弾力が手のひらを押し返す。ペニスが痛い。俺は女房とベッドでまぐわい始めた。喘(あえ)ぎ声が俺をいっそう興奮させる。俺はひたすら女房を突いている。女房の顔が恍惚に満ち、唇の端から唾液が流れ出す。

気がつくと、そこにいるのは女房ではなかった。いつか芳子とすり替わっていた。しかし、走り出した快感はもう止まらない。最後に何と叫んだのか。自分でもわからない。行き着くところまで行き、激しく放出して、目が覚めた。

翌日、ダビングをしていて、唐突に気がついた。それはあまりにも唐突で、北沢は思わず立ち上がっていた。

そんなはずはない、そんなわけがない。とにかく、もう一度観るしかない。マスターテープがどこかにあるはずだ。探し回って、部屋の中に積み重なったビデオの中からようやくそれを見つけだした。セットすると、すぐに覚えのある画面が広がった。女が礼儀正しく挨拶をしている。どこにでもいる平凡な女だ。人目を惹くような華やかさはない。その女が、ベッドに入ったとたん豹変する。それは陶酔というより、忘我のように見える。

間違いない。

北沢はゆっくり息を吐いた。

女は、芳子に間違いない。

時間をかけて、煙草を吸った。それから、柄にもなくうろたえている自分を笑った。めずらしいことではない。よくある話ではないか。まさかこの女が、という思いなら、出会った女の数だけして来たはずだ。女は身体の奥に持つ襞（ひだ）と同じほどに、不条理を抱えている。北沢はポケットから携帯電話を取り出した。相手は吉田だ。

「俺だけど」

「おう、どうした」

「この間渡したやつ、もう観たか？」

「もちろん、帰ってすぐ」

「じゃあ、わかったんだな」

「何が」

「つまりだな……」

「出てる女が、俺が居酒屋に紹介したあの女だってことか」

北沢は黙った。

「当たり前だろう、俺は女を見るプロだぜ。なんだ、それわかってて俺にくれたんじゃなかったのか」

それには答えず、北沢は言った。

「言うなよ、本人にはもちろん、周也と会うようなことがあっても、絶対にな」

店に置いてある商品もすぐに引き上げなければと考えていた。周也の目に触れる前に、周也が失望する前に。

「もしかして、おまえ、今頃気づいたのか」

「いいから言うな、それだけは約束しろ」

「わかった、わかった、何も言わないよ」

言ってから、吉田はわずかに口調を変えた。

「実は、それよりちょっと気になることがあるんだ。ちょうどおまえに電話しようか、迷ってたとこだったんだよ」

「何だ」

「その周也のことだけど」

「周也がどうかしたのか」

聞く前に、すでに嫌な予感が広がっていた。

「あれから、どこかで聞いた名前だなって、ずっと考えていたんだ」

「何だよ、早く言えよ」

北沢は急いた気持ちで話を促した。

「実は、前に、そっちの世界ではちょっと名の知られた多崎って男が刺されたんだ。いろいろ際どい仕事を手掛けてる、まあ闇の仕掛け人さ。死んじゃいないが、相当な深手を負った。それで配下のもんが犯人を捜している。俺の知り合いがそっち方面にいてさ、たまたま聞いたんだけど、そんな名前だったような気がするんだ」

「周也っていうのか」

「ああ、苗字は片山とか片岡とか言ってたな」

「じゃあ、違うな。周也の苗字は山田だ」

「山田？　何だか偽名臭いな」

北沢は笑い飛ばした。

「馬鹿馬鹿しい、考えてもみろよ、あいつがそんなことをしでかす度胸のある男か」

「まあ、確かに。どう見てもガキだしな」

「だろう」

呑気な吉田の返事にホッとしながらも、北沢は早く電話を切り上げたくてならなかった。これ以上話していたら、さすがに吉田に動揺を感じ取られてしまうかもしれない。

「とにかく、さっきのことは頼んだぞ」

ビデオの件だ。

「何だ、おまえ、あの女に惚れたのか」

吉田の下卑た笑いを聞き終わらぬうちに、北沢は電話を切った。

周也に確認するか、それとも芳子に訊ねるべきか、迷いながらその日を過ごした。もし、そうだったらどうする。北沢は自分に問いかける。面倒はごめんだ。やくざとは関わりたくない。匿ったなどと誤解されれば、ただではすまないだろう。店も続けられるかわからない。何もかも失ってしまう。

そして、そんなことを思った自分を笑っていた。失うものなんか何もない。女房が子供を連れて彼岸に渡ってから、自分は此岸にいる亡霊のようなものだ。今の自分にいったい失うべき何がある。だいたい周也がやったとまだ決まったわけじゃない。あの周也がそんな大胆なことをしでかすとはとても思えない。

北沢は細く煙草の煙を吹き出した。周也と芳子が現れてから、わずかながら生活に変化が訪れていた。それは意識するほどのものではないが、時折「周也はもう飯を食っただろうか」「夜遅い芳子の帰り道は大丈夫だろうか」などと思い浮かべている自分に気づく。自分の中に、誰かを気にするというような感覚が残っていたことに困惑しながら、どこか愉しんでもいた。何事もなく、このまま過ぎてくれればいい。今の生活が続いてくれればいい。それを望んでいる自分を、北沢はもう否定できないでいる。

街にどことなく緊張感のようなものが漂っていた。

駅前や飲み屋街に、異質なものが混ざり込んでいる気配がする。地元の人間ではない。学生やサラリーマンでもない。長くこの街に棲みついている北沢には、それが肌で感じられる。

その夜、夕飯を食いに出た北沢は、かつて周也たちが働いていたパチンコ屋から、三人連れの男たちが出て来るのを見た。その表情は硬く、険しく、どこか昂揚している。

もしかして吉田が……。

いつも薄っぺらなふりをしているが、ああ見えて抜け目ない男だ。北沢の知らない裏の顔で、何を企んでいるかわからない。

そのまま踵を返して店に戻ると、シャッターが下りたままになっていた。周也が無断で休んだり、遅刻したことは一度もない。緊張しながら中に入り、明かりをつけると、レジの下で背中を丸めている周也が目に入った。

「どうした」

周也は答えない。身体が小刻みに揺れている。震えているのだった。

「何があったんだ、言ってみろ」

周也の前にしゃがみ込み、強い口調で北沢は言った。

「……あいつらがいた、多崎の手下がいたんだ……もう駄目だ、捕まってしまう……」

か細い声で周也は答えた。何もかも、それで理解できた。

「顔を見られたのか」

周也は首を振った。

「ちゃんと答えろ」

「……俺が見ただけで、たぶん、あっちは気づいてないと思います……」

「そうか」

迷っている余裕などなかった。自分にできることはひとつしかない。逃がす。それだけだ。

「すぐ姉さんに電話しろ。居酒屋を出てアパートに帰れって言うんだ。俺も今からアパートに行く。姉さんと合流して、荷物をまとめて戻って来る。それまでおまえはここでじっとしていろ。いいな、どこにも出るなよ」

「……はい」

「心配しなくていい、俺が必ず逃がしてやる」

周也はようやく顔を上げて頷いた。

アパートに向かい、周也から渡された鍵で部屋に入った。しばらく待っていると、芳子が帰って来た。その表情は厳しく、頬は強張(こわば)っている。

「周也は店にいる。あそこなら大丈夫だ。とにかく荷物をまとめるんだ」

　芳子は無言で頷き、押入れからボストンバッグを取り出した。震える手で、着替えを詰め込んでゆく。

「本当に周也がやったのか」

　北沢の問いに、芳子の手が止まった。

「そうみたいです」

「何でまた……」

「詳しい事情は私にもよくわかりません。でも、周也をそうさせたのは私の責任なんです」

「どういう意味だ」

「あの子を、あんなふうにしてしまったのは私なんです。人生をもっと慎重に生きることを教えるべきだったのに、甘やかしてばかりだった。だから、私はあの子を一生守らなくちゃいけないんです」

「血の繋がりもないのに」

　言ってから、北沢は自分の言葉の虚ろさに笑ってしまいたくなった。そんなものに何の意味がある。自分は女房だけでなく、血の繋がった子供さえ殺したも同然だ。血縁などというものとは別の、まるで強く撚られた一本の糸のように、芳子と周也の人生は絡み合っている。

荷物をまとめ終え、ふたりは外に出た。深夜とはいえ、通りにはまだまばらに人影がある。まるで自分たちを狙っているように見えて北沢も芳子も緊張した。

「あの」

芳子がためらいがちに声を掛けてきた。

「何だ」

「裏ビデオのこと、周也に黙っていてくれて、感謝してます」

やっぱり吉田は喋ったのか。あいつのことだ、黙っていられるはずがない。「観たよ、一晩付き合えよ」ぐらいは言ったのだろう。

「悪かったな、吉田に渡してから気がついたんだ」

「いいんです。でも、まさかそんなものが出回っているなんて……」

「あんたは観たのか」

「いいえ」と、芳子が小さく首を振る。

「観ない方がいい。忘れろよ、あれがあんただなんて誰にもわかりゃしない」

「はい……」

やがて『ドリーム』のシャッターが見えて来た。中に入ると、周也はレジの下で、同じ格好で丸まっていた。

「周ちゃん」

芳子の声に安心したのか、周也は走り出て、泣きながら抱きついた。

「ねえさん、どうしよう、奴らが来るよ、俺を捕まえに来るよ」

「大丈夫、周ちゃんは絶対に捕まらない。安心して」

芳子が周也を抱きかかえ、その背を撫でている。

「すぐにここを出るんだ」

言ってから、北沢は内ポケットの財布から札をすべて抜いて、ついでにレジからも取り出し、芳子の手に握らせた。

「いえ、とんでもない。いただけません」

芳子が驚いて首を振る。

「いいんだ、持って行け。あって困るもんじゃない」

「でも……」

「さっさとしまえ」

「はい、ありがとうございます」

芳子は深々と頭を下げ、手にしたボストンバッグの中に押し込んだ。

先に北沢が店の外に出る。右を見る。左を見る。街灯の下を酔客がおぼつかない足取りで歩いている。遠くに居酒屋の看板と、コンビニの明かりが見える。不穏な気配はない。

「大丈夫だ」

北沢はふたりを呼び寄せた。

「幹線道路まで出たらタクシーを拾うんだ。そのままできるだけ遠くの駅に行け。そこから電車に乗って、好きなところに行けばいい」

「はい……」

しかし、芳子は動かない。

「どうした、早く」

「北沢さん」

「何だ」

「私、もしかしたら、ここで周也とふたり、ずっと暮らしてゆけるかもしれないって思ってました。もし、そうなれたら、どんなに幸せかって」

北沢に向ける芳子の目は、闇と同じ色をしていた。

「でも、やっぱりそんなことできるはずないんですね」

胸の底から湧き上がってくる言葉を、北沢はゆっくりと呑み込んだ。わかっている。芳子は決して周也を見捨てはしない。何があっても守り通す。ふたりは別の身体を持ったひとつの魂だ。

「これから、どこに行く？」

「わかりません」

「落ち着いたら……いや、よしとこう。おまえたちの行き先なんて俺には関係ない。どこにでも好きに行くがいいさ」

そして俺は、此岸に残された亡霊だ。

ためらいつつ、芳子は頷く。ふたりの視線が闇の中で絡み合う。北沢は唇を固く結ぶ。でなければ、別の言葉を口にしてしまいそうな気がする。

「さあ、行くんだ、気をつけてな」

「はい……周ちゃん、行くわよ」

ふたつの影が揺れながら、少しずつ小さくなってゆく。闇が霧のようにふたりを包んでゆく。視界がぼやけて、もう見えない。それが闇だけのせいなのか、北沢は知りたいとは思わなかった。

第三章　夜を捨てる

今夜、カオルは六人の客を取った。

五人は常連で、要領もコツも知っているので楽だったが、最後の客は初めてで、あれやこれやと要求された。その上、金を出すからとしつこく本番までせがまれ、断るのに四苦八苦した。

最近は風営法の取り締まりが厳しい。違法行為がバレれば、営業停止はもちろん、実刑が科せられる場合もある。店の警戒は相当のものだ。そんなこともあって今夜はすっかり疲れ果て、とても次の客を取る気にはなれなかった。本当はラストまで出るはずだったが、店長に頼んで十時を回った頃には退(ひ)かせてもらった。

「我儘は一度だけだぞ」

と、釘(くぎ)を刺されたが「明日は頑張りまーす」と甘えた声で返しておくと、それ以上は言われなかった。

故郷を出てから二年がたった。この仕事を自ら望んだわけではないが、田舎から出て来た自分に、優しくしてくれる人たちの言うことを聞いていたら、いつの間にかこういうことになっていた。

今まで、いろんな店で働いて来た。自信があったのは体力だけだ。ひと晩に十人くらい客を取っても平気だった。仕事を終えて焼肉を食べに行き、クラブで朝まで踊っても、液体みたいに寝てしまえば、次の日はまた十人を取れた。

この川崎のヘルスに移ってからはまだふた月ほどである。金も客質も悪くなく、家賃もある程度出してくれるし、仲間の女の子たちもみんな人が好い。それと同じくらい馬鹿でもあるが、自分だって人のことはとやかく言えやしない。だから居心地はいい。

今夜はこのままアパートに帰るつもりでいたが、同じく仕事から上がった梓に「ご飯行こうよ」と誘われた。女の子同士、顔を合わせないよう個室で待機する店もあるが、ここはみんなラフな付き合いをしている。

梓は、カオルより一年以上も前からここで働いている。年はよくわからない。若いと思うが、たんに童顔なだけだともいえる。梓はいつも笑っている。笑うと右頬にえくぼができて、細い目が見えなくなる。その人懐っこい表情は愛らしく、ロリコン客の人気は高い。

「いいよ」

疲れているのだが、このまま部屋に帰って寝るだけでは物足りない気分にもなっていた。眠るだけではもう疲れが取れなくなっているのかもしれない。ふたりで近くの居酒屋に行き、生ビールと、揚げ出し豆腐やサイコロステーキを注文した。

「真美ちゃん、辞めちゃったね」

出てきた揚げ出し豆腐に息を吹きかけて、梓が呟いた。

「ああ、あの目と胸の大きかった子。どうして辞めたの？」

訊ねてから、カオルはサイコロステーキをひとつ、口の中に放り込んだ。

「男に決まってるじゃない」

「ふうん」

「男の借金返済のために、もっと稼げるところに移ったの。本番アリの店だって店長が言ってた。真美ちゃん、性格いいからすぐ男に流されちゃうのよね」

「そうなんだ」

「そうよぉ。ここに来たのも男のためだったんだから。その前は関西にいたんだって」

「へえ」

「その点、私は恵まれてる。私からお金を吸い取ろうなんてヒモがいるわけじゃないもん」

カオルは黙ってビールを飲んだ。梓がホストに熱を上げ、せっせと貢いでいる話は店では有名だ。ホストクラブに通うために無理して客を取っているのと、好きな男に借金を背負わされているのと、どっちが不運だろう。そんなことを考えて、すぐに馬鹿馬鹿しくなった。自分だっておんなじだ。借金の肩代わりにソープに売り飛ばそうとしていた男からやっと逃げて、ぼろぼろの身体ひとつで川崎までやって来た。

「カオルちゃん、店に借りはあるの？」

「少しね。来た時、無一文だったから。テレビとか冷蔵庫とか、部屋のものもいろいろ揃えたし、服も化粧品も買ったし。でも、もうすぐ返せるぐらい」

「返したら、辞めるの？」

「さあ、どうかな。まだわかんない」

「私はね、トリマーになるのが夢なんだ」

聞いてもいないのに、梓は小娘みたいにうっとりと語った。

「トリマーって何？」

「やだ、知らないの、犬の美容師じゃない」

「ふうん」

「犬って本当に可愛い。犬に囲まれて暮らすのって、天国にいるのと同じだと思う」

話に興味がないカオルは、ビールをもう一杯追加した。梓は落胆したように短く息を吐き、話題を変えた。

「そう言えば、カオルちゃんと一緒に飲むのって初めてだね」

「そうだっけ」

「年、私と同じくらい？」

「梓ちゃん、いくつ？」

「二十一」

　嘘に決まっているが、別に構わない。

「うん同じ」

　自分だって同類だ。

「そっかぁ、同じなんだぁ」

　本当でないとわかっているのに、梓は嬉しそうにくしゃくしゃと笑った。

ビールを二杯飲んだところで、梓の携帯が鳴った。メールを開いて、細い目をもっと細める。誰からのメールか想像するまでもない。

「ねえ、これから遊びに行かない？」

　ホストクラブへの誘いだとすぐにわかる。目当てのホストの成績を上げるために、梓はこうしてよく店の女の子を誘うのだ。店長からも気をつけるよう耳打ちされている。

「ごめん、よしとく」

「そう、残念」

「もう行っていいよ。今日は私の奢(おご)り」

「えーっ、いいの？」

「うん、気にしないで」

「じゃお言葉に甘えちゃおっと。ごちそうさまでした。じゃね」

「彼氏によろしく」

「いやね、彼氏なんかじゃないって」

梓は身体をくねらせながら、席を立っていった。

以前、梓に「どうしていつも笑ってるの？」と聞いたことがある。答えは簡単だった。

「だって楽しいから」

梓は笑いながら客を迎え入れ、笑いながら身体を洗い、笑いながらサービスをし、笑いながら抜かせる。でも、たぶん笑顔は客のためではない。自分へのまじないのようなものだとカオルは思っている。笑顔が消えた時、梓はきっと自分の居場所を見失ってしまうのだろう。

居酒屋を出たのは午前一時少し前だった。この一角は歓楽街として有名で、夜ともなれば酔客たちでごった返す。こういった街に共通する、酒と煙草と欲望と吐瀉物(としゃぶつ)が入り混じった匂い。それに海と工場の煙の匂いがわずかに混ざり、獣じみた体臭を放っている。カオルは面倒な酔っ払いの少ない裏通りを選んで、アパートに向かって歩き出した。

ほどよく酔い、ほどよく疲れもほぐれている。春先の甘やかな風が、スカートの裾を揺らしている。

その時、不意に若い男三人が立ちはだかった。

「カノジョ、暇なら付き合ってよ」

三人ともひどく酔っているようだった。学生のようでもあるし、チンピラにも見える。カオルは相手にせず、そのまま通り過ぎようとした。

「何だよ、そんなに冷たくしなくてもいいだろ」

男の手が、不躾(ぶしつけ)にカオルの腕を摑んだ。

「何すんのよ」

反射的にその手を思いきり撥(は)ね除(の)けると、男たちは何が面白いのか、やけに甲高い笑い声を上げた。

「いいじゃん。そんな堅いこと言わなくても、ちょっと飲むぐらい、どうってことないだろ」

「お断り」

素っ気なく言って歩き出したが、それでも男たちはしつこく付きまとってくる。

「そんなに時間は取らせないからさ」

「な、ちょっとだけ」

「いい店、知ってるんだ」

「いい加減にしてよ」

しつこさに足を止めて、カオルは強い口調で言い返した。すると、あらかじめ計画していたように男たちは三方に分かれてカオルを取り囲んだ。

「何なのよ」

改めて男たちを見ると、街灯に照らし出されたその表情は、声を掛けてきた時とは明らかに変わっていた。

「カッコつけんなって、どうせソープかヘルスで働いてるんだろ。いいじゃねえか、一発やらせろよ」

こんな男たちにカオルはひどく腹が立つ。モテもしないくせに、女に対する傲慢さだけは一人前に持っている。相手にしてくれる女がいなくて、その空っぽの頭の中まで精子が詰まるほど溜まっているのだろう。酔ったせいもあって、カオルはすっぱに言い返した。

「だったら金持って店に来いよ。いつでも抜いてやるよ。あんたなら三分も持たないだろうけど」

闇の中で、男たちの目に凶暴さが加わってゆくのが見て取れた。カオルは走って突っ切ろうとした。しかし背後から男の手が伸び、その指が肩に触れたかと思った瞬間、羽交い締めにされていた。声を上げようとした。しかしすぐさま口は押さえられた。手足をばたつかせたが、三人がかりでは身動きが取れない。そのままビルとビルの隙間に引っ張り込まれた。屋外機のモーターがいやな軋み音を立てていた。硬いコンクリートの壁に身体を押し付けられて、それでも抵抗すると、頬に金属らしきものが当てられた。その冷たさに息を呑んだ。それが何か容易に想像がついた。手からバッグが落ち、足元に化粧品や財布が散らばった。

「いいから、黙ってやらせろよ」

男たちはすでに学生でもチンピラでもなく、欲望そのものに姿を変えていた。これ以上抵抗して、下手に顔に傷など付けられたら明日から仕事ができなくなる。それくらいならやられる方がまだマシだ。カオルは覚悟を決めて、身体から力を抜いた。

「そうそう、最初っからそうやっておとなしくすればいいんだよ」

ひとりの男がカオルのスカートをたくし上げ、乱暴に下着に手を掛けて、引き摺り下ろした。すぐに指が入って来た。乱暴にヴァギナをかき回す。痛いが、それさえ言いたくない。無感覚でいるのがカオルの最後の抵抗だった。男たちの荒い息遣いが耳に届いた。

カオルは男たちから顔をそむけ、空を見上げた。ビルとビルとに挟まれた細長い夜空に、光るものは何もなかった。されるがままになりながら、それでも目を凝らし、どうでもいいことを考えた——明日は美容院に行こう。新しい洋服を買おう。そうだ、帰りにコンビニに寄ってプリンを買おう、ついでにチョコ味のドーナッツも——あの頃、いつだって、そうしながら恐怖が過ぎ去るのを待ったように。

その時、目の端に通りから黒い塊が突進して来るのが映った。塊は見る間に近づき、ズボンを下ろしてカオルに突き立てようとしていた男の身体にぶち当たった。男が撥ね飛んだ。

「何だ、おまえ」

ふたりの男が声を上げて、塊の襟首を摑んだ。呆気ないほど簡単に塊は引き倒され、力なく地べたで丸くなった。邪魔されたことで、男たちは欲望を怒りに変えたようだった。カオルから手を離し、この野郎、ふざけんな、と喚きながら、次々とその塊を足蹴にし始めた。鈍く沈んだ音が重なってゆく。ここぞとばかりカオルは声を上げた。

「助けてーっ！　火事だーっ、泥棒だーっ、おまわりさーん！」

よほど声が大きかったのだろう。男たちは一瞬動きを止めると、顔を見合わせて目配せした。それから小さく舌打ちし、道路へと飛び出して行った。

その姿が視界から消えたのを確認して、カオルは下着を引き上げ、蹲る塊に目をやった。

「あんた、大丈夫？」

「……あ、ああ、どうってことない」

塊は途切れ途切れに答えながら、のろのろと上半身を起き上がらせた。通りの明かりがその顔を照らしだす。若い男だった。口の端が切れ、鼻血も出ている。血が顎に向かって細く流れ、シャツの襟を汚していた。

「どうってことないわけないと思うけど」

カオルの言葉に、男は困ったように血を手の甲で拭った。

「こんな夜中に、女の子がひとりで歩いてたら危ないだろ」

それがあまりにまじめな声だったので、カオルは思わず笑っていた。

「危ないのはどっちよ、三人も相手にして」

男は何度か瞬きした。

「三人だったんだ」

「気づかなかったの？」

「うん、夢中だったから」

男が顔を歪めている。明日にはきっと起き上がれないほど身体のあちこちが痛むだろう。顔も鏡を見られないほど腫れ上がるだろう。もしかしたら肋骨にヒビぐらい入っているかもしれない。

「あんた、馬鹿じゃないの」

それなのに、ここのところ、週に四日は会っている。

周也は最初、タカシと名乗ったが、じきに本名を明かしてくれた。どうして偽名なんか使ってるの？　と訊ねると、しばらく考えて、借金取りから逃げてきたと答えた。

周也は近くの工事現場で働いている。三交代制で早番遅番夜勤がある。カオルも同じだ。朝の九時から夜中の十二時までの営業時間内で、時間を調整して出勤する。周也と付き合うようになってから、女の子たちとうまくローテーションを回して、できるだけ会える時間を作るようにしていた。

会えば、ファミレスでご飯を食べたり、カラオケに行ったりした。カオルのアパートで借りてきたＤＶＤを観たり、ベッドで抱き合ったままぼんやり空を眺めていることもあった。以前、渋谷か六本木に遊びに行こうと誘ってみたが、周也は多摩川の向こうには行きたがらず、それより近所の公園を散歩しようと言う。けれども、そうすると馴染み客に会ってしまいそうで、それはカオルの方が困る。だからどこかに出掛けるとなると横浜まで足を延ばすことになる。

中華街や山下公園を手をつないで歩き回り、売店で買ったソフトクリームをふたりで食べ、芝生の上では犬みたいにじゃれあった。おなかが空くとハンバーガーや屋台の肉まんを、ふたりで半分こした。

周也と知り合ったこの三ヵ月の間で、カオルは二度と手に入らないと諦めていたものを取り戻せたような気がしていた。気持ちは浮き立ち、毎日が華やいでいた。少なくとも、ふたりでいる間は、自分がそこらにいる女の子と何ら変わりがないことが嬉しかった。

今日、周也は夜九時からの夜勤で、それに合わせてカオルは夕方早めに仕事を切り上げ、部屋に戻って来た。今、ふたりはベッドで抱き合っている。周也とのセックスは、気持ちいいというより心地いい。まだどこかぎこちなさが抜け切らないところも、かえってホッと寛げる。セックスしなくても一緒にいたいと思える相手とセックスできるのは、なんて幸運なのだろう。

「カオルはいつもいい匂いがする」

周也がカオルの腋の下に鼻を押し付けた。

「ああ、アロマとか使うから」

「どうしてエステティシャンになったんだ?」

カオルは胸を横切る後ろめたさから目を逸らしながら答えた。

「女の人をきれいにするのが好きだから。女の人はね、自分がきれいだと優しくなれるの。私、そういう人をいっぱい作りたいの」

「ふうん」

周也はカオルを自分の胸の中に引き寄せた。瘦せているのに周也は骨ばった感じがしない。いつも柔らかく抱き締められる。

「カオルはすごく優しいし、すごくきれいだ」

こんな時、神も仏も信じたことなどないくせに、周也と出会った幸運を天に感謝せずにはいられない。


男たちに絡まれたあの日、周也をアパートに連れて帰り、簡単に手当てをしてやった。見知らぬ男を部屋に入れるのは初めてだったが、傷を負った周也の姿は捨てられた犬みたいに情けなくて、警戒心を持つのも忘れていた。

手当てを終えると、周也は珍しそうに部屋の中を見回し、特に薄型大画面テレビには興味津々といった様子で眺め入った。

「点けてもいい？」

「いいよ」

周也はリモコンを操作して、次々とチャンネルを替えてゆく。

「すげえ、こんなにいっぱい番組がある」

「ＢＳもＣＳも入ってるから」

「へえ」

「買えばいいじゃん。最近、安いのいっぱい出てるよ」

「俺なんか、とても買えない」

「ローン組めば月に一万で買えるって」

「そういうの、できないんだ」

「なんで？」

顔を向けると、周也は暗い目を手元に落とした。

「自己破産でもした？」

冗談で言うと、周也はわずかに笑みを作った。

「そうじゃないけど、とにかくこんな大きなテレビなんてとても買えない」

「仕事、何してるの？」

「工事現場でバイトしてる。君は？」

「んと……エステティシャン」

仕事を誤魔化す時によく口にする職業だった。両方ともベッドもあればサウナもある。オイルもパウダーも使う。

「エステティシャンって？」

「知らないの？　ほら、女の人が顔とか身体とかマッサージするの」

「ああ、あれか」

周也が納得したように頷く。

「いいな、手に職があるって。俺なんか何にもない。本当に何にも。ただ毎日に追われているだけだ。こんなテレビも一生、買えない」

その声に、絶望のようなものを感じて、カオルは思わず周也に顔を向けた。

「やだ、悲しいこと言わないでよ」

その時にはもう、周也から目が離せなくなっていた。そんなことはひと言も言ってないのに、怖くて不安で死にそうだと、言われているような気がした。


「ずっと一緒にいたい」

耳元で周也が呟く。

「私も」

カオルは周也の背に手を回し、裸の胸を押し付ける。

「朝も昼も晩も、カオルさえいてくれたら、俺はもう何もいらない」

「いつもいるよ」

「約束してくれる？」

「うん」

「ああ、もう時間だ。ちくしょう」

名残り惜しそうに周也はベッドから出て、仕事に向かうために服を着始める。そしてドアに向かう前にベッドまで戻ってきて、端に腰を下ろしてカオルの額に軽くキスする。

「じゃあ、行って来る」

「気をつけてね」

離れがたい思いがカオルの心を埋めてゆく。同時に、同じくらいの罪悪感が色濃く広がってゆく。本当のことを知られる前に、失望される前に、店からの借りを返して、今度こそまともな仕事に就こうと決心する。そして周也と一緒に幸福になるのだ。

*

「周ちゃん、大丈夫なの？」

芳子がご飯茶碗を差し出しながら訊ねた。卓袱台の上には味噌汁と玉子焼きと佃煮(つくだに)が載っている。質素だが、佃煮も芳子の手作りだ。

「何が？」

夜勤明けで、さっき帰って来たばかりの周也は、疲れているのか、返事もどこか投げ(な)遣(や)りだ。

「ここのところ、しょっちゅう出歩いているでしょう。身体も心配だけど、気をつけなきゃ誰に見られるかわからないじゃない」

「わかってるって」

面倒臭そうに答えて、周也はご飯と玉子焼きを一緒に口の中に詰め込んだ。芳子は小さな手鏡を覗き込み、自分の支度を始める。と言ってもちょっと眉を整えて、顔をパフで押さえ、色つきリップクリームを塗るくらいだ。服も普段に着ているジーンズとトレーナーでいい。

今、芳子はラブホテルで清掃の仕事をしている。こちらは二交代制で朝七時出勤の早番と夕方四時出勤の遅番がある。今日、芳子は早番の日だ。

「昨日、ホテルのオーナーにいろいろ聞かれちゃった」

芳子は六十がらみの女性オーナーの、癖のある目つきを思い出しながら呟いた。

「いろいろって？」

「出身はどこだとか、本当の名前は何て言うんだとか」

「ふうん」

「だからね、履歴書通りですって言ったの。でも、履歴書なんてアテにならないとか言うのよ」

もちろん、真実など何ひとつ書いてない履歴書である。手提げ袋の中に弁当を入れ、芳子は財布とハンカチ、ティッシュが入っているのを確かめた。

「何でいまさらそんなこと言うんだよ、もう働いて半年以上たつだろ」

「この間ね、お客さんから腕時計を忘れたって問い合わせがあったの。結局、見つからなかったんだけど、私が掃除を担当した部屋だったから、もしかしたら疑われているのかもしれない」

「ねえさんが盗ったって？」

「たぶん」

「馬鹿馬鹿しい、客の勘違いに決まってる」

「それ以来、何だか居心地が悪いの。あれやこれや興味を持たれるのも不安でしょう。それくらいなら、今のうちにここを離れた方がいいんじゃないかと思って」

周也は返事をしなかった。十四インチの古びたテレビに映るニュースを観ている。

「周ちゃん、聞いてる？」

「ああ」

「ここなら、もう少しいられると思ったんだけど」

芳子は手提げ袋を手にして、玄関に向かった。

「じゃあ行ってくるね。寝る前に、ちゃんと銭湯に行くのよ」

「わかってる、いちいちうるさいな」

アパートの建付けの悪いドアを閉めると、芳子は小さく息を吐いた。近頃、周也は変わったように思う。何を言ってもまともに聞こうとせず、今のようにささいな言葉にも反発する。かと思うと、どれだけ話し掛けても上の空の時もある。まだ若い周也にしたら、世間から隠れるような今の生活は窮屈で息苦しいものだろう。人目など気にせず、もっと伸び伸びと暮らしたいと望むのは当然だし、芳子もできるならそうさせてやりたいと心から思っている。しかし、何が起こるかわからない。今も不安は拭えない。

北沢と別れてから、しばらく北関東にある小さな温泉町で暮らした。その場所を選んだのは、利用客がほとんど地元の人だと聞いたからだ。名の通った温泉街だと誰に見られるかわからない。そこなら安全に思えた。ちょうど二人揃って住み込みで雇ってくれる旅館があり、腰を落ち着けた。

幸運なことに、周りはいい人ばかりだった。旅館で働くのはふたりとも初めてだったが、配膳や布団の敷き方、風呂掃除などもていねいに教えてくれた。客からのチップを分ける時も、新参者の芳子や周也にまで平等に回してくれた。時には仕事仲間が、家にご飯を食べにおいで、お茶をいれたからどうぞ、などと気さくに誘ってくれた。

しかし日がたつにつれ、その人の好さや親切がむしろ重荷になっていった。余所者（よそもの）が居つくなどめったにないのだろう。常に注目され、気遣われ、声を掛けられた。ふたりが望んだ、いるかいないかわからないくらい日常の中に溶け込むという暮らしをするのは至難の業だった。

仕事を終えて部屋に戻って来た周也が、着ていた半纏(はんてん)を畳に投げ付けた。

「もう、いやだ、うんざりだ」

「どうしたの」

「朝、俺が自動販売機で缶コーヒーを買ったことも、昼にカップラーメン食ったことも、みんな知ってる。何だよ、それ。気持ち悪いんだよ。監視されてるみたいでイライラする」

町の人たちの思いが善意であるとわかっている。それくらいわかりやすい好意だった。しかし三ヵ月が限度だった。日常に溶け込んで生活するには、余所者が珍しい存在となる土地では無理なのだとようやく理解した。だからと言って東京に戻るには不安が大き過ぎる。迷った挙句、この川崎のはずれにある歓楽街の一角に辿(たど)り着いた。

住み始めた頃は、ここを選んで正解だと思っていた。喧騒に溢れ、人の出入りが激しく、誰もが自分の生活で手一杯で、他人を詮索するような余裕はない。詮索すれば、結局、自分も詮索される。まるで同じ電極ばかりが集まったように、人々は一定の距離から近づこうとはしない。ここなら周也とふたり、穏やかに暮らしてゆけると安堵(あんど)した。

しかし、やはりそううまくはいかないらしい。ラブホテルの女性オーナーは最近、芳子にやたらと興味を向けている。遠回しではあるが過去や経歴に探りを入れる。

今日も、事務所となっている小部屋で弁当を食べていると、わざわざオーナーがやって来て芳子の前に腰を下ろした。

「あんた、この間若い男と歩いてただろ。見たよ」

「そうですか」

芳子は箸を動かしながら小さく頷く。

「ほら、スロット屋の向かいにあるコンビニの前。あれ、誰だい？」

そのコンビニは実際に芳子も周也もよく利用している。

「弟です」

「弟？　履歴書にはそんなこと書いてなかったけどね」

この女性オーナーがどんな生き方をしてきたかは知らないが、まっとうでないことだけはわかる。癖のある独特の気配が全身から立ち上っている。

「すみません。最近暮らし始めたので……」

オーナーの白目は濁っていて、黒目との境界が曖昧になっている。その上少し斜視があり、目を合わせてもどこを見ているのかよくわからない。

「弟には見えなかったけどねぇ。どう見ても、年下のイロって感じだった」

そんな挑発的な言葉など、取り合うつもりはない。

「腕時計のことは、本当に私、知りませんから」

強く言い返すと、オーナーは口元に皮肉な笑いを浮かべ、不意にこんなことを言い出した。

「こんな商売を長くやってると、否応(いやおう)なしにいろんな女を見るんだよね」

「そうですか」

芳子は話を切り上げたくて、まだ半分しか食べていない弁当の蓋を閉じた。

「いろんな女って、わかるかい？」

「いいえ」

「道を踏みはずす女のことだよ」

芳子は黙っている。

「教えてやろう。道を踏みはずす女には二通りある。男に駄目にされる女と、男を駄目にする女」

芳子は弁当箱を手提げ袋にしまった。そんな言葉に乗せられて、自分から何かを喋ってしまうような羽目にはなりたくなかった。

「あんたは、どっちが不幸だと思う？」

「さあ……」

「どっちも同じさ、相手を捨てない限り、男も女も駄目になる。それだけは間違いない」

一瞬、胸を衝(つ)かれたように芳子は唇を結んだ。どういうわけか空恐ろしいものを突きつけられたような気がした。手提げ袋を手にして、芳子は椅子から立ち上がった。

「三階の掃除をして来ます」

「その弟、せいぜい可愛がってやるんだね」

背中にオーナーの揶揄（やゆ）するような笑い声が投げられた。


「ねえさん、会って欲しい子がいるんだ」

夕食の後片付けをしていた芳子は、水道の蛇口を止めて、振り返った。周也の声はどこか上擦っている。このまま洗い物を続けようか、それとも周也の前に座ろうか、どっちがいいかわからない。

周也にそんな子がいるのかもしれない、ということは薄々感じていた。夜勤というのに昼過ぎに出て行ったり、五時で終りのはずが夜遅くまで帰らなかったり、休みに行き先も告げずふらりと出て行ったり、近ごろの周也は芳子の知らない時間を増やしていた。そばで見ていても、上機嫌だったり、ぼんやりしたり、かと思えば急に洒落（しやれ）たシャツを買って来たりした。周也はまだ若い。惹かれる女が現れるのは当然だ。

「会うだけでいいの？」

言ってから、芳子は後悔した。これから周也がどんな言葉を続けるか、すでに聞こえたような気がした。

「俺、できたらその子と一緒になりたいんだ」

芳子は自分を宥めるように息をひとつ吸い込んで、周也の前に座った。

「周ちゃん、私たちが今、どんな状況にあるのかはわかってるよね」

周也の頬に不機嫌さが滲んでゆく。

「わかってるさ。でも、あれからずいぶんたつし、ここに来てからヤバいことは何にも起きないだろう。あいつら、きっと諦めたのさ。いつまでも俺みたいなのを追いかけてたってしょうがないもんな。もう大丈夫、平気だよ」

「そんな呑気なことを言って。もし前みたいに現れたらどうするの」

周也は不満げに顔をそむける。

「その子を巻き添えにしてしまうかもしれないのよ」

「現れないかもしれないだろ」

周也は昂ぶる気持ちを抑えられなくなったのか、声を荒らげた。

「俺、もうたくさんなんだよ。いったい、いつまでびくびくしながら暮らしてゆかなきゃいけないんだ。こんなの、生きてないのと同じだよ。一生、隠れていなきゃいけないなら、いっそのこと死んだ方がマシだ。俺は自由になりたいんだ。好きに生きたいんだ。ねえさんだってそうだろ。俺みたいな厄介者なんかとっとと見捨てて、好きに生きればいいんだよ」

「周ちゃん……」

「それであいつらに見つかったら、その時はその時さ。早い話、殺されればいいんだろ。覚悟はできてる」

もう何も返せない。説得しようとすればするほど、周也は強く反発するだろう。性格は五歳の時から知っている。

だったら、自分が周也にできることは何なのか。考えなくても答えはすでにわかっている。受け入れることだ。周也のすべてをそのままに、世の中がことごとく否定しても、芳子だけは認めてやる。ずっとずっとそうしてきたではないか。これからもずっとそうすると誓ったではないか――。

「わかった、周ちゃん。一度、その子を連れてらっしゃい」

「本谷（もとや）カオルです」

玄関先でぺこりと頭を下げる女の子が、あまりに若くて驚いた。二十一歳と聞いていたが、顔にはあどけなささえ残っている。昔、周也が「結婚したい」と連れてきた少女の姿と重なった。しかし、確かに髪は金髪に近いが、化粧は薄く、服装にも派手さはない。

「姉の芳子です。いつも周也がお世話になってます」

「世話なんて」

カオルが首をすくめて、周也を見上げる。ふたりは視線を絡めて、ふたりだけに通じ合う笑みを交わしている。いたたまれないような思いで目を逸らし、芳子はカオルを部屋に招き入れた。すでに卓袱台にはロールケーキが出してある。紅茶をいれながら「どうぞ」と勧めると、カオルは子供みたいに喜んで頰張った。感じのいい子だった。素直で明るそうだ。受け答えもはきはきしている。紅茶を飲みながら、芳子はカオルの一挙手一投足を見逃すことなく眺めた。

「エステティシャンをしているんですってね」

「はい、まあ」

「若いのにちゃんと自分の技術で働いているなんてえらいのね。出身はこちらなの?」

カオルはわずかに口籠もった。

「いえ……、いろんなところを」

引き継ぐように、周也が答えた。

「俺たちと同じで、カオルもみなしごなんだ」

「え……」

「だから、親戚の家をあちこちたらい回しにされたんだってさ」

それを聞いただけで、どんなにか肩身の狭い思いをしてきただろうと、想像がつく。

「ごめんなさいね、嫌なことを聞いちゃって」

「いいんです」

「そうだよ、そんなことどうでもいいだろ。カオルはカオルだ。カオルがどこで生まれて誰に育てられたかなんて関係ない。だいいち俺たちがそんなこと聞ける立場じゃないだろ。俺は継父の虐待だし、ねえさんはおふくろに捨てられたんだ。経歴も肩書きも俺は信じない、目の前にいるカオルだけを信じてる」

周也はそう言って、芳子の前でカオルの肩を引き寄せた。

小一時間ほど話をした後、ふたりはアパートを出て行った。これから横浜に遊びに行くのだという。カップや皿を流しに運びながら、芳子は自分の胸の中に広がる厄介なものを振り払おうとした。カオルはいい子だ。年のわりにしっかりしたところもある。あの子なら、きっと周也とうまくやってゆくだろう。何より周也があれだけ好いているのだから、芳子がとやかく言う必要はない。ふたりが幸せになってくれればそれでいい。

それなのに、洗い物をする指先に力が入らず、芳子は流しの中に何度もカップや皿を落とした。

いつしか春の日差しは少しずつ重くなり、海から流れてくる潮の匂いが濃くなった。初夏の気配が街を包み込んでいた。

その日、芳子はホテルの備品の買い出しに出た。週に二度ばかり、トイレットペーパーやティッシュペーパー、シャンプー、リンス、ボディソープ、消臭剤、芳香剤、コンドームといったものをまとめて買うようになっている。

　ドラッグストアは商店街と飲み屋街が入り組んだ場所にある。この辺りは、日中は普通の買い物客がほとんどだが、夕方から様子は一変する。居酒屋、スナック、パブなどの看板に灯（ひ）がともり、裏通りに入れば、風俗のいかがわしい店も並んでいる。夜が更ければ酔客目当ての外国人娼婦（しょうふ）も立つようになる。芳子の働くラブホテルもそんな客を目当てにしている。

　買い物を済ませたところで、通りを歩いてゆく女の子の姿が目に入った。カオルだった。

「あら」

　声を掛けようと、芳子は袋を手に慌てて通りに出た。カオルが路地を折れてゆく。エステティックサロンがこんな所に？　と思ってから、ある種の予感のようなものが胸を掠（かす）め、芳子は後を追った。カオルが入っていった路地奥を覗くと、ちょうど店に入って行くところだった。その姿が消えてから、芳子は店の前に立った。昼間というのに電飾が点滅する看板に『ＨＥＡＶＥＮ』という文字が浮かんでいた。

　それから、芳子はずっと考えている。仕事をしていても、アパートに戻って食事の用意をしていても、ずっと考えている。周也に伝えるべきか。それとも見なかったふりを通すべきか。話してしまいたい気持ちがないわけではない。しかし事実を知れば、周也はどれほど傷つくだろう。正直に言えば、ヘルスで働いている女と周也を一緒にさせたくなかった。しかし、そんなことを言う資格が自分のどこにあるだろう。自分もデリヘル嬢をしていた。どうしても金が必要で切羽詰まった選択だったが、カオルもきっと事情があるのだろう。事情のない人間がこの街にいるはずがない。だからこそ、ここに芳子も周也も溶け込むことができたのだ。

カオルはいったいどういうつもりなのだろう。まさか周也を騙そうというのか。お金なんてあるはずもない。とにかく、周也をこれ以上厄介なことに巻き込ませたくない。できるなら、人並みの生活は無理にしても、世間の片隅でつつましやかに生きていってほしい。カオルとそれが叶うのか。カオルにその気持ちがあるのか。周也が独り合点をしているだけではないのか。そして、後悔が広がってゆく。どうしてもっと早くこの街を出てしまわなかったのか。周也がカオルと出会う前に。そうしたら余計なことには惑わされず、以前のようにふたりで身を寄せ合って生きてゆけたはずである。

これは嫉妬だろうか。私はカオルに周也を渡したくないだけなのだろうか。

芳子は唇を嚙む。そんなわけはない。たとえ今、周也にすべてを話してカオルを諦めさせたとしても、いつか同じ日は来る。周也はいずれ自分の手から離れてゆく。そんなことはわかっているではないか。

＊

梓が捕まった。


カオルにその連絡が入ったのは、夜勤に向かう周也を送り出し、ベッドで浅い眠りについたばかりの時だった。携帯電話を耳に当てると、店の女の子が早口でまくしたてた。

「ほら、熱を上げてたホストがいたじゃない。そいつにナイフで切りつけたんだって」

もしかしたら、まだ夢の中にいるのかもしれない。

「梓、その場で取り押さえられて、警察に連れて行かれたらしい」

「相手はどうなったの？」

「命に別状はないって聞いてる。でも、切りつけた場所は顔だっていうから、傷は残るんじゃないの。きっと残るようにわざと顔を選んだのよ。執念よね、それって」

カオルは、いつでもどんな時でも笑みを絶やさない梓の顔を思い浮かべた。その時も、梓は笑っていたのだろうか。

「実はね、それでもっとややこしいことになっちゃったのよ」

カオルは携帯電話を持ち直した。

「ややこしい？」

「梓、ホストに貢ぐために、店でこっそり本番やってたらしいの。もちろん料金は別に受け取ってたから、店長も知らなかったんだけど、そのこと白状して、風営法違反とか何とか、店に警察が来たんだって。さっき連絡があって、働いている子から全員事情を聴くって」

　携帯を握るカオルの手が冷たい汗で湿ってゆく。

「やだなぁ、警察なんて。私は違反なんか全然してないのに」

　電話を切って、カオルはベッドに座ったまま、しばらく宙に目をやった。警察に事情を聴かれれば、知られたくないことも口にしなければならないだろう。いちばん厄介なのは身元確認だ。名前、年齢、本籍。調べられ、照会され、その後どうなるか、想像はつく。

　再び、携帯電話が鳴り出した。表示に店長と出ている。

「はい」

「ああ、カオルちゃんか。悪いけど今から店に来てくれないか」

「すぐですか」

「うん、急ぎなんだ。みんなにも来てもらうから、よろしく頼むよ」

「わかりました」

電話を切ってから、カオルは携帯電話の電源をオフにした。それから、現実を受け入れるために、大きく息を吸い込んだ。もちろん店に行くつもりなんかない。しかし、ここでじっとしていたら店長が迎えに来るかもしれない。どころか、直接警察がやって来る可能性だってないとはいえない。そんなことになったら——。

カオルはベッドを出て、クローゼットを開けた。キャリーバッグを引っ張り出し、目についた必要なものを詰め込んでゆく。金になりそうなブランドバッグやアクセサリーは別の紙袋にまとめた。途中、質屋に寄って換金するつもりだった。

大型テレビなんか買わずに現金で持っていればよかった、服も化粧品もこんなにいらなかった、部屋だってもっと安いアパートにしておけばよかった、でも、いまさら後悔しても始まらない。こんな生活がしたかった。満ち足りたかったのだ。けれども満ち足りることを知らないカオルには、この生活が果たしてそうだったのか、今もわからないままだ。

持てるだけのものを手にして部屋を後にした。このまま駅に行き、何でもいいから電車に乗る。行き先なんかどこでもいい。働き口ならどこにでもある。どこでだって、生きてゆけるだけの自信はある。

でも、その前に——

周也に会いたい。最後にひと目だけでも。

＊

アパートの階段を上ると、ドアの前に小さく蹲る姿があって、芳子は足を止めた。

「カオルちゃん？」

疲れた表情でカオルは顔を上げた。

「どうしたの？　すごい荷物ね、どこかに行くの？」

「周也は？」

「今夜は夜勤。だから帰りは朝方になるけど。でも、どうして」

「会いたくて……」

「え？」

「周也に会いたくて……」

カオルの切羽詰まった表情に、不安が湧き上がった。芳子は手提げ袋から鍵を取り出した。

「とにかく入りなさい」

カオルはのろのろと立ち上がり、荷物を引き摺りながら芳子の後に続いた。

「何があったの？」

部屋に落ち着き、卓袱台を挟んで向かい合った。カオルは何か言おうとしたが、すぐにためらうように口を閉じた。無理に聞き出すのも気が引けて、芳子は台所に立った。

「夕ご飯、まだなんでしょう？　よかったら一緒に食べない？」

カオルは小さく頷いた。冷蔵庫を覗いて、残り物の野菜とベーコンで炒飯を作った。狭い部屋に香ばしい匂いが広がってゆく。ついでに味噌汁も作り、カオルとふたり、交わす言葉もなくぼそぼそと食べた。食事の間も、訊ねたい気持ちがないわけではなかったが、結局何も聞けなかった。カオルの様子を見ていると、聞けば更に追い詰めてしまうかもしれないという気になった。言葉を交わさないまま、それでも時間は刻々と過ぎ、やがて午前零時を回ろうとしていた。

「泊まってくでしょ？」

「いいですか」

「もちろんよ」

「すみません、迷惑かけて」

「そんなの、気にしないの」

テーブルを片付けて、押入れの襖を開けた。ひと部屋しかないここでは、いつも重なるようにふた組の布団を敷いている。

「悪いけど、カオルちゃんは周也の布団で寝てね」

「はい」

洗面を済ませ、蛍光灯の紐(ひも)を引っ張って電気を消す。「おやすみなさい」と声を掛ける。カーテンの隙間から街灯の明かりが差し込んでくる。遠くの電車や車の音も流れ込んでくる。

寝付けずにいると、不意に「ごめんなさい」と、カオルが言った。

「え？」

「ごめんなさい、私、たくさん嘘をついてた」

身体を起こすと、カオルは布団の上に正座していた。

「本当はエステティシャンじゃないの、ヘルスで働いているの」

それを聞いても芳子が驚く様子を見せなかったことで、カオルは何かを感じ取ったようである。

「もしかして、知ってた？」

「以前、カオルちゃんがそんな店に入ってゆくのを見たことがあるの」

「そうだったんだ」

「でも、周也には何も言ってないから心配しないで」

カオルはしばらくの間、考え込むように黙っていた。救急車のサイレンが思いがけず近くを通り過ぎてゆく。赤いランプの点滅が、カーテンごしに映る。

「本当は、何も言わないでどっかに行こうと思ってたの」

「どこかに行くってどういうこと？」

「今夜が最後。明日はもうここにはいない。だから周也にお別れを言いにきたの」

「お別れって」

「仕事だけじゃない。みなしごっていうのも嘘。父親はいないけれど、母親はいるの。それから年も、二十一じゃなくて、本当は十六なの」

「えっ」

芳子は思わず声を上げた。

「十六って……」

「家出したのは十四だったから」

「カオルちゃん、あなた……」

「十六年間、周也と出会うまで、いいことなんかひとつもなかった」

宙を見据えながら、カオルは呟く。

芳子は薄明かりの中でカオルの唇が動き出すのを見つめていた。

＊

十一歳の時から自分の身に起こったことを考えると、今も心が竦んでしまう。

母親が自分に無関心なのは仕方ないと、物心がついた頃から諦めていた。とても普通だとは思えなかったが、時には親としての才能が欠如している人間もいるのだと、自分を納得させる方法ぐらいは覚えるようになっていた。しかし母親と暮らす男が、自分の娘に何をしているか、それに無関心でいるのは、狂っているとしか思えなかった。

母親は言った。「いやなら断ればいい」。そんなことができるくらいなら、母親に告げたりはしなかった。事実を口にすれば、母親が大切にしているものを壊してしまうことになる。こんな母親でも、傷つけたくないという思いがあった。やっとの決心で訴えたというのに、母親は、見て見ぬふりを決め込んだ。

真夜中、カオルの部屋の襖が開いて、男が入って来る。布団の中に潜り込み、カオルを自分のおもちゃにする。母親は眠っているのか、眠っているふりをしているのか。いいや、そんなのはどっちでもいい。男を引き止める手段として、母親は、娘を差し出すことを選んだのだ。

中学二年の時、カオルは家を出た。男の薄汚れた指や口臭をそばで感じるだけで頭がどうにかなりそうだった。

母親の自慢のヴィトンのバッグをかっぱらって、台所に放り出してあった財布と戸棚の中からありったけの金を取り、真夜中に家を出た。奥の寝室でふたりが寝ているのはわかっていた。わかっていたから、玄関脇に置いてあった自転車カバーに火を点けた。死んでもいい。死ねばいい。あんな奴らは親でも人間でもない。焼かれて、苦しんで、声にならない叫び声を上げて、すべてに見捨てられればいい。私がそうされてきたように。あんたらがそうしてきたように。

上京して、渋谷をぶらつくと、すぐに知り合いができた。ろくでもない知り合いばかりだったが、家にいるよりかは百万倍も安らいだ。驚いたことに、街にはカオルと似たような子がゴマンといた。知り合った子の家に居ついたり、また別の誰かのところに転がり込んだりしながら、住むところも寝るところも転々とした。

毎日のように新聞やテレビのニュースに見入ったが、放火も焼死も殺人も行方不明の娘も報道されることはなかった。たぶんボヤで終わったのだろう。今頃、ふたりはいつものように飲んだくれ、くだらないことで笑ったり怒鳴り合ったりしているのだろう。その家に十四歳の娘がいたことすらも忘れているだろう。もうどうでもいい。ふたりがどんな暮らしをしていようが関係ない。自分はあの時、確かに母親と男を殺したのだ。

あれから二年がたった。自分が堕(お)ちているのはわかっていた。それでも、あの家での暮らしを思い返したら、今の生活の方がよほどマシだった。いまさら警察に捕まって、あの家に連れ戻されるのも、鑑別所や少年院に送り込まれるのもまっぴらごめんだ。あんな母親と男のために、これ以上、自分の人生を滅茶苦茶(めちゃくちゃ)にされたくない。

だったら答えはひとつしかない。

逃げる。それだけだ。

＊

夜が明けようとしていた。

朝のひんやりした空気が肩先に下りて来る。カーテンを開けると、昇り始めた太陽の光が流れ込んできた。その鮮やかさの中で見るカオルは、確かに十六歳の少女だった。

この子と周也は同じだった。芳子ははっきりと理解する。信じた者からこっぴどく裏切られて来た。だから惹かれ合った。ふたりは、持っているものではなく、なくしたもので繋がっていた。

今まで、それは自分と周也だと思っていた。だから周也のために現実を捨て、周也のためだけに生きようと決めていた。しかし、果たして自分は捨てたのだろうか。逆に欲しいものを得るためではなかったか。周也さえいてくれればいい。そう思った時から、もしかしたら自分はすでに周也を失っていたのかもしれない。

「周也が初めてだった」

カオルの声に芳子は我に返った。

「一緒にいて、こんなに安心して眠れる人って」

「これからどうするの？」

「わかんない。でも、生きてゆく手段ぐらいは知ってる」

普通ならまだ高校生の女の子だ。楽しく遊ぶでもなく、楽して暮らすでもなく、生きてゆく手段を知っていると言う。何て哀しい言葉を口にするのだろう。

結局、一睡もしなかった布団をふたりで片付けた。それから、芳子は押入れの中からボストンバッグを取り出した。周也の着替えと服を数枚、靴下を二足、タオルと歯ブラシを詰め込む。台所の流しの下に隠してあった三万円入りの封筒と、自分の財布の中にあった数枚の千円札もバッグの中へ押し込んだ。

「ふたりで行きなさい」

「え……」

カオルが瞬きする。

「今まで周也には私が付いていなければと思ってた。でも、もうカオルちゃんがいてくれる。これで私の役目は終りね」

「でも……」

「周也もきっと一緒に行くと言うはずよ」

「そうかな」

「周也はそういう子よ」

「でも、本当にそれでいいの？」

カオルの目に戸惑いが横切る。

「どうして？」

「だって、お姉さんひとりになってしまう」

芳子は口元に笑みを浮かべた。

「いいのよ」

「周也、言ってた。本当の姉弟じゃなくても本当の姉弟以上だって。一生かかっても返せないくらいの恩があるって。そんなお姉さんを置いてゆくなんて、周也にできるわけがない」

「ううん、できるわ。姉弟だからできるのよ。姉弟ってそういうものなのよ。だから心配しなくていいの、私は何も失ってはいないから」

やがて、階段を上る足音が聞こえて来た。

「ほら、周也が帰って来た」

カオルの顔が光を放つように輝いてゆく。

もう二度と、この足音を聞くことはないだろう。次に耳にするのは、ふたりが階段を降りてゆく音だ。そして二度と帰らない。

だんだんと周也の足音が近づいてくる。別れが近づいてくる。
芳子は身じろぎもせず、耳を澄ませた。

第四章　風に眠る

目の前に白い天井が広がっている。

それを確かめるように眺めてから、ハオは右に顔を向けた。白いカーテンがかすかに揺れている。左に向けても同じだった。ここが病室のベッドであることに安堵を覚えながら、ハオはゆっくりと上半身を起こした。わずかに、めまいのような吐き気のような、不快な感覚が身体を包む。しかし清潔なベッドで、こんなにも長時間、何も考えずに眠ったのは久しぶりだった。

右隣も左隣も、ベッドの住人はまだ眠っているようだ。寝息が規則正しく繰り返されている。ハオは気分が落ち着くのを待って、ベッドから下りようとした。水が飲みたかった。その時、病室に女の看護師が入って来た。

「おはようございます。朝の採血をさせていただきます」

もぞもぞと、あちこちで人の動く気配がする。この病室は六人部屋である。

「入りますよ」

声があって、カーテンが引かれ、五十に近い看護師のやけに愛想のいい笑顔が覗いた。

「気分はどうですか？」

「ちょっとくらくらするのと、気持ちが悪いのがあるけど」

「そうですか」

看護師がカルテに書き込んでゆく。

「じゃ、腕を出してください」

ハオは素直に従う。看護師は病衣の右袖をまくり上げ、脈と血圧を測定する。それから、腕に針を突き刺した。昨日の朝、ここに来てから五回目の採血だった。小さな絆創膏(ばんそうこう)がまたひとつ増える。次は反対の袖を上げて、注射をした。採取した血液分と同じ量くらいの透明の液体が身体に吸い込まれてゆく。こちらもこれで五回目だ。

「朝一番のお小水は、名前の書いてある容器に入れて、所定の場所に置いてください。それから食堂にどうぞ。もう朝食の用意はできていますので」

ハオは頷き、袖を下ろした。枕元の時計を見ると、午前六時十分だった。

トイレに行き、小水をとって所定の場所に置き、食堂に行くとすでに七人ほどが座っていた。一様に、あまり食欲のない顔をしていた。すぐテーブルにつく気になれないのか、みな新聞を読んだりテレビを観たり、それぞれ勝手に過ごしている。

朝食は豪華ではないが、そう粗末というわけでもない。ご飯に豆腐の味噌汁、焼き魚に目玉焼き、野菜の煮付けが少しと、漬物だ。あまり食欲はなかったが、ハオは箸を手にして食べ始めた。

半分ほど食べた頃、隣に男が座った。二十三歳のハオより四、五歳上だろうか。男はあくびを繰り返しながらも、好奇心の籠もった目を向けた。

「あんた、日本人じゃないんだろ」

ハオは答えず、味噌汁を飲む。

「発音が何かちょっと変だもんな。韓国か、台湾か、中国か？」

男は気楽な口調で訊ねて来る。

「治験バイトは日本に国籍を持ってる人間しかできないはずだけどな」

「国籍はある」

仕方なく、ハオは答えた。言葉のイントネーションが違っているのは自分でもわかっている。日本に来て六年がたった。今では聞き取りに不便を感じることはほとんどないが、喋るとやはりネイティブでないのがバレてしまう。

「外国育ちってわけか」

「まあ、そんなとこだ」

「ふうん」

男は箸を手にして、漬物をひと切れ、口の中に放り込んだ。これ以上、詮索を続けられるようなら席を移ろうと考えていた。身元を探られれば、面倒なことになるのはわかっていた。その矢先、男は言った。

「このバイトは何度目だ？」

どうやら男の興味は出身にあったわけではないらしい。ハオは改めて男の顔を眺めた。顔色は悪く、頬に妙なシミが散っていた。生彩のない表情は、投薬のせいばかりではなさそうだった。人生を投げ出しているとでも言うべきか。しょぼしょぼと瞬きする様子は、老人のようにも見えた。

「初めてだよ」

「何だ、まだ新人か」

「あんたは？」

「十回は下らないな。これで飯を食ってるようなもんだから」

「一度受けたら、四ヵ月は間をあけなきゃいけないんだろ」

「さすがに知ってるな。まあ、厳密にはそうなってるけど、うまく潜り込めば何とかなる。健康診断で引っかかれば落とされるけど、新薬治験の、それも入院期間の長いのは人が不足してるから、結構その辺りはルーズなんだ」

「ふうん」

「今回は二週間だから長丁場だよな。ま、その分、金がいいからしょうがない。日当が三万近くも出るバイトなんて、他にないもんな。その上、上げ膳据え膳、後はごろごろしてればいいだけなんて、俺にとっちゃ天国みたいなところさ」

治験バイト、ひらたく言えば薬の人体実験である。治験には新薬とジェネリックがあるが、危険度を加味して、報酬は新薬の方が断然いい。

昨日から注射された透明の液体が、身体の中でどうなっているのか、ハオにはよくわからない。今朝のかすかなめまいと嘔吐感（おうとかん）が、ひとつの症状なのかもしれないと思うが、聞いているのは、肝機能障害の新薬ということだけだ。

このアルバイトを紹介したのは、楊（ヤン）という男だ。楊を教えてくれたのは李（リ）という男で、李に話を持って行ったのは張（チャン）という。張とは横浜の飲み屋で知り合った。中華料理店に潜り込んで働いていた時だ。金がないと言うと「面白い仕事がある」と、妙ににやにやしながら囁（ささや）いた。

「ただ、条件がひとつある」

「何だ?」

「身体に問題はないだろうな。たとえば、持病があるとか、アレルギーとか、酒の飲み過ぎで肝臓を壊してるとか」

「有難いことに、何を食っても腹を壊したことはないし、肝臓を壊すほど飲みたくても金がない。で、どんな仕事だ?」

「何もしなくていい。寝て、食ってるだけさ。それだけで今の仕事の五倍の手当がつく」

そんなうまい話があるもんか、と怪しむと、察したように張は言った。

「新薬の実験台になるんだよ。新薬と言っても、動物実験ではパスしてるし、日本の製薬会社は慎重だから、まず安全性に問題はない。データ集めのために、人間が必要なだけさ」

それから、いくらか表情を硬くして付け加えた。

「でも、これは外国人は参加できないことになってる。だから、手続きはうまくこちらでやる。あんたは健康診断に行ってパスさえしてくれればいい。一日二万、うまくいけば三万になる。二週間もいれば四十二万だ」

「で、そっちの取り分は?」

「折半」

「ぼるんだな」

「仲介者が三人いるんでね。それでも二週間で二十万だ。悪くない話だろ」

「二十一万だろ、それも、うまくいけば」

「ああ、そうだな」

治験という不安も、取り分の不満も、金のない今の生活に較べればささいなことだった。結局、ハオはそれを受け入れた。数日後、携帯電話に張から電話が入り、指定の病院に健康診断に行くよう言われた。結果は合格。そして、中華料理店の仕事を辞め、こうして二週間の治験を受けるようになったのだ。

朝飯を終えて部屋に戻っても、何もすることはない。窓際のベッドではないので、風景も望めない。窓の向こうに見えるのは、どうせ面白みのないビル群だが、昼食を終えた頃には、さすがに退屈になっていた。

娯楽室に行くと、結構人がいた。ゲームの他に、新聞や週刊誌、小説にマンガも揃っている。文字がうまく理解できなくても楽しめるマンガを手にしてベンチに腰を下ろすと、「おう」と、またあの男が声を掛けて来た。

「ゲームは順番待ちだってさ」

男は小さく舌打ちして、ハオの隣に座った。

「やっぱ二週間は長いよなぁ。まだ二日目だっていうのに、もうこれだもんな。酒も煙草もコーヒーも、その上、マスも禁止だしな」

「ごろごろしてるだけの天国じゃなかったのか」

男は笑った。

「ま、シャバに較べりゃな」

男は黒木晋司と名乗った。おまえは、と聞かれ登録上の日本の名前を口にした。黒木は、ろくでなしであるのは間違いないようだが、妙に気のいいところもあった。姑息な可愛げ、とでも言えばいいだろうか。話しているとそれなりに楽しめる。それ以来、退屈な時間をよく一緒に過ごすようになった。

「俺、こう見えても、結構いいとこの坊っちゃんなんだ。父親は中学の校長で、母親はお花の先生をしてる。中退だけど、大学も行ったんだ」

「それがどうしてこんなバイトをやってるんだ」

「じいちゃん似だな。じいちゃんは横浜界隈ではちょっとした任侠だったんだ」

そんな話をしたかと思えば、翌日には「本当を言うと、母子家庭で苦労したんだ。給食費も払えなくてさ」と、毎日、言うことが変わった。

どこにでも、黒木みたいな奴はいる。ハオの生まれ育った黒龍江省の片田舎でもそうだった。調子ばかりよくて、責任はいっさい取らない。「日本に行けば稼げる」「いい仕事のクチがある」「借金なんか一年で返済できる」、そう言って、仲介料を巻き上げていった奴らだ。月に千元ほどの収入というのに、その五十倍以上の金額を要求し、家や土地を担保に取るようなことを平気でやった。それでも誰もが日本に行けば儲かると信じていた。今思えば、どうしてあんなに信じていたのかわからない。結局、ブローカーたちの思う壺だった。

治験が始まってしばらく続いためまいや嘔吐感は、五日もすれば治まり、体調も元に戻った。こうなればただ食って寝るだけの生活だ。これで金を貰えるなんて、黒木の言葉通り、ここは本当に天国かもしれない。

やがて二週間という期間が過ぎ、解放される日がやって来た。

最後の採血をしてから、荷物をボストンバッグに詰め、ハオは現金が渡される窓口に向かった。四十六万三千二百円。思ったよりも多い。手にした金をハオは眺めた。何もせず、清潔なベッドに横たわっているだけの金だった。金にもさまざまな稼ぎ方があるものだと感心した。

外国人研修生として日本に来た時、派遣されたのは北関東の旋盤工場だった。朝から晩まで安い時間給でこき使われ、残業手当もつかないような酷い条件で働かされた。中国人は貧乏と頭から決め付け、わずかな金を払い、それで文句はないだろうと、経営者はタカをくっていた。不満は誰もが抱えていたが、働くしかなかった。多くは借金を抱えていて、このまま故郷に帰るわけにもいかなかった。所詮、研修生とは名ばかりの、使い捨ての労働力だった。

「おまえ、これからどうすんだ」

黒木が背後から声を掛けて来た。

「別に」

ハオは答える。治験バイトが見つかって、中華料理店は辞めて来た。もともと仲間と反りが合わなかったから、それは仕方ないと思っている。

「だったら、今日は俺に付き合えよ」

「どこに行くんだ」

「決まってるだろ」

黒木は笑いながら鼻を鳴らした。

「何せこの二週間、女どころか、マスすら禁止だったんだからたまりにたまってる。馴染みの女がいるから、そいつを呼び出して、酒を飲んで、その後はどっかにしけ込むさ」

「あんた、家はあるのか？」

「本当言うと、俺の実家は伊豆（いず）で旅館をやってるんだ。結構いい旅館でさ、将来は俺が跡を継ぐことになってる。金がなくなったら帰るだけさ」

もう嘘か本当か探る気にもなれなかった。

「とにかく、祝杯ぐらい付き合えよ」

黒木とふたり、病院の玄関を出てゆくと、知った顔が近づいて来た。張だ。やけに愛想のいい笑顔を浮かべて、軽く右手を上げた。

「ご苦労さん。じゃ、約束のものを貰おうか」

抜かりない。逃げられるのを警戒してのことだろうが、まさか玄関先で待ち伏せされるとは思ってもいなかった。ハオはズボンのポケットから、受け取ったばかりの封筒を取り出した。張は素早く手にし、封筒の中から明細書を引っ張り出し、現金を確認し、その場で半分の金額を抜き、ハオに戻した。

「また、いつでも連絡しろよ。しばらく身体を休めるといい」

張はおざなりに言うと、路上に停(と)めてあった車に乗り込んだ。

「何だ、おまえヒモつきか」

黒木の言葉には答えず、ハオは歩き始めた。

「半分も持っていかれるのは、いくらなんでも酷すぎやしないか」

それだって十万は故郷の家族に送金できる。

「最初からその約束だった」

「ふうん」

黒木はしばらく考え込んでいたようだったが、すぐにいつもの浅薄な表情を取り戻した。

「よし、だったら今夜は俺の奢りだ。このバイト明けの酒は効くぜ」

連れて行かれたのは、伊勢佐木町(いせざきちょう)の裏通りにある居酒屋である。店に入ると、奥の席から派手な格好をした若い女が手を上げた。

「黒ちゃん、こっちこっち」

「おう、広美(ひろみ)、久しぶり」

　黒木は相好を崩して女に近づいた。隣には、もうひとり女がいた。年は三十歳くらい。広美とは対照的に、飾りのない白のブラウスを着た地味な女だ。

「何だ、もうちょっと若いのはいなかったのかよ」

　黒木は呟き、ハオを振り向いて「ま、今夜は我慢してくれ」と声を潜めた。その時になって、ハオはようやく、それが自分に用意された女だと気がついた。

「いや、俺は……」

「いいから、今夜くらいゆっくり楽しめよ。これも俺の奢り」

　ハオが前に立つと、女は思いがけず強い視線を向けて来た。瞬きもせずハオを見つめている。どこかで会ったことがあるかと考えたが、覚えはない。

「今夜はとことん楽しもうぜ」

　黒木がにやけて言った。


　しゅうちゃん……。

　と、遠くで聞こえたような気がした。誰かを呼んでいるのだろうか。ぼんやりしていた意識が次第に覚醒し始めて、ハオは薄く目を開けた。

古びたクロスが貼られた天井が見える。右を向くとチェックのカーテンが揺れていた。左を見ると小さなテレビと箪笥があった。ここはどこだろう。病院でないことだけは確かだ。だいたいベッドではなく、畳に敷かれた布団だ。頭が重い。気分が悪い。そうだ、昨夜は黒木と飲んだのだ。ジョッキでビールを一杯空けてから、焼酎のお湯割りに替えた。二杯飲んだところまでは覚えているが、それから先の記憶がない。そんなに飲んだつもりはなかったが、やはりバイトがバイトだけに身体が参っていたのだろう。

それにしても、ここはどこだ。

身体を起こすと、台所に立っている女の背が見えた。気配がしたのか、タイミングよく女が振り返った。

「あら、目が覚めた？　もうすぐ朝ご飯ができるけど、食べられそう？」

「は、はい」

昨夜、居酒屋で一緒だった女だ。確か、名前はミドリと言った。

「じゃあ、こっちに来て」

言われた通り、ハオは布団から出た。自分がブリーフとTシャツ姿だということに気づいて、服を探すと、壁際にシャツとジーパンが掛けてあった。慌ててそれを着て、隣の部屋、と言っても四畳ほどの板の間に行った。

「口に合えばいいけど」

いかにもリサイクルショップで揃えたような小さな卓袱台に、朝食が並べられていた。ご飯に味噌汁、みりん干しに玉子焼き、海苔の佃煮だ。

「ごめんなさいね、こんなものしか用意できなくて」

「いえ……」

「一人暮らしだから、食器もまちまちなの」

ハオの前に出されたのは、きっといつもミドリが使っているものなのだろう、金魚の模様が描かれた茶碗だった。代わりにミドリの飯は皿に盛られ、味噌汁はマグカップが使われていた。

「さあ、どうぞ」

「あの、俺、どうしてここに？」

ハオはおずおず訊ねた。

「覚えてない？」

「まったく」

くすくす、と女は笑った。

「あなた、居酒屋ですごく酔っ払って寝ちゃったの。起こしても起きないし、どこに送っていけばいいかもわからないし、仕方なく私のアパートに連れて来たの」

「そうだったんですか。すみません、初めて会った人なのに迷惑掛けて」

「ううん、いいのよ。さ、食べて」

ハオは頷き、味噌汁を口にした。日本に来てから味噌汁は毎日飲むようになったが、正直なところ、あまり好きではない。しかし、今朝の味はやけに身体に染み渡った。

昨夜、俺はこの女とセックスしたのだろうか。ハオは飯を食いながら考えた。しかし、やはり思い出せない。前後不覚になるくらい酔ったのだとしたら、とてもできたとは思えないが、二週間の禁欲で女が欲しかったのも確かだ。

「私はこれから仕事に行くんだけど、あなたはどうする？」

女の声にハオは我に返った。

「どうって、もちろん出て行くけど」

「行くところはあるの？」

すぐには答えられなかった。

「私は七時頃には帰って来られるの」

「はあ……」

「よかったら、それまでここにいれば？」

「え？」

「私は構わないのよ」

面食らってしまう。昨夜会ったばかりの、素性も判(わか)らぬ男をアパートに泊めただけでも驚きなのに、引き止めるとはどういう神経だ。しかし、行くところのないハオにとっては渡りに船だった。今から転がり込める先を探すのは大変だ。

「じゃあ、悪いけどそうさせてもらいます」

ミドリは顔中に柔らかな笑みを広げた。

「帰り、夕飯の材料を買って来るね。鍵はテレビの上に置いてあるから使ってね。私はスペアを持ってゆくから大丈夫。アパートを出て、路地を抜けたら銭湯があるの。洗面器とタオルと石鹸（せっけん）を出しておいたから、あとで行って来るといいわ。お金、ある？」

「はい」

「銭湯の向かいのかき氷屋さん、とってもおいしいのよ。よかったら食べて来たら」

まるで何年も前からの知り合いのように、ミドリは言った。

*

午前十時から午後六時半までが、芳子のパートの時間だ。裏口から店に入ると、先に着替えていたパート仲間が、芳子を見て言った。

「あら、田辺さん、今日は何だかとっても綺麗（きれい）、ゆうべ、いいことでもあった？」

芳子は思わず頬に手を当てた。

「まさか」

笑って答えたものの、表情が華やいでいるのが自分でもわかる。アパートにあの男がいる。それだけで、ずっと続いていた重苦しい胸のつかえが取れてゆくようだった。

川崎から横浜に越して四ヵ月がたった。移った理由は簡単だ。周也がいなくなった部屋に住み続けるのが辛(つら)かったからだ。周也との生活の名残りが染み込んだ中にいると、時折、呼吸するのさえ苦しくなった。新しい部屋を探すなら、仕事も変えようと思った。ラブホテルの女性オーナーの詮索には閉口していて、何もかも一新させてしまいたかった。横浜に行き、駅前の不動産屋で、古くて風呂も付いていないが格安のアパートを紹介してもらい、その日のうちに、たまたま目に付いた弁当屋のパート募集に申し込んだ。

周也がいなくなってから、芳子はただ惰性だけで生きて来たように思う。頭の中はぬるい水が詰まったみたいにいつもぼんやりしていて、何事も集中して考えられず、感覚の一部が常に麻痺(まひ)していた。そんな芳子が、昨夜、男を目の前にしたとたん、さざなみが寄せるように、自分が戻って来るのを感じた。

六時半にパートを終え、スーパーに寄ってすき焼きの材料を揃えて、足早にアパートに向かった。二人分の食料を買うのは久しぶりで、両手にかかる重みが心地よかった。アパートまでもう少しというところで、携帯に電話が入った。広美からだった。

「ねえねえ、昨日の彼、すごく酔っ払ってたけど、あの後どうなった？」

四人で居酒屋を出たものの、広美は黒木とさっさとタクシーに乗り込んで行ってしまった。

「どこに連れて行けばいいかわからなかったから……」

「えっ、まさかミドリさんのところにいるの?」

「だって、すごく具合が悪そうだったの」

「それ、ヤバくない?」

「そんな人じゃなかったわ」

「そんな人もこんな人も、会ったばかりじゃない」

「でも、私にはわかるの」

ことさら、意味があったわけではなかったが、電話の向こうで広美は何かを感じ取ったらしい。

「まあ、ミドリさんがいいならそれでいいんだけどね。そうそう黒木から昨夜分のギャラを貰ってるから、今度、渡すね」

「それは、いいの」

「だって」

「そういうこと、なかったから」

「へえ、しなかったんだ、彼」

「だから、気にしないで」

電話を切って、芳子の足は急に速くなった。駆け足に近いくらいだ。もしかしたら男はもういないのではないか、という不安と焦りが広がった。しかし、男はアパートにいた。玄関に入ると、テレビを観ていた男が顔を向けた。

「ただいま」

芳子の声に、男は戸惑いながら「おかえり」と答えた。

「すぐに夕食の用意をするね。すき焼きにしたんだけど、いい？」

男が無言のまま頷く。芳子は台所に立ち、レジ袋から肉や豆腐や葱(ねぎ)を取り出した。包丁で野菜を切ってゆく。豆腐のパックを開け、しらたきをザルの中で洗う。声が軽い、身体が軽い、心も軽い。ずっと忘れていた感覚が蘇(よみがえ)っている。

「たくさん食べてね。今日は奮発していいお肉を買ったのよ」

やがて、食卓に湯気の上がるすき焼き鍋が置かれた。男が箸をつけないので、芳子は小鉢を手にして玉子を割り入れた。

「さあ、どうぞ」

「どうして？」

男が訊ねた。

「何が？」

「どうして、俺にこんなに親切にしてくれるのかわからない。ゆうべ会ったばかりで、俺がどんな人間かもわからないのに。今日だって俺ひとりを残して行くなんてどうかしてる。部屋の中のもの、盗られるとか思わなかったの？」

芳子はまっすぐに男を見た。

「でも、あなたはこうしているじゃない」

すき焼きが煮詰まってゆく。芳子はカセットコンロの火を弱めた。

「それでも変だ」

少し考えてから、芳子は言った。

「あのね、あなたは、弟に似てるの」

「弟？」

「半年前まで一緒に暮らしてた弟よ。もういないんだけど、あなた、どことなく似てるの」

「死んだのか？」

「ううん、そうじゃないわ。今どこで何をしているかはわからないけど、大切な人と一緒に暮らしてるの。きっととても幸せにね。ゆうべ、あなたが目の前に立った時、弟が現れたのかと思った」

芳子は肉を男の小鉢に入れた。

「その弟の名前は、もしかして、しゅう？」

芳子は目をしばたたいた。

「どうして知ってるの？」

「眠っている時、そんなふうに呼ばれた気がした」

芳子はぎこちない笑みを浮かべた。

「そうよ、周也っていうの。私は周ちゃんって呼んでた」

不意に目の縁が熱くなり、芳子は何度か瞬きした。目の前の男が、周也と重なってゆく。今頃、どうしているだろう。暑がりで、夜中に布団をよく撥ね除けて、何度もタオルケットを掛けてやらなければならなかった。そうめんが、それも錦糸玉子がたくさん入ったそうめんが好きで、毎日のように手作りした。トマトときゅうりが嫌いで、だからサラダはいつもレタスしか食べなくて……。

「大丈夫？」

男の声に、芳子は我に返った。

「ええ、大丈夫。それより食べましょう、せっかくのお肉が硬くなってしまう」

ようやく男は箸を手にした。きっとおなかが空いていたのを我慢していたのだろう、ひと切れ肉を頬張ると、後は一気に食べ始めた。そんな食べ方も周也とどこか似ていた。

「あなた、行くところはあるの？」

「ないけど、何とかなる」

「働き口は？」

「それも、何とかなる」

「よければ、うちにいれば」

男は惚けたように顔を向けた。

「そうよ、うちにいればいいのよ。ここに住んで仕事を探せばいいじゃない」

朝目覚めた時、仕事から帰って来た時、台所から振り向いた時、周也に似たこの男が部屋にいてくれたら。それを想像しただけで、芳子はこの失った時間を埋められそうな気がした。

「そんなのおかしいよ」

「どうして」

「だって、昨日会ったばかりなのに」

「それはもう聞いた」

「でも」

「私はいいのよ、よかったらそうして」

男は箸を置いて、姿勢を正した。

「本当にいいの？」

「いやね、何度も言ってるじゃない」

「そっか……。そうしてもらえると正直言って助かるよ。行くアテなんかどこにもないんだ。ただ、その前に俺、言っておかなくちゃならないことがある」

「なに？」

「本当の名前はハオ。日本人じゃない」

「何だ、そんなこと。いいのよ、あなたの名前も生まれがどこかもどうでもいいの。だって私も同じだから。ゆうべ言ったミドリは違う名なの。本当は芳子、田辺芳子って言うの」


それから奇妙な、けれどもそれはそれで快適な、ハオとの生活が始まった。

ハオは暮らし始めて三日後に、材木屋のアルバイトを見つけて来た。重労働らしいが、外国人が何人か働いていて、面倒な手続きがなかったのはそこだけだったらしい。

朝、七時にアパートを出てゆくハオのために、芳子は六時には起き、朝食と弁当を作る。厄介などとは少しも思わなかった。周也がいた頃も、こうして毎日、送り出していた。

夜、ふたりでご飯を食べて、銭湯に行き、帰って少しの間テレビを観て、十一時には眠りにつく。休みの日は、近くを散歩したり、揃ってスーパーに出掛けたりした。ハオは過去のこと、特に故郷のことは何も口にしなかった。芳子もことさら、聞き出そうとはしなかった。毎日、今日あった出来事を、まるで日記に書き留めるように、お互いさりげなく語り合った。布団はショッピングセンターで安いのをひと組揃え、夜、並んで眠った。手を伸ばせば届く距離から、健康的な寝息が繰り返されるのを聞いていると、芳子はとても落ち着いた気持ちになった。ハオのアルバイト料は日払いで、帰って来るたびに、三千円を渡してくれる。最初は拒否したのだが「俺の気が済まないから」と言われると、受け取るのがハオのためなのだろうとも思えた。

時々、ハオを「周ちゃん」と呼んでしまいそうになり、芳子は何度もその名を呑み込んだ。ハオは周也じゃない、似ていても他人だ、それを自分に言い聞かせながら、それでも時折、胸の動悸(どうき)を抑えられなくなる。ふたりの毎日は、静かな均衡を保ちながら坦々(たんたん)と過ぎて行った。

マネージャーから電話が入ったのは、ハオと暮らし始めてひと月ほどした頃である。ちょうど夕食の準備をしていた。

「ミドリちゃん、どうしてるの。たまには店に顔を出してよ。ミドリちゃんを指名するお客さんもいるんだからさ」

「すみません」

芳子は謝ったきり、黙った。

「週に一回は出てくれる約束だったろう。最近、女の子が足りなくて、ちょっと困ってるんだ」

「近いうちに行きます」

「ほんと、頼むよ」

電話を切って、小さく息を吐いた。芳子は弁当屋のパートの他にもうひとつ、仕事を持っている。ずっとやめていたのだが、横浜に来てからまた再開するようになった。パートの賃金だけでは暮らしてゆけないせいもあるが、それだけではなかった。周也がいなくなった毎日を、ひとりで過ごすのがたまらなく辛かったからだ。行きずりの、お金の絡んだ行為とわかっていても、男の体温が感じられるその瞬間だけは、闇のような孤独を埋められた。

ハオと出会ってからしばらく遠のいていたが、正直なところ、やはり生活は苦しい。毎日疲れて帰って来るハオのために、できるだけ栄養のある料理を用意してやりたい。着の身着のままのハオに下着や服を買い揃えてやりたい。いつも銭湯のコインランドリーを使っているので洗濯機も欲しい。そして、できることなら、毎日汗だくで帰って来るハオのために、お風呂が付いた部屋に移りたい。どのみち、お金は必要だった。

翌日、芳子は久しぶりに事務所に向かった。

「今夜は残業で遅くなるから、先にご飯を食べておいてね。用意しておくから」

朝、ハオに伝えると、「わかった」と、短い返事があった。

駅前のはずれにある雑居ビルの五階、ドアに『恋一夜(こいひとよ)』と書かれたプレートが貼り付けてある。そこが事務所兼女の子たちの待機所だ。常時四、五人はいる。二十代前半の若い子たちばかりだ。日中は三十代や四十代の主婦もいるようだが、夜に出る中では、たぶん芳子がいちばん年上だろう。

事務所に入ると、化粧直しやお喋りに夢中になっている女の子たちの中に、広美の姿があった。広美は座っていたソファから手を振った。

「ミドリさん、ここ」

広美が身体を右にずらしてソファをあける。左側に座っていた女の子がちょっと嫌な顔をする。芳子は「ごめんなさい」と謝って腰を下ろした。

「久しぶりね」

「ねえ、ずっと聞こうと思ってたんだけど、もしかして、まだあの彼と暮らしてるの？」

居酒屋で四人で飲んで以来である。

どう答えようか迷った。しかし、その様子で広美はすぐに理解したようだった。

「やっぱりそうなんだ。入ってきたミドリさんを見た瞬間、そうじゃないかと思ったの。前と顔が違ってるもん」

「暮らしてるって言っても、そういうのじゃないの」

「そういうのって？」

　セックスの関係はない、と言おうとしたのだが、たぶん広美は信じないだろう。わざわざ言い訳する必要もない。芳子自身、ハオとの間にそれがあるかないかなど、どうでもいいことだった。

　広美がソファの背もたれに身体を預けた。

「やっぱり女は男によって変わるのね」

「広美さんには黒木さんがいるじゃない」

「なんだけどさぁ、黒木がもうちょっとまともに働いてくれたらね。相変わらずちゃらんぽらんなことばっかりしてるから、私もこの仕事を続けるしかないのよ。ほんとはそろそろ足を洗いたいんだけどさ」

　めずらしく広美の口調は愚痴っぽかった。その時、電話の応対をしていたマネージャーがこちらを振り返った。

「広美ちゃん、指名が入ったよ、よろしく」

「はーい」

　広美がソファから立ち上がり、ひとつ大きく息を吐く。

「さあ、ひと稼ぎして来るか」

その夜、芳子が派遣されたのは単身赴任中のサラリーマンだ。指定されたマンションに行き、チャイムを鳴らし、ドアが開けられる短い時間、芳子はいつも怖くてたまらなくなる。この向こうから、いったいどんな男が姿を現すのか。もしかしたら、人間ではない何か別のものが立っているのではないか、そんな恐怖に包まれる。しかし、ドアが開いて「お電話ありがとうございました。『恋一夜』から参りましたミドリです」と、決められたセリフを口にしたとたん、まるで身も心も一掃されたかのように、芳子はミドリに摩（す）り替わる。

久しぶりにお金が入って、銭湯の帰り、ハオと連れ立って居酒屋に寄った。

カウンターの隅に腰を下ろして、ビールとおつまみを頼んだ。あまり飲めない芳子だが、湯上りのせいもあってビールがおいしい。一杯目のジョッキはすぐ空（から）になり、二杯目を注文した。ハオは麦焼酎を注文した。香りが中国の白酒（パイチュウ）と似ているという。

「芳子さん、さっきから俺のこと『周ちゃん』って呼んでるの、わかってる？」

と、ハオに言われ、びっくりした。

「ほんと、やだ、私ったら。ごめんなさい」

ほんの一時間足らずの間に、芳子はずいぶんと酔ってしまったようだ。意識に薄い膜がかかっている。隣に座るハオの顔の輪郭も曖昧に映り、つい周也に見えてしまったのかもしれない。

「弟さんってどんな人？」

ハオも酔ったらしい。今まで、詮索するような言葉は口にしなかったが、初めて興味深げな顔をした。

「そうね、ひと言で言うと、すごく優しい子」

芳子は宙に目を馳せた。

「そして、少し愚か。ひたむきで、一生懸命で、すぐに人を信じてしまうの。何度裏切られたかわからないのに、それでもやっぱり信じてしまう。傷ついてばかりだった……」

やはり酔ったのだろう。芳子はいつになく饒舌になっていた。弟といっても血の繋がりのないこと、八王子の施設で出会ったこと、だから苗字が違っていて片岡周也ということ、さすがに周也が引き起こした事件については口にしなかったが、そんな話をした。

「こうして周ちゃんがいなくなって、しみじみわかるの。あの子はやっぱり私の宝物だったって」

「宝物か……」

呟くハオの眼差しに、ふと翳りが落ちた。それからハオはずっと口を噤んだままだった。居酒屋からの帰り道も、アパートに着いても、布団に入っても、まるで意地になったように何も喋らないままだった。

「今夜はちょっと飲み過ぎちゃった。明かりを消すね」

いつものように、六畳の部屋にふた組の布団を敷き、横になった。蛍光灯を消すと、さまざまな音が急に大きく聞こえた。車の騒音に混じって、港から汽笛も流れて来る。

「でも、俺は弟じゃないから」

不意にハオが言った。声が掠れていた。ほんの短い沈黙、呼吸を一度繰り返すくらいの間があって、芳子は答えた。

「わかってる」

「俺も、あんたを姉さんだなんて思えない」

「そうね」

「だから、俺は……」

ハオの言葉尻が濁って、芳子は顔を向けた。薄ぼんやりした気配の中で、ハオはまっすぐに天井を見ている。

「俺は……」

ハオが何を言おうとしているか、芳子にはわかっていた。芳子もまた同じ思いでいるからだ。ハオがどんなに周也に似ていても、自分たちは姉弟じゃない。ここにいるのは男と女だ。

「来て」

「え……」

「ハオ、こっちに来て」

芳子は言った。声というより息遣いに近かった。布団から手を伸ばすと、ゆっくりとハオがこちらを向いた。薄暗い部屋の中で、瞳だけが別の生き物のように濡れた光を放っていた。来て、と、もう一度、芳子は言った。

*

「ちょっと会わないか」

黒木から連絡が入ったのは、芳子と暮らし始めて三ヵ月ほどが過ぎた頃だ。土曜日の午後、横浜駅近くの喫茶店で待ち合わせた。とにかく人が多く、真っ直ぐに歩くのもままならなかった。店を探すのにも苦労した。

人の目に付きやすい場所に出ると、まともに顔を上げられない。見つかってしまうのではないか、捕まるのではないか、と、ついおどおどしてしまう。

あの時、外国人研修制度を利用してうまく日本に来たものの、現実は容赦なかった。

時給は日本人の三分の一程度で、毎日十四時間も働かされた。風呂はなくトイレも共同の狭い寮の一部屋に五人も詰め込まれた上に、家賃や水道光熱費として月に三万を徴収された。渡航費用を出してくれた親への仕送りどころか、自分が生活してゆくだけで精一杯だった。たまらず、一年で仕事場を飛び出した。そんな奴は大勢いたはずだ。知り合いの知り合い、といったわずかなツテを頼って情報を仕入れ、どうにか仕事を得て来た。きわどい仕事もしたが、それで故郷の親に少しでも金を送れるのなら厭わなかった。不法滞在がバレれば、強制送還される。それだけはごめんだった。ひとつところで長く働くのはリスクが高い。だから職を転々とした。

芳子には感謝している。部屋に置いてもらわなければ、ホームレスになるしかなかったろう。もっと生活費を渡さなければとわかっているが、仕送りもあって、今はこれで精一杯だ。

「おう、ここだ」

指定された喫茶店に入ると、奥の席から黒木が声を上げた。ハオは向かいに腰を下ろし、コーヒーを注文した。

「元気でやってるみたいだな」

黒木はテーブルの上で、ばさばさと競馬新聞をたたんだ。

「何とか」

「仕事は？」

「材木屋で働いてる」

「ふうん、時給はいいのか」

「いいわけないだろ」

「だろうな。ところで、広美に聞いたけど、おまえ、あのミドリって女のところに転がり込んだままなんだって？」

コーヒーが運ばれて来て、ハオはカップを手にした。

「ミドリじゃない、芳子って言うんだ」

「ふうん、それが本名か。彼女がどんな仕事をしてるか、知ってるんだろ」

「弁当屋のパートだよ」

「もうひとつの方さ」

ハオは黙った。

「やっぱり知ってるんだ」

「あんたの彼女も同じだろ」

「まあな。別に知ってるんならいいんだ。それで、おまえ、これから彼女とどうするつもりだ」

「どうって、何も考えてないよ」

「いっそ、結婚したらどうだ」

「はぁ?」

ハオは思わず顔を上げた。

「ちゃんと結婚すりゃ、国籍が取れて日本で堂々と暮らせるだろ。おまえが不法滞在してることぐらい、会った時からわかってた」

あっけらかんと言われて、ハオは黒木から目を逸らした。

「そんな奴、ここら辺りにはうじゃうじゃいるから別に珍しくもないさ。いまさらだけど本当の名前ぐらい、教えろよ」

観念したようにハオは答えた。

「黙ってて悪かった、ハオっていう。苗字は黄と書く」

「ふうん。で、ハオ、突然だけど、俺と一緒に商売をやらないか」

「商売?」

「ああ」

黒木は短く息を吐いた。

「この間、また治験バイトをやろうと思って健康診断を受けたんだ。そしたら、見事に撥ねられちまった。肝臓の数値が相当悪くなってるってさ。まあ、今まで散々薬を使って来たんだ、そろそろ限界だってことだろうな。それで俺も考えたわけだ。ここら辺りが潮時かもなって」

　ズズズ、と、黒木は音を立ててコーヒーをすった。

「そしたら、広美が店をやらないかなんて言い出した。昼は定食屋で夜は飲み屋になるようなのをやりたいんだってさ。渋ってたら、いつまでこんな仕事をさせる気だって、本気で怒り出して手が付けられなくなった。その上、子供が欲しいとまで言い出しやがった」

　言葉は投げ遣りだったが、黒木の頬にはそう悪くない笑みが浮かんでいた。

「何だか、そんな広美を見ていたら、俺もだんだんその気になって来たっていうか。そしたら、伊勢佐木町の裏通りに居抜きの店が出たって話を広美が聞き込んで来たんだよ。タイミングがいいっていうか、それで俺も腹を決めたんだ。どうだ、店を開けたら手伝ってくれないか」

「言っておくけど、金なんかないからな」

「当たり前だろ、おまえに金がないことぐらい端からわかってる。だいたい俺もないしな。心配すんな、代わりに広美がしっかり貯め込んでる。敷金と権利金ぐらいは何とかなるってさ。な、悪くない話だろ」

　確かに悪くない。どころか願ってもない話だ。だからこそ、ハオはいっそう疑い深くなった。

「でも、何で俺なんかに」

「おまえが、前に中華料理店で働いてたって言ってたのを思い出したんだ。おまけに、彼女は弁当屋のパートをやってるって言うし、ドンピシャじゃないか。それに広美がミドリと、いや芳子か、一緒にやるなら彼女がいいって言うんだよ。あいつ、女の友達なんかひとりもいないのに、彼女のことはすごく信頼してるみたいなんだ。俺も、おまえと病院で二週間過ごしてみて、何か性が合ってる気がした。で、こうして話を持ちかけたわけだ」

心が動いた。しかし、すぐに答えられるはずもなかった。騙されているような気もするが、金のない自分を騙す必要がどこにある。

「それで、あなたはどうしたいの？」

芳子が真っ直ぐな目で問い掛けた。

「俺は、やってみてもいいかなって思ってる」

「そう」

「うまくいくかわからないけど。でも頑張れば何とかなるかもしれない」

「そうね」

「今は、毎日三千円を渡すのが精一杯だけど、もっと働いて、もっと稼ぐようになりたいんだ」

「無理することはないのよ」

「俺がそれなりに稼げるようになれば、あんたもあんな仕事をしなくて済むだろうし」

「え……」

芳子の頬に怯えのような翳が横切ってゆく。

「これからは、俺が何とかする。そうしたいんだ。ちゃんとあんたを守りたい」

顔を上げようとしない芳子に、最初は怒ったのかと思った。やがて髪が震え、肩が震え、指先が震えた。泣いているのだった。

「あんたの宝物は弟でも、俺の宝物はあんただから」

ハオは芳子へと腕を伸ばし、自分の胸へと引き寄せた。


黒木に連絡を入れると、子供のようにはしゃいだ声を上げて、すぐに物件を見に行く手筈を整えると言った。翌日には、前と同じ喫茶店で待ち合わせて、コーヒーを飲むのもそこそこに、伊勢佐木町にある店へと向かった。

「俺もこの間、広美と見て来たんだけど、なかなかいい店なんだ。ビルの二階で、通りから直接入れる階段がついてる。前に借りてた奴が夜逃げしたらしくて、貸主が早く次の店子を望んでるんだそうだ。不動産屋が、ちょっとその筋っぽいのが気にかかるけど、他の店子はみんな堅気だっていうし、ま、それくらいは仕方ないよな。俺たちも、まともってわけじゃないんだから。おう、ここだ」

　ビルの前に立ち、ハオは見上げた。悪くないと思った。通りに面した五階建てで、一階はコンビニ、三階はネイルサロン、四階と五階は語学スクールが入っている。店内はさらに印象がよかった。通りに面した窓が広く、開放感もある。テーブルや椅子といった備品から、調理用具や食器もすべて揃っている。店で待機していた中年の不動産屋が、ちょっと癖のある愛想笑いを浮かべながら近づいてきた。

「どうです、掘り出し物でしょう。明日からでも商売ができますよ」

「な、いいだろう」

「ああ、本当に」

　ハオは頷く。

「黒木さん、こちらの方は？」

　不動産屋の問い掛けに、黒木は「なかなかの腕を持つシェフでね。店の厨房を任すことになってるんだ」と、浮かれたように適当なことを言っている。

「そうですか、いかがでしょう、決められたらどうですか。こんなお薦め物件は一年に一度出るか出ないかですよ」

「そうだよなぁ」

何度か店の中を回って、ついに黒木の気持ちは決まったようだった。

「よし、決めよう。ここで店をやろう」と、はしゃいだ声を上げた。

「ありがとうございます。もう絶対にこんな優良物件は出ませんから。私が保証します。では申込書にご記入いただいて、手付金をお願いします」

不動産屋が慇懃（いんぎん）な口調で言った。

「えっ、そんなのいるのかよ」

黒木は当然だが、金を持っていない。

「二、三日のうちに本契約に来るよ」

「でもですねえ、その間に他のお客さんの手に渡るってこともありますからねえ」

不動産屋の態度に少々脅しが入った。

「そんなこと言わずに、それまで押さえておいてくれよ。絶対に来るからさ」

不動産屋はしばらく考え込んでから、やけにもったいぶった様子で頷いた。

「本当に二、三日中ですよ、頼みますよ」

「任せとけって」

「じゃあ、とりあえず、こちらの申込書にご記入をお願いします」

不動産屋が用紙を差し出した。そこに黒木が自分の名前と住所、携帯電話の番号を書き込んでゆく。不動産屋はそれを受け取ると、当然のようにハオに回した。

えっ、俺も書くのか。

迷った。まさか本名を書くわけにもいかない。黒木を見やると「適当に書いとけ」と目で言っている。その時、思い浮かんだのは「片岡周也」だった。他に思いつかなかった。その名を書き記している間、不動産屋が手元を凝視しているようで、嘘がバレやしないかと緊張した。

「では、本契約のご連絡をお待ちしています」

不動産屋は用紙を鞄に入れ、事務的な笑顔で言った。

外に出ると、黒木は上機嫌に空を仰いだ。

「人生の門出ってやつだな」

「そうだな」

ハオもまた久しぶりに晴れ晴れとした気持ちに包まれていた。

翌日、携帯に電話が入った。不動産屋からだった。丁寧な口調で「店に来て欲しい」と言う。咄嗟に、偽名を使ったのがバレたのかと緊張した。

「あの、何か」

不法滞在の身と知られれば、契約は成立しないかもしれない。警察に通報されることだってあるだろう。

「いえ、大した話じゃないんです。料理をされるのが片岡さんだということなので、ちょっと厨房の件でお話ししたいことがあるだけですから」

不動産屋の口調はあくまでソフトだ。ハオはホッとして答えた。

「わかりました。じゃあ夕方七時頃に行きます」

電話を切ってから、芳子には少し遅くなると連絡を入れた。

「じゃあ、夕食を作って待ってるね」

「そんなに時間はかからないと思うよ」

「気をつけてね」

自分を待っていてくれる誰かがいる。それを思うだけで、ハオは照れくさいような、泣きたいような気分になった。ここにいていい、生きていていい、そう言われているような気がした。

伊勢佐木町の大通りを抜けてゆくと、道端で白人の女が店を広げていた、銀細工の指輪や首飾りが並べられている。その前で、ハオは足を止めた。街灯の明かりのせいもあるのだろう、どれもこれもやけに輝いていた。

「彼女へのプレゼント?」

白人女が訊ねた。

「まあね」

ハオは照れて口籠もる。

「指輪？　サイズは？」

もちろん、そんなものは知らない。首を横に振ると、白人女はペンダントを手にした。

「じゃあ、これは？」

チェーンの先に、小さな十字架が付いていた。細かな細工が施してあり、白人女の手の中でそれはどこか神聖な輝きを放っていた。

「きれいでしょ、とても、きれいね」

たどたどしい日本語で、白人女は言った。芳子にきっと似合う。これならきっと喜んでくれる。想像しただけで気持ちが弾んだ。

「それ、もらうよ」と、ハオはポケットから財布を取り出した。

店に行くと、不動産屋の他にふたりの男がいた。人に警戒心を与えるに十分な、威圧的な雰囲気を備えて、窓際の席に腰を下ろしていた。対照的に不動産屋はあくまで愛想がいい。

「すみませんね、わざわざ来ていただいて」

「厨房の件って何ですか？」

男たちが気になりながらも、ハオは訊ねた。

「それより、実はちょっとお聞きしたいことがありまして」

ハオは身構えた。やはり身元がバレたのか。これで契約はおじゃんなのか。それとも、警察に突き出されるのか。

「あなた、本当に片岡周也さんですよね」

こうなったら、何が何でもそれで通すしかなかった。

「ああ、そうだよ、それがどうかしたのか」

「出身はどちらで？」

「出身なんかない、八王子の施設で育ったんだ」

芳子に聞いた通りの話を口にした。その瞬間、背後で、男たちが椅子から立ち上がる気配がした。

「おまえが片岡周也か」

その声に、ハオは振り返った。

「多崎さんに何をしたか、忘れたとは言わせないからな」

「何の話だ」

ハオは混乱しながら、ゆっくり後退（あとずさ）った。いったい何が起きたのだ。多崎って誰だ。この男たちは俺に何をしようというのだ。いや俺じゃない、片岡周也だと思い込んでいる。

「俺は……」

「多崎さんにあんな深傷(ふかで)を負わせやがって、逃げられるとでも思ってるのか」

男がまた近づいて来る。その目に仄暗(ほのぐら)い狂気が覗いている。否定の言葉を口にしようとしたが、喉の奥がぴたりと貼り付いていてうまく声が出ない。待ってくれ、と言おうとしたが、瞬く間に身体を捕えられ、ガムテープで口を塞がれた。腕と足をぐるぐる巻きにされ、床に転がされ、容赦なく殴られ、蹴られ、踏みつけられた。

「海ん中にぶち込んでやる」

薄れゆく意識の中に、男の声が流れ込んで来た。

違うんだ、俺は、俺は……。

ポケットの中で、芳子に贈るはずのペンダントがしゃらりと音をたてた。

*

少し風が出て来たようだ。

窓ガラスが細かく震え、わずかに開けた窓から潮の匂いが流れ込んで来る。芳子は壁の時計に目をやった。午後十一時を回っている。さっきから、何度かハオの携帯電話に連絡を入れたが繋がらない。料理はすっかり冷めてしまった。それでも、先に食べる気にはなれず、芳子は壁にもたれかかった。

周也がいなくなってから、朝も昼も夜も、いつも食事はひとりで摂った。慣れてしまえば、寂しいなどと思うこともなかったが、ハオと暮らし始めてから、他愛(たわい)ない話をしながら食事をするという生活が、こんなにも愛しいものだと改めて知った。ハオとの関係を、誰かに理解してもらおうなんて思わない。ただ、放っておいてくれればいい。気にも留めず、無関心でいてくれたらいい。ハオとふたり、世の中の片隅でひっそりと生きてゆけたらそれでいい。

もうすぐ帰って来る。「遅くなってごめん」と、そのドアを開けて、ハオが謝りながら入って来る。

待つ、という幸福を芳子は今、ひとり嚙み締めている。

壁に背を預けているうちに、いつしか柔らかな眠気が芳子を包んでいった。安堵と心地よさに芳子は身を任せた。

もうすぐだから、もうすぐ帰って来るから。

窓の向こうで、いつの間にか、風が強さを増していた。

第五章　波に惑う

島は静けさに満ちている。

いや、本当はそんなわけはない。打ち寄せる波音や、木々を揺らす風の音、鳥や虫の鳴き声が絶え間なく続いている。それでも、島は静けさに満ちている。どんなに音に溢れようとも、根底には沈黙のような静寂が広がっていて、賑わいはむしろ、その果てしない静けさをいっそう引き立てているように感じた。

その中にいると、カオルは時々、自分が生きているのか死んでいるのか、わからなくなった。この永遠に似た静けさは、人を模糊とした気持ちにさせる独特な質感を持っている。

民宿の部屋の掃除を終えると、開け放たれたガラス戸から乾いた海風が吹き込んできた。カオルは窓に顔を向けた。外に広がるのは一面の青。青と言っても、深さや光の当たり方で微妙に違う。海沿いに建つこの民宿は、どの部屋からも海が見渡せる。海がこんなにさまざまな色を持っているなんて、この島に来るまで知らなかった。

　シーツとタオルを丸めて、洗濯場に持ってゆく。それを洗濯機に入れて、玄関先の掃除に取り掛かろうとすると、帳場にいた女将さんから声が掛かった。

「カオルちゃん、ちょっとお茶にすーでー」

「はあい」

　帳場に顔を出すと、女将さんがお茶と菓子皿を出してくれた。

「あ、かんころ餅」

「よーけ、食べんさいね」

「うれしい、いただきます」

　カオルは早速、ひとつを手にした。島に来てから、この干した薩摩芋と餅を一緒に搗き上げたかんころ餅が大好きになった。

「うまかね？」

「とっても」

　女将さんは満足そうに目を細めている。

「ほんなこつ、カオルちゃんに来てもろうて助かったたい。仕事にももうすっかり慣れたみたいやし」

「まだまだです」

カオルは首をすくめた。

「布団上げや掃除が腰にきつかったけんね。ぎっくり腰ばもう三回もやったたい。私も年ばとったもんね」

女将さんは六十五歳。夫である親爺さんは漁師で六十七歳になる。親爺さんは、時化の時以外はいつも海に出ているので、民宿はほとんど女将さんひとりで仕切っている。二階に四人部屋が六室。一階は食堂と厨房とお風呂があり、収容人数は二十四人。夏は盛況だったが、シーズンオフとなった今は客のない日の方が多い。

「周也ちゃんも、きばってくれとって」

「でも、親爺さんにはぜんぜんかなわないって。足手まといなんじゃないかって、いつも言ってます」

「まあ、あん人は歩く前から船に乗っとったけんね。そのくせ、自転車なんか下手くそで、荷物ば載せたらよろよろばい」

かんころ餅を食べながら、他愛ないことを女将さんとしばらく話し、それから玄関掃除に向かった。その後に風呂とトイレの掃除を済ます。そうやって午前中に民宿の雑用を終え、女将さんが作ってくれた昼食をふたりで食べた後、漁から帰って来る親爺さんの手伝いに港に向かった。港は自転車で五分ほどのところにある。船が二十艘ばかり停泊できる小さな漁港だ。

港に行くと、すでに漁から戻っていた親爺さんが上機嫌で迎えてくれた。どうやら水揚げがよかったらしい。

「カオル、そのミズイカばしもうといて」

カオルは籠の中を覗き込んだ。ぬらぬらと光る薄茶色の大きなイカが身をくねらせている。

「こんなりっぱなの、高く売れるのに」

「今夜はそいで久しぶりに一杯やるばい、な、周也」

親爺さんが相好を崩して、網をまとめる周也に声を掛けた。

「さぞかしうまいだろうなぁ」

「久しぶりなんて、昨日もおとといも一杯やったのに」

カオルは呆れてふたりに言う。港の中は収獲をさばく漁師や家族らが慌しく行き来している。

「昨日は鯖（さば）で、おとといはキビナゴやったろ。ミズイカでやるのは久しぶりばい」

「そんなこと言って、結局、毎晩呑んでるんだから」

親爺さんは嬉しそうに、褐色の顔をしわくちゃにして笑った。

この島で周也と暮らし始めてから半年がたった。親爺さんの漁を手伝ううちに、いつしか周也の顔も腕もすっかり日に焼け、身体も一回り大きくなった。川崎で出会った頃とは別人のようだ。何よりも変わったのは、その弾けるような笑顔だろう。川崎にいた頃に見せた、常に背後を窺うような翳は今はもうどこにも見えない。毎日、伸び伸びと振舞っている。よほどこの島の暮らしが性に合ったのだろう。

あの時、川崎から新横浜に行き、朝いちばんの新幹線に飛び乗った。早く街から離れ、少しでも遠くに行きたかった。いくつもの駅を見送りながら、終着駅の博多で下り、その日は駅前のビジネスホテルで一泊した。

博多に来るのはカオルも周也も初めてだったが、こんなに大きな街とは知らなかった。人とネオンで賑わう街を窓から見ていると、長い時間を掛けて同じ街に舞い戻って来たような気がして不安になった。そんなはずはないとわかっているのだが、外に出ると自分たちを追い詰める人間と鉢合わせしてしまいそうで食事にも出られなかった。

その夜、部屋のテレビで、初めて見る番組やCMを眺めながら、ようやく知らない土地に来たのを実感した。しかし、いったいこれからどうすればいいのか。どこに行けばいいのか。このまま博多で暮らすのか。それとも違う場所に行くのか。アテもなければ、手持ちの金に余裕があるわけでもなく、ふたりとも途方に暮れた。そんな時、周也が部屋の机の引き出しから九州の地図とガイドブックを引っ張り出してきた。それを広げてふたりで覗き込む。知らない土地、知らない地名。それでも、聞き覚えのある名を指で辿っていった。伊万里、唐津、佐世保、長崎……そして、周也が指を止めた。

「五島がある」

「五島？」

カオルは地図を見下ろした。

「ほら、ここだよ。長崎の向こうにあるだろ」

「ほんとだ……。周也は行ったことがあるの？」

「ないけど、話は聞いたことがある」

周也が地図から目を上げた。

「俺がいた八王子の施設っていうのは、カトリックの教会がやってたんだ。いつだったか、シスターが五島の話をしてくれた。キリスト教が禁止になった時代、迫害された信者たちが五島に渡って隠れキリシタンになったんだって」

「ふうん」

「五島って、追い詰められた人間が辿り着いた場所だって言ってた……そうか、五島ってここなんだ。もしかしたら、俺たちもそこに行けば何とかなるかもしれない」

「何とかって？」

訊ね返すと、目の前に周也の無垢な眼差しがあった。

「決まってるだろ、ふたりで幸せになるんだ」

幸せ。そんな言葉があまりに呆気なく目の前に差し出されて、カオルはしばらくぼんやりした。十四歳の時、母親とその情人が住む家に火を点けて飛び出してから、自分を追い詰めるものから逃げることだけを考えて生きてきた。あの家での暮らしは地獄だったが、どれだけ逃げても、遠く離れても、自分が望んでいるものには少しも近づけなかった。何より、望んでいるものが何なのか、カオル自身にもわかっていなかった。けれど、周也の言葉で初めて理解できたような気がした。

「五島に行こう」

「うん」

周也の言葉にカオルは頷く。カオルの望むものを、周也は持っている。それが何かわからなくても、持っていることだけは信じている。

博多からはフェリーに乗った。十時間近くもかかったが、それだけ遠くに向かっていると思えて、少しも苦にならなかった。

島に降り立った瞬間、カオルが強く感じたのは水底のような静けさだった。港には日差しが眩しいほどに満ち、波音も溢れていたが、カオルは島全体にひたひたと湛えられた静けさを感じた。

その日は港のすぐそばの安い旅館に泊まり、翌日から早速仕事を探した。コンビニで買った履歴書には夫婦と書いた。苗字は変えて、山田周也二十二歳、妻カオル二十歳。

年齢は四歳サバをよんだ。さすがに十六歳と書くわけにはいかない。職種なんて何でもよかった。周也は肉体労働にも慣れている。ただ、できれば住み込みがいい。アパートが借りられるほどの金はない。何軒も断られ、やっと見つけたのがこの民宿だった。

民宿は町からバスで四十分ほどの場所にあった。玄関に出て来た女将さんは、玄関先の椅子にふたりを座らせると、手渡した履歴書を眺めた。

「ふうん、まぁだ若かとね。うちとこは漁も手伝うてもらうごとなるし、結構、仕事がきつかよ」

「身体には自信があります」

「なぁんも、こがんに地味な民宿なんかで働かんでも、町の方が割のよか仕事のあっとじゃなかね」

「賑やかなのは苦手なんです」

「めずらしかこと言うね」

「一生懸命働きますから、よろしくお願いします」

椅子から立ち上がって頭を下げる周也に、カオルも慌ててならった。

「お願いします」

「そうやねえ」

女将さんは訝しげな目を向けた。

「あんたら、ほんなこつに結婚しとっと?」

周也とカオルは思わず身を硬くした。

「いえ……正式にはこれからです」

周也が口籠もりながら答えた。

「そう思おとったばってん、駆け落ちか?」

女将さんの声に困惑が混ざる。黙ったままでいると、ため息が返ってきた。

「そがんことじゃなかかと思ったわ。大丈夫なんね? 面倒なことになったりせんね?」

「大丈夫です。迷惑をかけるようなことには絶対なりませんから」

女将さんは再び履歴書に目を落とし、それからしばらく考え、ようやく頷いた。

「まぁ、これから忙しゅうなるシーズンやし、うちも人手がなくて困っとるから、いっとき働いてもらおうか」

それで決まりだった。


夕食は親爺さんの獲ったミズイカの刺身が出された。呑むのは麦焼酎のお湯割りと決まっている。壱岐の蔵元からいつも取り寄せているという。あまり酒に強くない周也も、親爺さんに付き合っているうちに、ずいぶんと強くなったようだ。

今夜は民宿の客もなく、六時過ぎには四人で食卓を囲んだ。ミズイカの他にも、女将さん手作りの五島牛のコロッケや、地元野菜の煮付け、漬物が並んだ。宿泊客がない時は、こうして四人で夕食をとるのが当たり前になっていた。

「おとうさん、そういうたら堂島さんが来週いらっしゃるけん。さっき連絡もろうたばい」

女将さんの言葉に、親爺さんは酔いの回った目を細めた。

「おお、そうね。そいなら張り切って漁に出んとな」

「お客さんですか?」

カオルが訊ねる。

「あんたらは初めてやったね。堂島さんゆうとはうちの常連さんなんばい。釣りば好いとって、年に一回、この時期に十日ほど滞在されるばい。よか人たい。気前がようて、親切で、おしゃべりも上手くて、堂島さんが来るといつも笑いっぱなしばい」

「へえ」

「東京で、りっぱな仕事ばされとるらしいばってん、偉そうにしとっところもぜんぜんないし」

「どんなお仕事をされてるんですか?」

「ナントカ研究所とか、言うとんしゃったな。詳しくはわからんばってん、たくさんの人の前で講演なんかすってゆうとったけん、大学の先生とか、そんなんやなかろうか。それより、おとうさんなんかね」

そう言って、女将さんがちらりと親爺さんに目を向けた。

「堂島さんが来ると、必ず町のスナックに連れてってもらえるけん、嬉しくてしょんなかとよ」

親爺さんは酔いが回った目を何度か瞬きさせて、首を振った。

「いたらんこと言うな。わがは堂島さんが行きたいって言うけん、仕方なく付きおうとっだけばい」

「はいはい、そうですか」

女将さんは呆れたように笑った。

厨房の隣にある六畳間の納戸に、カオルと周也は置いてもらっている。食事の後片付けを終えてから、風呂に入り、カオルは部屋に戻った。漁で朝の早い周也は、もう気持ちのいい寝息をたてていた。

部屋には予備の座布団や、シーツや浴衣の類も置いてあって狭く、いつもひとつの布団で一緒に寝ている。部屋に自分たちの持ち物はほとんどない。川崎を出て来た時に持って来たキャリーバッグひとつ分、ジーンズとTシャツと数枚の着替えからほとんど増えていない。必要がないというのもあるが、周也は親爺さんから、カオルは女将さんからもらったものを有難く着させてもらっている。

　カオルが掛け布団の端を持ち上げると、周也が薄く目を開けて、腕を伸ばした。カオルはその中に身を滑り込ませる。周也がカオルを抱き締める。カオルは周也の胸の中に顔を埋める。周也の匂い、周也の体温。こうしていると、これより大切なものなど何もないと思える。

　カオルはふと、夏休みを利用して遊びに来ていた大学生の男女のグループのことを思い出した。みなカオルとひとつか二つくらいしか違わなかった。彼らは昼は浜辺で泳ぎ、飲んで食べて、夜遅くまで花火をして騒いでいた。屈託なく振舞う彼らに、カオルは言われるままに飲み物を運び、布団を敷き、花火の燃えかすを拾い集め、使用済みのティッシュが詰め込まれたゴミ箱を片付けた。女の子たちはみんなお洒落で、流行の服を着て、いつも熱心に化粧をしていた。テーブルの上には色とりどりの化粧品が散らかっていた。部屋の隅に無造作に放り出してあるバッグが有名ブランドものだとわかって、つい目を留めると、持ち主の女の子が慌てて自分の方へと引き寄せた。狙われたとでも思ったのかもしれない。

　そんなものはいらない、と、カオルは胸の中で呟く。ブランドのバッグだけじゃない、彼女たちの着ている豹柄のキャミソールも、踵(かかと)の高いミュールも、口紅もマスカラもいらない。自分には何ひとつ必要ない。私には周也がいる。

翌週、堂島がやって来た。

民宿の玄関に立った堂島は、太っていて、額が広く、白目が見えないくらい小さな目をしていた。年は五十歳前後といったところだろうか。

「ずいぶん可愛い子が入ったねえ」

と、堂島は小さな目をいっそう細めてカオルを眺めた。

「ええ、そうなんばい」

女将さんがカオルを振り返る。

「カオルです。よろしくお願いします」

お茶を差し出しながら、カオルはていねいに頭を下げた。

「半年ほど前から若い夫婦に住み込みで来てもらっとるんばい。ダンナの方は、今、おとうさんと漁に出とるんばい」

「へえ、もう結婚してるのかい」

カオルは首をすくめて、頷いた。

「そりゃ残念だなぁ」

堂島は冗談まじりに笑った。

その日の客は堂島ひとりということもあり、民宿の食堂で五人で食卓を囲んだ。親爺さんが釣ってきた魚を、堂島は「うまい、うまい」を連発しながら口にした。聞いていた通り、堂島は会ったとたん、人の気持ちを和らげるような雰囲気があった。とにかく人を笑わせるのが好きで、たぶんそうすることで自分がいちばん楽しめるのだろう。周也もすぐに打ち解けて、焼酎の酔いが回るにつれ、饒舌になった。

「さっき女将から聞いたんだけど、駆け落ちしてきたんだって？」

そんな質問にも、周也は気安く答えた。

「はい、まあ」

「両親に反対されたか」

「そんな感じです」

「若い奴らは情熱があっていいな。俺なんか、今や女房が誰かと駆け落ちしてくれないか、なんて思ってる」

女将さんが堂島のグラスに焼酎を注ぎ足した。

「あらあら、堂島さん、三回もされとぉと、まぁだそがんこと言っとる」

「三回も！」と、周也が目をしばたたいた。

「恥ずかしながらね。しかし、毎回違うタイプの女を選ぶのに、女房になったとたん、みんな同じ女になってしまうのはどうしてだろう。だったら、一回目の女房で我慢しとけばよかった」

思わずみんな吹き出したが、誰よりも堂島が豪快に笑っていた。

九時過ぎ、いつもに増して酔っ払ってしまった周也を、カオルは抱えるようにして部屋に連れて戻った。子供みたいに畳の上に身体を投げ出したままで、仕方なくカオルは着ていたTシャツとジーンズを脱がせた。その間中、「堂島さんって、いい人だよなぁ」と、周也はさかんに繰り返した。

「太っ腹なんだよな。話してると安心できる。人の心を開かせる不思議な力があるんだよ。あんな人、そうはいない」

呂律(ろれつ)が怪しくなりながらも、周也は堂島の話を続けている。カオルは布団に周也を寝かしつけた。

「何か、親父みたいな気がした」

カオルは思わず周也の顔に目を留めた。周也は酔った目で天井を見つめている。周也は子供の頃、母親の再婚相手である継父にひどい暴力を受けて施設に入ったと聞いている。本当の父親の記憶はまったくないという。

「覚えてないけど、あんな人だったらいいなぁって」

「きっと、そうだよ。周也の本当のお父さんは堂島さんみたいな人だって思うよ」

「そうかな」

「うん絶対」

周也は頷き、満足そうに目を閉じた。

*

一日の大半を、堂島は岩場から釣り糸を垂らして過ごしている。大して釣れるわけではないが、別に構わない。海を相手にぼんやり過ごす時間こそが目的である。海を目の前にしていると、毎日の慌しさも煩わしさも洗い流され、身も心もさっぱりする。年に一回のこの十日ばかりの休暇は、堂島にとって息を吹き返すためになくてはならないものだった。

しかし、今回はいつもと少し違っていた。ここに来てからというもの、気持ちが休まるというより、むしろ昂ぶっている。理由はわかっている。カオルだ。

宿に来て、初めてカオルを見た時、堂島はざわざわと身体の奥底で蠢きだすものを感じた。忘れていた感触が蘇る興奮だった。滞在して五日間、堂島は慎重にカオルと接した。決して気づかれないよう、警戒されないよう、カオルを眺め、意識を集中した。

そして今は確信している——。

昼にはいったん宿に戻り、女将が用意してくれた昼食を食う。少し昼寝をして、午後の釣りに出掛ける時は、漁から帰ってきた周也が付いてくる。周也はすっかり堂島になついていた。二十二歳ということだが、子供っぽさが抜け切っていない。堂島の周りには、若くて目端の利いた男がたくさんいるが、それに較べると相当に頼りない。周也のような男は、仕事では決して使わないだろう。しかし、この島にはその無防備さが似合っている。

今日はさっぱり中(あた)りがなくて、さっきからふたりは黙ったまま、波に揺れる浮きを見つめていた。耳に届くのは、規則正しく打ち寄せる波音だけだ。同じ音を聞き続けていられるのは、人の心に作用するものがあるのかもしれない。胎内で母親の鼓動を聞き続けているのと似て、呼吸することさえ忘れてしまいそうになる。

「なぁ、周也」

堂島は声を掛けた。

「はい」

「おまえ、出身はどこだ」

「東京です」

「ここに来る前は何をやってた？」

「いろいろです。建築現場でも働いたし、激安電器店とか洋服屋とか、パチンコ屋にもいたし」

「何でまた駆け落ちなんかしたんだ。カオルちゃんはいい子だし、親ぐらい説得できただろう」

　言いながらも、堂島は波に揺れる浮きから目を離さない。相変わらず中りはこない。沖にカモメらしい白い鳥が数羽、風に乗って浮かぶように飛んでいる。短い沈黙があって、唐突に周也は言った。

「すみません、それ嘘なんです」

「嘘？」

「親に反対されて駆け落ちしたわけじゃないんです。俺は施設出身で親はいないし、カオルももう二年以上も前に家出していて親とは音信不通なんです」

「じゃあ、何でここに？」

「カオルがちょっとヤバい所で働いていて、そこでトラブルがあって、どうしても遠くに行くしかなくなったものだから……」

　足抜けか、やくざ絡みか、借金か、闇金か。まあ、どれであっても大した違いはない。

「なるほどな」

「あの、このこと、親爺さんと女将さんには……」

「当たり前だろ、そんなこと言いやしない」

「すみません。俺たち、やっと安心して暮らせるところに辿り着いたんです」

「若いのに、いろいろ苦労したんだな」

「苦労だなんて……」

　思いがけず、周也の声が湿り気を帯びた。こんな決まりきった慰めの言葉に心の底から反応している。堂島はその姿に目をやった。周也はきっと、どこに行ってもその熟し切らない性格のせいで踏み台にされてきたのだろう。

「それで、これからどうするつもりだ？」

「まだ、先のことはあんまり考えてないんですけど、このまま親爺さんの跡を継ぐのもいいかなって」

「そうか、それもいいな。こんなきれいな場所で暮らせるなんて天国にいるのと同じだからな。親爺さんもきっと喜ぶよ」

「はい」

　周也は目に涙さえ湛えている。ふと、堂島はセミナーの会場で自分に向けられるさまざまな目を思い出した。信頼と陶酔とに満ちた目は、いつもどこか狂気走っている。堂島を信じることに躊躇はなく、自我さえ捨てることを厭わない。信じる、は、信じたい、と同義語だ。奴らは信じているのではなく、信じたいのだ。その愚直さは、まさに愚かさでもある。

　その夜、堂島は親爺さんと周也を誘って町に出た。行き先は、観光客用のスナックである。親爺さんがそれを密かに楽しみにしているのは知っていた。

店に入ると、ママとホステスがこぞって出迎えてくれた。一年に一度、ここに来る時は店でいちばん高いボトルを入れる。女の子たちのためにつまみをふんだんに取り、気前よくチップも弾む。堂島にとって大した額ではないが、店にとっては上客だ。

奥のソファに座って、寛いだ。親爺さんも今夜ばかりは焼酎ではなく、ウイスキーを飲み、女の子たちに囲まれて上機嫌だ。堂島は冗談を連発して何度もホステスたちを笑わせた。マイクを手にし、演歌歌手を真似して身振り手振りを加えて歌ったりもした。こんな姿はここでしか見せられない。ここでは誰も堂島を知らない。セミナーに集まる会員たちが見たらどんな顔をするだろう。

「ほら、周也も歌えよ」

堂島がマイクを勧める。

「俺、下手だから」

「いいから、歌え」

周也はおずおずとマイクを手にして、堂島の知らない今時の歌を歌った。ホステスから「上手」と言われて、もう一曲歌った。それからすっかり酔ったのか、つまらない冗談を口にしては笑い、ホステスと犬ころみたいにじゃれあっていた。

帰り道、タクシーに揺られながら、周也は何度も「楽しかった」を繰り返した。

「こんなふうに腹の底から笑ったの久しぶりです」

親爺さんはすっかり酔って、シートにもたれながら鼾をたてて眠っている。

「そうか、よかったな」

堂島は答えながら、窓の向こうに広がる、夜を映して巨大な闇となった海を見ていた。

*

周也が帰って来たのは、もう午前一時に近かった。布団の中でうとうとしていると、ドアが開いて周也が枕元に座った。ずいぶん呑んでいるようだった。

「おかえり」

「これ、おみやげ」

周也が目の前に小ぶりの紙袋を差し出し、カオルは身体を起こした。

「嬉しい、なに？」

「中身は知らない。堂島さんがくれたんだ、カオルにって」

「へえ」

カオルは紙袋の口を留めてあったテープを剝がし、中のものを取り出した。口紅だ。マスカラもある。アイシャドウや頰紅も入っている。着替えていた周也が振り返った。

「何だった？」

「お化粧品。これ、堂島さんが選んだの？」

「店の女の子に頼んでた」

「ふうん」

「よかったじゃん。カオル、最近ぜんぜん化粧なんてしてなかっただろ。たまにはすればば」


「周也は、私がお化粧した方がいい？」

周也が布団に入って来て、カオルを抱きしめた。

「俺は、どっちのカオルも好きだよ」

「やだ、お酒くさい」

「楽しかったなぁ。堂島さんってほんといい人だよなぁ。俺みたいなのにも、すごく親切にしてくれてさ。あんな人、めったにいないよ。この島に来てよかった、ほんと、よかった……」

呟きながら、最後はもう眠っていた。

翌朝、食堂に来た堂島に朝食を出しながら、カオルは礼を言った。

「お化粧品、ありがとうございました」

「気に入ってくれたかい？」

「はい」

「それはよかった」

厨房から女将さんも出て来た。

「私にまで素敵なスカーフばいただいて、すんません」

女将さんの首元には洒落た花柄のそれが巻かれている。

「女将さんにはいつもお世話になってるから。ほんの気持ち。それでね、ついでと言っちゃ何だが、ちょっとお願いがあるんだ」

「何やろか」

「午後に、カオルちゃんを借りたいんだけどいいかな」

「私ですか？」

カオルは思わず自分を指差した。

「実は、女房へのおみやげを買い忘れてね。でも、自分じゃどんなのを買っていいのかわからないから、カオルちゃんに付き合ってもらえないかと思ってね」

女将さんは大きく頷いた。

「あらあら、そげんことならどうぞ。カオルちゃん、お供してあげんね」

「はい」

「よかった。よろしく頼むよ。それと、せっかくだから、昨日あげた化粧をしてくれたら嬉しいんだけどな」

カオルは少し戸惑ったが、堂島の人の好い笑みとぶつかると「わかりました」と、頷いていた。

化粧をするのは久しぶりだった。鏡を覗き込んで、眉を整える。アイシャドウを塗り、アイラインを描く。マスカラをつけ、頬紅を薄くはたき、最後にグロスの入った口紅を引く。

「楽しそうだな」

その声に振り向くと、漁から戻ってきた周也が立っていた。

「そう？　お化粧なんて久しぶりなんで仕方忘れちゃった」

まるで悪さが見つかったかのように、カオルは慌てて言い訳した。

「やっぱり化粧をすると変わる」

「どんなふうに？」

「ちょっと知らない人になる」

「落としちゃおうかな」

「どうして。せっかく堂島さんからもらったんだから、して行けば」

「そうだけど」

化粧はずっと自分の一部だった。年を隠すため、自分を守るために欠かせないものだった。周也とこの島に来て、誤魔化し続けてきた暮らしからやっと抜け出せた。もう誰もカオルの年を気にしないし、追われることもない。素顔のままで暮らしてゆける。そう思ったはずである。それなのに、化粧品を手にした時、どこか心を弾ませている自分がいた。

「周也も一緒に行こうよ」

「親爺さんから、船の甲板磨きを頼まれてるんだ」

「そっか」

「堂島さんの奥さんのために、いいもの選んであげろよ」

「うん、わかった」

うまく言えないが、カオルはどこか気が重かった。それをどう周也に伝えていいかわからなかった。伝えたとしてもわかってもらえないだろう。堂島はいい人だ、それはこの滞在の期間、ずっと見てきたからわかっている。土産選びに付き合うぐらい大したことではない。それでいて、本能が拒否している。それは少し恐怖に似ていた。

＊

玄関で靴を履いていると、携帯電話が鳴りだした。堂島は液晶に映る名前を見て、眉を顰めた。そのまま外に出て、周りに誰もいないことを確かめてから、耳に当てた。

「連絡するなと言ったろう」

「のんびりやってるか」

「用件は？」

「いつ帰って来るんだ。三日後のセミナーには間に合うんだろうな」

「わかってる」

「そこに政治家の女房が来ることになった。何でも一人息子が難病に罹っているらしい。会食のセッティングをしておいたから、よろしく頼むぞ」

「ああ」

「きっと上得意になってくれるさ。そうそう、昨日、百万の壺がふたつも売れた。驚いたことに、風俗の姉ちゃんが買って行った。これで悪縁は絶たれ、いい縁に恵まれるって言ったら、泣いて感謝された」

「明日には帰る」

　電話を切ると、カオルが玄関から出て来た。その姿を眺めて、堂島はほぅと息をつく。思った通りだ。化粧をしたカオルは生き生きとしていた。

「いいね、うんと可愛くなった」

　堂島の言葉に、カオルは口元を緩めた。素顔の時の、はにかむような笑顔とは違う。

女の、それも自信に満ちた女の笑顔だ。女にとって化粧は二通りの意味があると堂島は思う。化粧によって本当の自分を隠そうとするか、化粧によって本来の自分に戻ろうとするか。カオルがどちらの女であるか、その笑みが証明している。

「じゃあ行こうか」

今日は、民宿のライトバンを借りている。夕食までには帰って来る予定だし、道もよく知っている。何もタクシーを呼ぶ必要はない。ふたりは車に乗り込んだ。

*

堂島の奥さんへの土産には、珊瑚(さんご)のペンダントを選んだ。それは通りをほんの少しの間ぶらついて、最初に入った土産物屋で呆気ないほど簡単に決まった。何もわざわざ自分を付き合わせる必要などなかったのに、と思うほどだった。

バンを停めた駐車場に向かう途中、堂島は「ちょっと先に行っててくれ」と言い、十分ほど遅れてやってきた。手には包みがぶら下がっていた。

「それも奥さんのですか？」

「まあね。さ、車に乗って」

堂島は包みをカオルに渡し、キーを差し込んだ。駐車場を出て、車は幹線道路を走り出す。見慣れた海の風景が窓を埋め尽くすように広がっている。

「周也から聞いたよ、この島に来たいきさつ」

「え……」

カオルは不安になった。周也はどこまで話したのだろう。周也の人の好さはカオルのいちばん好きなところでもある。しかし時々、呆れるくらい警戒心というものを忘れてしまう。

「カオルちゃんはおばあちゃん子だね」

不意に言われて驚いた。

「違うかい？」

「そうですけど……でも、どうして？」

「それくらいわかる。生まれてからずっとおばあちゃんに育てられて来たんだね、おかあさんじゃなく」

カオルは怪訝な目を向けた。いったい堂島は周也に何を聞いたのだろう。しかし、祖母の話などした記憶はない。

「当たってるかい？」

「堂島さんって占い師？」

おどけながら言うと、堂島は声を上げて笑った。

「そんなふうに見えるかい？」

「だって」

「つまり、私の言ったことが当たってるってことだね」

「少しは……」

「当たってるって、正直に言えばいい」

カオルはやがてためらいがちに首を縦に振った。

「当たってます」

「やっぱり、そうか」

「おかあさんは、子供を育てられるような人じゃなかったから」

「だからずっとおばあちゃんに育てられたんだね。でも、そのおばあちゃんが亡くなって、それでまた、おかあさんのところに行くことになった」

カオルは息を呑んだ。気味が悪かった。どうしてそんなことまでわかるのだ。もちろん、その話も周也にはしていない。

「どうだい？」

カオルは堂島の横顔を眺めている。温厚そうな表情はそのままだが、フロントガラスを見つめる目は、まるでこの世のものではない何かを見ているように思えた。答えるつもりはなかったが、堂島の声にはどこか不思議な柔らかさがあり、カオルはいつしか促されるように頷いていた。

「だって、他に行くところもなかったし」

「そこで、ずいぶん酷い目に遭ったね。それで家出をしたんだね。でも、出る時、ちゃんと復讐(ふくしゅう)もした」

カオルは膝の上でぎゅっと手を握り締めた。

「したろう？　おかあさんが嫌いだね、いや憎んでいる。隠すことはないよ、私にはすべてわかるんだ。話せばいい、胸の底にためておく必要なんかないんだよ」

その言葉を耳にすると、意志よりも先に、身体の奥底から声が湧き上がってきた。

「そうよ、大嫌い。あんな奴、死ねばいいのよ」

言葉を吐くと、思わず身体から力が抜けて、シートにもたれかかった。

「でも自分に、おかあさんに似てるところがあることも、君は知っているね」

「似てる？　私が母親に？　まさか」

「そうかな」

「似てるわけがない。私のいったいどこが似てるっていうの、あんなサイテーの母親」

「強いて言えば、欲望の強いところだ」

「欲望？」

「金も、物も、もちろん性欲も、君は呆れるくらい強烈に持っている」

カオルは息を呑んだ。

「だから、ここに来たんだ。ここで周也と静かに暮らそうとしたんだ。そうでもしなければ、自分の中にあるおかあさんと同じ欲望が目覚めてしまいそうで怖かったんだ」

「何言ってるの、馬鹿みたい」

カオルは笑い飛ばそうとした。しかし、頰が強張ってうまく動かない。

「本当は、島を出たいと思ってるね」

「まさか」

「そうかな」

「そんなこと思うわけない、女将さんも親爺さんも優しくしてくれて、私はずっとここで周也と暮らすの」

「嘘だ」

ぴしゃりと言われて、カオルは次の言葉を吞み込んだ。

「私には見えるんだ。君の胸の中にあるものが手に取るように」

「………」

「その包み、開けてごらん」

堂島に言われた通り、カオルは包みを開けた。中にはバッグが入っていた。

「それが欲しかったろう」

「そんな……」

「さっき、通りでそれを見たね。欲しいんだなって、すぐわかった」

「そんなことない」

と言ったが、カオルは狼狽(ろうばい)していた。バッグは以前、宿に泊まった女子大生が持っていたものと同じだった。それをたまたまショーウィンドウに見つけて、ちらりと見た。ただ、見ただけだ。いや、違う。確かに欲しいと思った。あの女子大生が持っているのを見た時から、ずっとそう思っていた。

「どうして……」

カオルは震える声で、運転する堂島に目を向けた。

「このバッグが欲しいって、どうしてわかったの？」

「言ったろう、私には見えるって」

堂島の声がある種の重量感を持って、カオルの胸に届く。

「カオルちゃんの胸の中にあるものが、手に取るように見えるんだ」

＊

子供の頃から、他人には見えないものが見えていた。

たとえば、その人がどんな人生を歩んできたか。どんな暮らしをし、どんなことを望んでいるか。何に傷つき、何に守られてきたか。目を閉じ、気持ちを集中すると、まるで周波数を捉えるように、びりびりと相手の胸の内が伝わってくる。映像が浮かぶというのとは少し違う。敢えて言うならイメージだ。そのイメージが徐々に広がって形をなしてゆく。

自分が他人と違う能力を持っているのを自覚したのは、小学生の高学年になった頃だった。それを知ったと同時に、人の胸の内を読めるのは決して幸運な能力ではない、ということも理解しなければならなかった。知らなくてもいいことを知ることができるのは、自分の力をコントロールできない子供にとって、時に自分への凶器となった。それで、何度も傷つかねばならなかった。

長い間、できるだけ自分を鈍感にし、誰に対しても焦点を合わせないようにした。友人がいないわけではなかったが、彼らの多くは、堂島を本音を見せない付き合いにくい奴と思っていただろう。

大学生の時、合コンの席で、酔った勢いのまま、女の子の過去を言い当てた。弟が事故で死んだこと、それが原因で両親が離婚したこと、最近恋人に振られたこと。最後、女の子は泣き出した。それ以来、堂島には超能力があるという噂が広がり、「観て欲しい」と学生が集まるようになった。一回五百円で始めると、驚くほどの人数が集まった。

バイト感覚で、頼まれれば観るようになった。とはいえ、遊びの範疇でやっていただけだ。

　卒業したら普通の企業に就職するつもりだった。それが就職試験にすべて落ちて状況は一変した。食うために、仕事にせざるをえなくなったのだ。

　渋谷の古びた雑居ビルに占い屋ばかりが集まったフロアがあり、堂島は一坪ぐらいのコーナーを借りた。そこが最初の仕事場になった。

　来るのはほとんど女子中高生で、一回十五分、八百円。悩みなんて他愛もない恋愛相談ばかりだった。子供を相手にするのは飽き飽きだったが、仕事と思えば我慢するしかなかった。それでも人気は高まり、休みの日は長い行列が階段にまで及んだ。一日ではすべての客を捌けず、半分以上帰ってもらう有様だった。

　そんな時、声を掛けてきたのが多崎である。多崎は同じフロアで手相占いをしていたが、客はほとんど付いていなかった。

「俺と組まないか」

　堂島よりもふたつ年上と言ったが、ずいぶん世慣れて見えた。

「おまえは本物だよ。俺にはわかる。本物のおまえが、こんな所でガキ相手に才能を消耗してちゃいけない。本当におまえの力が必要な人間に使うべきだ。俺に任せろ、悪いようにはしない。やっかいなことはみんな俺が引き受ける。いわばマネージャーみたいなもんだ。どうだ、ふたりでやってみないか」

頷いたのは、自分もまた多崎と同じ思いがあったからに他ならない。確かに自分には特別な力がある。それを武器にして生きて行ける。このまま渋谷の雑居ビルで子供相手に朽ちてゆきたくない。

組む前に、多崎の心の内を読もうとした。こいつは信用できる男なのか。俺を利用しようとしているだけではないのか。しかし、できなかった。いや、読もうと思えば可能だったはずである。たぶん、読むのが怖かったのだ。何度もそれで失敗した。母も父も、友人も恋人も、結局それが原因で去っていった。身近な人間を見透かせば、孤独に生きてゆくしかないということは身に染みていた。

場所を原宿の小綺麗なマンションに移し、予約制にした。料金は一時間二万に上げ、金を持っていそうな中年女にターゲットを絞った。すべては多崎がお膳立てした。それは驚くほどうまくいった。順調に客は増え、商才のある多崎はやがて壺や数珠といったものを販売するようになった。そして、それがまた呆れるほどよく売れた。

金は面白いほど入ってきた。いい家に住み、いい車に乗り、うまい飯を食い、高級な酒を呑み、服を誂え、女と遊んだ。

そして、たぶんその頃からだと思う——力が薄れていったのは。

誰を観ても、感じるものがなくなった。気持ちが集中せず、どう頑張ってもイメージが浮かばない。焦ったが、どうしようもなかった。何日も部屋に籠もったり、山奥で修行じみたことをやったりしてみたが、結局、力は蘇らなかった。

しかし、その分、堂島は言葉をあやつるのが巧みになった。相手が何を望んでいるのかを察知して、期待通りの言葉がすらすらと口から出てくるようになった。迷った時は「三代前に亡くなった、若い娘さんの先祖の霊があなたを守ってくれています。お墓参りに行きなさい」などと言うと、皆、目を潤ませて「ありがとうございます」と、頭を下げた。不思議なことに、むしろその方が、客たちは納得した。

しかし、先は見えていた。このままではいつか客も離れてゆくだろう。多崎には黙っていたが、あいつもたぶん、堂島の力の限界を感じていたに違いない。しばらくして、やり方を変えよう、と言い出した。個別の客を迎えるのではなく、セミナーを開いて若者を募るというのである。実際、多崎は人を集め、堂島を壇上に立たせた。堂島の言葉は聴衆を酔わせた。聴衆だけではない。喋っている堂島自身が自分の言葉に陶酔した。いつしか話術だけが、堂島の最大の力になっていた。

多崎はますます手を広げていった。スタッフを増やし、支部と呼ばれる場所が全国に散らばるようになった。気がつくと、堂島は「会長」と呼ばれるようになっていた。会員たちは堂島の話を熱心に聴き、時には涙した。そして、堂島の言う「現世の苦しみは修行であり、来世のために徳を積む」ことを、受け入れた。名称は『ライフ・プラーナ研究所』。表向きはあくまで自己啓発のためのセミナーだ。しかし実体は、怪しげな新興宗教そのものだった。

会員たちは、自身が壺や数珠を買うだけでなく、家族や知人にも買わせた。訪問販売で、小冊子やハンカチを売った。街頭で声を掛けてセミナーに誘った。もちろん会員である彼らにマージンはない。彼らは、自分が儲けるのは罪だと信じている。その無償の行為こそが徳を積むことだと教え込んだのは堂島だ。

多崎の方は『ライフ・プラーナ研究所』以外にも個人事務所を持ち、いろいろと手を広げていった。多崎は自分の事業に関しては何も言わないし、堂島も聞こうとは思わない。以前、多崎が若い男に刺され瀕死の重傷を負った時も、見舞いにすら行かなかった。どんなトラブルがあったのか、理由も経緯も知らない。知りたいとも思わない。今や、多崎と自分は、金を儲けるという接点しかなく、それ以外では、もっとも遠い存在である。

『ライフ・プラーナ研究所』の会員は、公称一万人にもなり、セミナーは巨大化した。今はもう、セミナー自体が特別な力を持ち、堂島の存在さえも内包している。

「信じない」

カオルは言った。海風が細く開けた窓から流れ込んでくる。風さえ海の青さに染まっているようだ。

「嘘は言っていない」

堂島は答える。潮の匂いが濃くなったような気がする。

「確かに見えるんだ、君の胸の中にあるものが」

堂島はハザードランプをつけ、バンを路肩に停めた。カオルはひたすら前方を睨(にら)みつけている。その横顔には、嫌悪と怯えがぴたりと貼り付いている。

「君は、自分の居場所がここでないと知っているね。ここにいれば、いつかきっと周也を憎むようになることも」

「やめてよ、わけのわかんないこと言わないで」

必死に抵抗するように、カオルは遮二無二首を振る。堂島は胸ポケットから財布を取り出した。中から万札を数枚抜き、携帯電話の番号が入った名刺とともにカオルの手に握らせた。

「今はまだ、何のことかわからないかもしれない。しかし、そう遠くないうちに、君は島を出るようになるだろう。その時、私の『ライフ・プラーナ研究所』に来るんだ。これはそのための旅費と連絡先だ」


力を蘇らせてくれたのは、最初の妻だった。

　セミナーに来た妻を初めて見た時、堂島はしばらく忘れていた感触を思い出していた。低い周波数のように、びりびりと伝わってくるあの感触だ。久しぶりに堂島は高揚した。まだやれる。失ってはいないのだと確信した。彼女と結婚して、しばらくは蘇った力に自信を取り戻した。しかし三年もたつと、また曖昧になり始めた。

　自分を高揚させ、力を漲（みなぎ）らせてくれる女を求めて、いったい何人の女たちと寝ただろう。期待し、失望し、そして捨てる。それをいやになるほど繰り返した。結婚も三度した。二番目の妻も、今の妻も、出会った頃はあんなに力を蘇らせてくれたが、今はもうない。妻を見ても何も感じない。

「いらない、そんなもの」

　カオルは拒否した。しかし、言葉と裏腹に語尾は崩れてゆく。

「君は来る。私にはわかる。それが見えるんだ」

　ここでカオルと会った。カオルを一目見た時、堂島は確信した。この女こそ、自分を蘇らせてくれるに違いないと。

*

「カオルちゃん、カオルちゃんったらね」

女将の声に、廊下の雑巾がけをしていたカオルは顔を上げた。

「あ、はい」

「どがんしたと、さっきから呼んどるのに聞こえんかった？」

「すみません」

「お昼にすーでー。うどんば茹でたけんね」

「今、行きます」

雑巾をバケツに入れて、裏の洗い場に持って行った。蛇口を捻って手を洗い、それから海に目を向けた。今日はいつもより風が強く、白い波がいくつも立っている。それなのに波音がしない。またた、とカオルは両耳に手を当てる。そんなはずはない、と耳を澄ますのだが、しんとした気配が届くだけだ。この島全体に漲る沈黙に、すべてが呑み込まれてしまったようだ。

厨房の片隅で、女将さんと向かい合ってうどんを食べた。

「この間から、おとうさんとも話しよったと。あん小部屋じゃあんまりやけん、こん近くで貸家でん探してむぅかって」

「私たちは、あの部屋で十分ですから」

「そいでん、あげん狭かとこじゃ布団もまともに敷けんし、所帯道具やら欲しかやろうもん」

出汁（だし）はアゴでとってある。女将さんの少し甘めの味付けと、五島うどんはよく合う。

「ぼちぼちちゃんとせんば。式ぐらい、うちらで出してやるたい。籍ば入れて、ご両親にも報告ばせんば」

カオルの箸が止まる。

「周也ちゃんがおとうさんにね、跡ば継ぎたいって言ってくれたばい。おとうさんたら、もうすっかり喜びよっと。あんたらはもう他人じゃなか。我が子も同然ばい。ほんなこつなら、私らも年だしぼちぼち民宿も閉めるしかんかと思うとったばってん、周也ちゃんとカオルちゃんの継いでくれるなら安心ばい」

女将さんがうどんを啜る。その首に巻かれた花柄のスカーフをカオルは眺める。島から堂島が去ってふた月が過ぎている。もうそんなに経（た）ってしまったのか。いや、まだそれだけしか経っていないのか。堂島の声が、今そこで聞いたように鮮明に蘇る。

君は来る。私にはわかる。

「式はいつがよかかしらねえ」

女将さんが笑う。波音はやはり聞こえない。

秋が深まりつつあった。水平線の緩やかな曲線に、時折、陽炎（かげろう）のような靄（もや）が浮かんだ。夕暮れ時は空が茜色（あかねいろ）に染まり、海までも燃やし尽くすようだった。

その夜、いつものようにひとつの布団にくるまりながら、カオルは周也の横顔を見ていた。周也が薄く唇を開き、気持ちよさそうに眠っている。カオルは昨夜の周也の言葉を思い返した。

「カオル、ずっとこの島にいような。民宿を継いで、ここで親爺さんと女将さんみたいに生きてゆこうな。この島に来てよかった。やっぱりここは追い詰められた人間が辿り着く場所だったんだ。今、俺たちはこの島の神様に守ってもらってる。もうどこにも逃げる必要はないんだ。子供も作ろう、ふたりでも三人でも、もっといてもいい。それでいつかねえさんも呼んで、みんなで一緒に暮らそう」

聞こえなくなるのは、波音だけではなかった。風の音も、葉のそよぐ音も、鳥や虫の鳴き声も、そして周也の声さえも、少しずつ聴力を失うように、耳元から零(こぼ)れ落ちてゆく。このまま何も聞こえなくなってしまうのではないかと思えるほどだ。

そして、カオルは不意に気づく。聞こえないのではない、聞きたくないのだと。

もう、迷う時期は終わっていた。カオルは布団を抜け出して押入れを開いた。中からキャリーバッグを取り出そうとしてやめた。持って行くものなど何もない。堂島から渡された現金と、携帯電話の番号が書いてある名刺、それさえあればいい。カオルは自分を、他人事(ひとごと)のように眺めていた。それは意志というより、あらかじめ決められた運命のように思えた。

どうして気づいてしまったのだろう。気づきさえしなければ、周也に、親爺さんや女将さんに、この島に、この島の神様に、ずっと守ってもらえたのに。

外に出ると、明け方特有の半透明な空が広がっていた。冷たく湿った空気が肺の中に流れ込んで来る。カオルは寒さに身を竦ませ、停留所の標柱(ひょうちゅう)の下にしゃがみこんだ。もうすぐ朝いちばんのバスがやって来る。

自分がいったいどこに行こうとしているのか、いったい何を望んでいるのか、カオルはぼんやり考える。自分は幸福ではなく不幸を望んでいるのだろうか。あの母親のように、娘に殺されそうになるくらい堕ちたいのか。自分にも同じ血が流れているというのか。

わからない。

わからないから、この島を出ようとしている。

顔を上げると、まるで海から這(は)い上がって来るかのように、バスのライトが近づいて来た。

第六章　時を祈る

　朝から始まった頭痛が、午後になっても続いている。

　本部に提出する報告書を書く手を止めて、音江（おとえ）は髪を覆う黒いベールの上からこめかみを押さえた。頭痛の理由はわかっている。生理の前はいつもこうだ。身体が妙に熱っぽいのも、むくんで指先が痺（しび）れたように感じるのも、馴染みとなった症状だ。初潮を迎えたのが十三歳だから、もう三十五年の付き合いになる。

　高校卒業と同時に修道院に入ってから、どんなに修練を重ねても、毎月規則正しく訪れる生理に、音江はどれほど不安を感じただろう。一生性は交わさない。結婚もなければ出産もない。もう女でもない。それなのにどうして生理だけが繰り返されるのか、自分の信仰心は永遠に肉体を超えられないのか、そんな恐怖に包まれた。思い余って先輩のシスターに相談すると、穏やかな笑みとともに「すべては神の御心（みこころ）のまま」という答えが返ってきた。必要なのは、悩むことでも考えることでもないと気づいたのはその時だ。以来、生理もまた神から与えられた祝福なのだと思うようにしている。

三年の修練期を経て、正式にシスターとなり、しばらくさまざまな奉仕活動に出向いた。その後、この八王子にある養護施設に派遣された。あれから二十年以上がたっている。いまさらながら月日の流れに驚いてしまう。

この施設はもともと戦後の混乱の中、教会の慈善事業として、親を失った孤児を引き取ったのが始まりだ。現在も教会が後ろ盾であるのは同じだが、少しずつ状況は変わり、今はさまざまな理由により親と離れた子供たちが暮らしている。施設を設立したシスターが神に召され、その後、自分が跡を引き継ぐことが決まった時、音江はどんなに名誉に思っただろう。それ以来、この施設に身も心も捧げてきた。困難もあったが、それ以上にここにはやりがいと生きがいがあった。

暗い目をして施設の玄関に立った子供たちが少しずつ明るさを取り戻し、いつしか本来の無邪気な笑顔を浮かべるのを目のあたりにすると、何ものにも代えがたい喜びに包まれた。子供らはやがて施設を卒業し、仕事を得て、大人になり、結婚をし、我が子を胸に抱く。そうやって、幼い時から求め続けてきた幸福な家庭を手に入れる。それこそが音江の望みだった。

しかし、中には音信不通になってしまう子らもいる。彼らを思うと、今頃どこで何をしているのか、気掛かりのない日はない。そんな子供らに音江のできることといえば、祈りだけだ。幸せでいてくれますように、健康でいてくれますように、神の祝福がありますように。音江はひたすら祈りを捧げる。

その時、ノックがあった。

「先生、よろしいですか」

音江にはシスターとしての洗礼名マリア・テスがあるが、ここでは先生と呼ばれるのが慣例になっている。

「どうぞ、入って」

「失礼します」

顔を出したのは芳子だ。礼儀正しく頭を下げて、音江の前に立つ。芳子は十五歳までこの施設に暮らしていたが、三ヵ月ほど前に訪ねてきたのがきっかけで、ここの仕事を手伝ってくれるようになっていた。

「どうかした？」

「実は今、小学校から電話があったんです。登くんが友達と喧嘩して相手の子に怪我を負わせてしまったって」

「またなの……」

音江の顔が曇る。登は十一歳。小学校五年生なのだが、しょっちゅう問題を起こす。先週も、校庭の花壇を荒らして、担任に呼び出しをくらったばかりだ。

「しょうがないわね。じゃあ、学校に行って来なくちゃね」

「よければ、私が行って来ますけど」

「いいの？」

音江は改めて芳子を見た。

「登くん、先生に迎えに来てもらうのはさすがに気がひけるみたいで」

二週続けてとなれば、やんちゃな登も少しは反省しているのだろう。

「そうね、じゃあお願いしようかしら」

「ただ、もうすぐ大工さんがいらっしゃることになってるんです」

「ああ、ドアの建付けの件ね。それは私が応対しておくわ」

芳子がドアの向こうに消えてから、音江は窓に目をやった。庭に植えられた八重山吹はすっかり葉を落とし、冬風に頼りなげに揺れている。

芳子もようやく落ち着いたようである。表情もずいぶんと明るくなった。小さなバッグを手に施設の玄関に現れた時は、まるで魂を抜かれたように虚ろな顔をしていた。再会するのは久しぶりだったが、それでもあまりの変わりように、すぐには誰だかわからなかった。部屋へと招き入れ、温かい紅茶をいれてやると、何も問うてないのに「すみません」と芳子は消え入りそうな声で頭を下げた。

音江はことさら話を聞き出そうとはしなかった。疲れているのは身体だけでないことぐらい見ればわかる。いつか話したくなる時を待てばいい。今の芳子に必要なのは時間に違いないと思えた。

芳子が施設を卒業してから十五年近くになる。この施設にいた頃から大人しい少女だった。どこにいても何をしていても、ひっそり、という形容がぴたりとあてはまるような、手の掛からない子供だった。そう言えば、一度だけ、わあわあと声を上げて泣いたことがある。大切にしていたぬいぐるみを失くした時だ。あの時の、絶望と呼べるような泣き声は今も耳に残っている。それでも、下級生たちの面倒をよくみる母親的な気性もあり、年下の子供たちから慕われていた。その中でも、周也という七歳下の男の子が、まるで弟のようによくなついていたのを覚えている。卒業してからも、芳子は毎週のように周也に会いに施設を訪れていた。

周也は少しやんちゃで短慮なところもあったが、根は優しく、気のいい男の子だった。その周也も、芳子と同じく理髪師になると言って卒業していった。しかし、半年で店を飛び出した。店の主人とささいなことで揉めたのが原因だった。

ふたりが一緒に暮らしていると聞いたのは、それから少したってからだ。その時は、結婚するのかと思った。年の違いなどさほど重要ではない。施設出身者同士で夫婦になるケースが多いのは、幼い頃に痛みと孤独を共有した同朋としての強い絆で結ばれているからだ。ふたりもそうなればいいと思っていた。しかし、ふたりはある日ふっつりと姿を消した。

「何だか人相の悪い男たちが、芳子さんの勤めていた理髪店に来たそうです。ふたりの行方を知らないかって」

同じ卒業生から、そんな話を耳にしたこともある。ここに舞い戻ってきた芳子を見れば、何かしら事情があったのだとわかる。それもいずれ話してくれる時がくるだろう。

それにしても芳子はよく働いてくれていた。少し前まで若いシスターがひとりいたのだが、東北の教会に派遣されてしまい、困っていた矢先だった。本部には人手が必要との要望書を提出しているのだが、最近はシスターが足りず、なかなか派遣が難しい。芳子が現れたのは、いわば渡りに船だった。少ない賃金しか払えないが、そのほとんどを芳子は献金という形で戻してくれている。

しばらくして、チャイムが鳴った。玄関に出ると、汚れた作業服を着た男が立っていた。その男の顔の左半分が赤い痣で覆われていて、音江は思わず息を呑んだ。

「ドアの修理に来たんだけど」

男のぞんざいな言葉遣いに、音江は慌てて頷いた。

「ああ、はい、聞いています」

年は二十代後半といったところだろうか。見るからに硬く締まった身体をしている。

男の方も、物珍しそうに音江を眺めている。シスターの格好は、時に、好奇の目を向けられる。白のタートルネックのセーターに紺色のベストとスカート、その上から同色のカーディガン、何より、髪を覆うベールに独特の雰囲気があるのだろう。

「どうぞ、お入りになってください」

音江が促すと、男は作業靴を脱ぎ、黙って付いて来た。

施設は八十坪ほどの敷地の中に建つ古い二階家だ。一階は台所と食堂、居間にもなる礼拝室、風呂場、そして事務所を兼ねた音江の部屋がある。二階は六部屋あり、階段を上って右が男子、左が女子にわかれている。すべての部屋には十字架に架けられたイエス・キリストの絵が飾られている。音江がここに来た頃は、部屋数が足りないほど子供がいた。三十人以上はいただろう。ベッドが足りず、小さい子はひとつのベッドをふたりで使っていた。今は八歳から十五歳までの八人が暮らしている。

入所者が少なくなったのは喜ぶべき現象だろうが、実際に不幸な子供たちが減っているわけでないのは、新聞やニュースを見ればわかる。昔よりも複雑に、そして決定的に親子関係は崩れている。減った理由は、古びたこの施設が利用される機会が少なくなっただけだ。

子供らは役所からの紹介で、この施設にやって来る。親に捨てられた子、親の病気や薬物依存で育児を放棄された子、ひどい虐待を受けた子、理由はさまざまだ。共通しているのは子供らに何の罪もないということだ。それでも親を恨んでいる子は少なく、彼らはいつも親の迎えを信じて、待ち続けている。

　男を台所に案内し、音江は勝手口のドアを指差した。

「このドアが開かなくなってしまったんです」

「ふうん」

　男はしゃがんで、ドアを点検し始めた。男の左顔が見える。ふと、そこにいるのは人間というより、別の生き物のような気がした。子供の頃に読んだ神話に登場するケンタウロスやヒュドラ、ユニコーン――。

「この家、ずいぶん古いんだな」

　音江は我に返った。

「建ったのは戦後間もなくですから、築六十年以上になります」

「家全体が傾いてる。このドアだけじゃなくて、いろんなところの建付けが悪くなってるだろう」

「ええ、それはもうあちこち」

「だろうな。大きな地震が来たらヤバいかもしれない」

「リフォームは何度かしたんですけど、ドア、直ります？」

「何とかするしかないんだろ」

「はい」

「親方から、他の建付けも直すように言われてる。仕事の合間だから、そうしょっちゅうは来られないけど、順番にやってくよ」

「ありがとうございます、助かります」

終わったら事務室に声を掛けるように告げて、音江は部屋に戻った。本部に送る報告書はまだ半分しかできていない。明日中には完成させて送らなければならない。

報告書の中で、特に頭を悩ませるのは毎年会計欄と決まっていた。今年も大きな赤字を計上してしまった。施設の運営は、役所からの給付金と、本部からの援助、そして施設出身者の寄付によって賄われている。特に施設出身者の力添えは大きく、現金ばかりでなく、季節ごとに米や野菜なども送ってくれる。その他にも、今日のように施設のメンテナンスを無料で引き受けてくれたり、卒業した子供らの面倒をみてくれたりする。施設がこうしてつつがなく続けられているのも、出身者たちの協力があってこそのことだった。もちろん施設は営利目的ではないのだから、黒字にこだわる必要はないが、こうも赤字が続くと心苦しくなる。倹約に心を砕いているのだが、毎年、かなりの額の足がでてしまう。

「入るぞ」

声が聞こえたかと思うと、もう部屋に男が姿を現して、音江は一瞬たじろいだ。その大きな身体が目の前に立つと、空気さえも薄くなった気がした。

「とりあえず、勝手口のドアは直しといたから」

「ああ、そうですか。ご苦労さまでした」

「今度来た時はどこを直せばいい？」

「では、お風呂場の窓の隙間をお願いできますか。風が入ってきて寒くてしょうがないんです」

「わかった」

音江は玄関まで男を見送りに出た。男は大きな身体を丸めて玄関先に腰を下ろし、靴を履いた。作業着の上からでも硬い筋肉が動くのが見て取れる。男が立ち上がり、音江と目を合わせる。赤痣に埋もれた顔に不快な印象はない。どころか、目の周りを覆う沈んだ赤い色に白目の白さが際立ち、さらに瞳の黒さが深まっている。その目は、音江には見えないものを見ているようにも思えて、ふと目が離せなくなった。

「何だよ」

「いいえ、何でも……」

音江が慌てて目を逸らすと、ちょうど玄関から登と芳子が入ってきた。

ただいま、と言って、登は男の顔を見ると、驚いたように足を止めた。それから驚いたことが負けとでも思ったのか、「変な顔」と投げつけるように言った。

「登くん、何てこと言うの」

音江は思わず大声を上げた。

「謝りなさい」

しかし、叱られて膨れっ面になった登は、意地になったのか、ぷいとそっぽを向いた。

「だって本当に変な顔なんだから、しょうがないだろ」

怒りだけではない、深い落胆があった。施設では、聖書を基に子供らにさまざまな話を聞かせている。宗教を押し付けるつもりはないが、優しさや思いやりを持つことの意味を説いてきたつもりである。

「人の心がわからない人間を、先生は許しません」

さすがの登も、音江の剣幕にたじろいだようだった。唇をきつく結んで、俯いた。芳子がおろおろしながら「申し訳ありません」と頭を下げている。

「芳子さんに言ってるんじゃないの。登くん、謝るのはあなたよ、わかっているでしょう」

そんなやりとりを見ていた男が、呆れたように鼻で笑った。

「いいさ。変な顔なのは間違いないもんな。おいガキ、おまえは正直者だってことさ。別に謝らなくたっていいんだよ」

男の言葉に、かえって登は泣きそうに眉を顰め、何か言いたげに口を動かしかけたが、スニーカーを脱ぎ捨てて、ばたばたと二階に駆け上がって行った。後から芳子が、再び

「申し訳ありません」と口にし、追いかけて行く。玄関に音江と男が残された。

「すみません、ひどいことを言って」

「こんな痣を持ってたら、気持ち悪いのは当然さ。小さい頃から言われ続けて、もう慣れてるよ。怪物でもモンスターでもフランケンシュタインでも、どうとでも好きに呼べばいいさ」

その時、音江の胸を覆った感情を何と呼べばいいのだろう。

「私は……」音江は口にしていた。

「私は、とても美しいと思います」

男は何度か瞬きし、やがて笑い出した。

「何だ、それ。まさか尼さんにお世辞を言われるとはな」

「いいえ、そうではありません」

「やめろ、そっちの方がよっぽど嫌な気分になる」

男はたちまち表情を硬くした。それから音江を突き放すように目を逸らし、玄関を出て行った。

*

登は夕食にも部屋から出て来なかった。仕方なく、芳子はおにぎりを作って部屋に届けた。

「登くん、本当は後悔してるんでしょう」

二段ベッドの下の段で、布団を頭からかぶって潜り込んでいる登に、芳子は声を掛ける。

「いけないことを言ってしまったって、わかってるよね。今日の学校の喧嘩も、本当は怪我なんかさせるつもりはなかったんでしょう」

それでも、意地になったように登は布団から出て来ない。部屋には男の子らしい持ち物が散らかっている。サッカーボールにスーパーカーのプラモデル、マンガとゲーム本。登は年下の男の子と同室だ。人数が少なくなって空いた部屋もあるが、施設の方針として個人の部屋は持てないようになっている。芳子がここにいた頃は二段ベッドがふたつ入っていて、四人が一緒だった。

「でもね、謝らなければならない時は、ちゃんと謝らなきゃ。大切なのは、過ちをおかすことじゃない。その後、自分がどう反省するかなの。登くんが悔やんでるのはちゃんとわかってる。だから、今から先生のところに行きましょう。私が一緒に行ってあげるから、ね」

それでも登は答えない。布団の小さな膨らみを芳子は切なく眺める。それからも言葉を尽くしてみたが、結局、根負けした形で芳子は部屋を後にした。

事務室に報告に行くと、音江がため息をついた。

「困ったものね」

「すみません」

「芳子ちゃんが謝らなくてもいいのよ。私の指導がいたらないだけ。ここにいる子供たちはみんな寂しくて、それが時に攻撃的な形になって現れるのはわかってるの。でも、だからと言って、寂しさを言い訳に人の気持ちを踏みにじるのは許されない。今日の学校での喧嘩にしても、先週の花壇を荒らしたことも、登くんはまだちゃんと謝っていないでしょう」

「はい」

「今夜は、夕食にも来なかったしね」

「根はとてもいい子なんです」

音江は頷く。

「そうね、私もそれはわかってるつもりよ。でもね、芳子ちゃん、登くんをあまり甘やかせ過ぎないで」

芳子は視線を足元に落とした。

「私たちは、一生あの子たちのそばにいられるわけじゃない。いつか世の中に送り出さなければならないの。その時、ちゃんと自分の足で歩いてゆけるように育ててゆくのが責任なのよ。そのためにも、時には厳しい対応をしなくちゃね。駄々をこねたらなんとかなるなんて、そんなふうに考えるようになったら、将来いちばん生きづらくなるのは登くんなのよ。芳子ちゃんもここで育ったんだからわかるでしょう」

芳子は黙って聞いていた。音江の言葉はもっともだ。親も学歴も後ろ盾もない自分たちのような人間は、平穏に生きるための知恵と方法を身につけなくてはならない。

「ごめんなさいね、きついこと言って。芳子ちゃんが来てくれたこと、とても感謝してるの。こんな短い間なのに、子供たちもすっかりなついてるし」

「いいえ、私なんて……」

「何となく思ったんだけど、登くんってどこか周也くんに似てるわね。何だか、あなたたちがここで暮らしていた頃のことを思い出してしまう」

芳子の脳裏に幼い周也の姿が蘇る。ぴたりと身体を寄せる時の、湿った熱い体温を思い出す。

「登くんには、明日の朝学校に行く前に私の部屋に来るよう伝えてください」

「はい」と、返事をするのが精一杯で、芳子は部屋を後にした。

ここに来てから、事情も聞かず、黙って置いてくれている音江には本当に感謝している。今は余計なことは考えず、ひたすら身体を動かし、施設のために働こうと思っている。子供らの世話をし、掃除をし、洗濯をし、料理を作る。それだけで毎日が目まぐるしく過ぎてゆく。登だけでなく、エネルギーの有り余った子供らの相手をするのは大変だが、笑うのも泣くのも怒るのも、野生の生き物のようにストレートに表す姿は、芳子を心の奥まで和ませてくれた。

帰らないハオを待ち続けるのに疲れ果て、行き場も、人生さえも見失って、施設に戻って来た。こういう時間が自分には必要だったのだと、今つくづくわかる。できるものならずっとここで働きたい。すべてを忘れて、ここで音江とともに子供たちを迎え、子供たちと暮らし、子供たちを見送りながら、老いてゆきたい。

その夜、久しぶりに周也の夢を見た。幼い周也が、芳子の手をしっかりと握っていた。小さく冷たく湿った感触が手のひらに広がる。周りは八重山吹が咲き誇り、風に揺れている。不意に「僕、行かなくちゃ」と周也が困ったような顔で言う。「どこに行くの？」と訊ねたが、周也は答えない。芳子はひどく不安になり、「ここにいて」と訴えるのだが、周也はつないでいた手を離し、先へと駆けてゆく。追いかけようとしても、芳子の足は地に根を張ったように前に出ない。どれだけ名前を呼んでも、周也は振り向きもしないで駆けてゆく。

行かないで、行かないで――。

自分の声で目が覚めた。手のひらには、周也の感触がまだ生々しく残っていた。

*

大工の名前は重田と言った。本来の仕事の合間を縫っての作業なので、来るのはいつも突然だった。相変わらず無愛想で口数も少ないが、何回か顔を合わせているうちに、音江もいつしか気を許すようになっていた。

「今日は階段の軋みだな」

重田の仕事ぶりを見ていると、素人目にも腕のよさが感じられた。腰にぶら下げた袋から、次々と道具を取り出し、手際よく使い、手早く同じところに戻す。その仕草は流れるようで、音江はつい眺め入ってしまう。

「あんた、どうして尼さんなんかになったんだ？」

重田からそんな質問を受けるとは思ってもいなかったので驚いた。もちろん答えに迷いはない。

「神様に一生お仕えしたいと思ったからです」

「子供の頃からか？」

「友達に誘われて教会の日曜学校に通うようになって、そこでさまざまな話を聞く機会に恵まれました。教会の慈善事業や奉仕活動に参加しながら、自分にできることは何だろうと考えているうちに、自然に生きる道が定まったんです」

「親は反対しただろ」

「最初は反対でした。でも、今は理解してくれています」

音江の脳裏に母の顔が浮かぶ。修道院に入る前日、荷物を隠してまで音江を止めようとした。必死の形相だった。母にしたら、娘をどこかにさらわれてゆくような気持ちだったのだろう。ごく普通のサラリーマンの家庭で育ち、両親ともにキリスト教とは縁がなく、それなのに娘だけがなぜ、という思いがあったに違いない。普通に結婚し、普通に子供を産んで、自分たちと同じような人生を送って欲しい、手の届くところで生きていて欲しい、そう願う親の思いを、今なら音江も理解できる。

「そん時、いくつだった?」

「十八歳になったばかり」

「まだガキじゃねえか。若気の至りってやつだな」

確かに、人も世間も知らない小娘に過ぎない自分だったが、シスターになると決めてから、誰にどう説得されようとも意志を曲げることはなかった。それを頑（かたく）なと呼べば、そうだったのかもしれない。それでも、世の中がどう変わろうとも揺らぎなく信じられるものがある、その幸福に勝るものがないということだけは、本能で知っていたような気がする。

「修道院って、女ばっかりで暮らしているんだろ」

その質問に、音江は少しだけ身構えた。

「そうです」

たまには男とセックスしたいんじゃないのか。

若い頃、そんな言葉を浴びせられたことがある。あの時は、言葉だけで汚されたような気がして、怒りをどう抑えてよいかわからなかった。しかし、重田の言葉にそのニュアンスは感じられなかった。

「たぶん、重田さんが想像されるよりずっと楽しい毎日だと思いますよ」

修道院は富士山麓にあり、六十人余りが寝食をともにしながら暮らした。日々は聖書を学ぶことと、作業に従事すること——畑を耕したり家畜の世話をしたり、バザーに出すためのクッキーを焼いたり、クリスマスカードを製作したり——そして、祈りで過ぎてゆく。夏は過ごしやすかったが、冬は身体の芯まで凍りそうなくらい冷え込んだ。それでも、規則正しく繰り返される毎日は、信仰心以外のものをすべて払拭してくれた。

「それで?」

「え?」

音江は我に返って、重田の顔を見直した。

「あんたは、神様がいるって本当に信じているのか?」

「もちろんです。重田さんは信じていらっしゃらないのですか?」

「当たり前だろ、そんなもん、いるわけない」

「どうしてそう思われるのでしょう。その前にまず信じてみませんか。信じれば、必ず神様の存在を感じられるはずです」

重田は作業する手を止めて振り返った。赤痣に囲まれた左目に、思いがけず冷たさが広がっていて、音江は少し怯(ひる)んだ。

「昔、小さい女の子が殺された。まだ五歳の可愛い子さ。遺体は下水に捨てられて、身体にはいたずらされた跡があった。近所の変質者の仕業だったよ。捕まって、裁判になったけど、心神喪失状態だとか何とか、訳のわからない理由で、最終的に無罪になった。そいつは三年ほど病院にいて、今は退院して普通に暮らしている。ごく、普通にだ」

音江は黙った。

「もし神様がいるなら、犯人に罰を与えるはずだよな。いったいどんな罰を与えるんだ?」

音江は言葉を慎重に選んだ。

「神様は――」自分の声が少し掠れていた。

「罰をお与えになったりはしません。ただ、すべてを見ていらっしゃいます」

「なんだ、それ」

重田は笑った。その声はやがて、音江が困惑するほど大きくなった。

「見てるだけとは、またアホらしい話だな。あんたが信じる神様は、結局、人間になんか興味がないのさ。誰が誰に殺されようが、そんなのはどうでもいい、無関心でしかないんだよ」

「違います」

「考えてみりゃ、神様なんてヒモと同じだな。何にもしないのに、口ばかり達者で、献金だか何だか知らないが他人から金を巻き上げて、後は知らん顔だ」

重田は唐突に仕事を仕舞い始めた。音江は呆気に取られながらも、何か言わなければと思った。しかし、重田はもう完全に拒否している。道具を片付けると、早足で玄関に向かった。その後を音江は追いかけた。

「重田さん、よかったら、いつかゆっくりお話ししませんか」

「話ってなんだ」

「聖書には、重田さんが納得できる言葉がきっとあるはずです」

「そんなもん、必要ないよ」

作業靴を履き終えた重田が立ち上がり、音江を見下ろした。赤痣に囲まれた左目が、音江を捉えた。

「さっき言った殺された女の子っていうのは、俺の妹だよ。俺は犯人も許さないが、罰を与えない神も許さない。絶対にな」

それだけ言うと、背を向け、玄関を出て行った。

冬が深まりつつあった。

午後の空気は深く澄んでいる。降り注ぐ太陽の光は細く研ぎ澄まされて、窓から見える葉の落ちた枝先が、日差しに白く反射していた。今朝の天気予報で、夜から雪になりそうだと言っていたのを思い出した。気温が氷点下になると、水道が凍結してしまう。今のうちに蛇口を緩めておいた方がいい。音江は事務室から廊下に出た。

ふと、玄関先で重田が芳子と立ち話をしているのが目に入った。重田は三和土(たたき)にいて下駄箱に右手を置き、芳子は上がり框(がまち)に立っている。時折笑顔を交えて、ふたりは向かい合っている。重田のどこか照れたような表情に、音江はしばらく釘付けになった。初めて見る顔だった。話の内容までは聞こえないが、それでも、親密さが音江の元にまで伝わって来るようだった。そのまま気づかれないよう台所へ入ったが、光景が目から離れず、水道の蛇口に手を置いたまま音江は呼吸を整えた。

嫌悪のような、狂おしさのような、たぎる気持ちに似た感覚が音江を不意に追い詰めた。自分がとうに捨てたものを、芳子は当たり前に備えている。重田は男で、芳子は女だった。ふたりはそれ以外の何物でもなかった。

その時、足の付け根に違和感を感じた。それは脈打つような感触で溢れ出てくる。音江は慌ててトイレに向かった。生理が来ていた。

　音江は不意に身震いするような恐怖を感じ、事務室に戻ると十字架の前にひざまずいた。

　——おねがいです。私をどこにもやらないでください。いつまでもあなたのおそばにおいてください。

　呟きながら、固く目を閉じる。考えるのではなく、ひたすら祈りを捧げる。すべての答えは神が持っている。神を信じるということは、すべての答えを与えられるということでもあるのだ。


　本部から連絡があったのは、それから数日たった夕方だった。電話口で、音江は思わず絶句した。

「閉鎖するって、どういうことですか。ここを閉めてしまったら、子供たちはどうなるんですか」

　答えは淡々としたものだった。

「もちろん、それがいちばん大切な問題です。子供たちの新たな引き取り先は、本部としても責任を持って探します。新学期が始まるまでにきちんとします」

「でも……」

「あなたがいちばんおわかりだと思うけれど、運営が大変厳しい状態です。施設自体も古くなって、ここ数年のうちに建て直しをしなければならないでしょう。でも、そんな余裕はとてもありません」

「少しずつ直していけば何とかなると思います。今も大工さんにいろいろと手直ししていただいている最中なんです」

「専門家に聞くと、耐震の問題などいろいろあるようです」

音江は言葉に詰まった。

「あなたには、修道院に戻っていただいて、若いシスターの指導に当たってもらいたいと考えています」

受話器を持つ手が冷たくなった。

「長い間、本当にご苦労様でした。あなたの功績は素晴らしいものです。これからは形を変えて、さらなる奉仕を希望します」

返す言葉は何もなかった。与えられた仕事を、与えられたことに感謝しながら、与えられるまま従事する。それが自分の役割だ。

電話を切って、しばらくぼんやりした。この施設がなくなってしまう。二十年以上もこの仕事にすべてを捧げてきた。それが断ち切られてしまう。いや、だからと言って不平など言ってはいけない。ここで二十年も過ごせたのだ。感謝すべきはそのことだ——。

それでも、失望は拭えない。

そろそろ十時になろうとしていた。子供たちは眠っただろうか。ガスストーブの上で、薬缶（やかん）がしゅんしゅんと蒸気を上げている。

仕方ないことだとわかっている。本部の決定に逆らうなどできない。逆らうなど、考えてもいけない。それでも、この二十年余りを過ごして来た施設が閉鎖されるという現実は、音江をいたたまれなくした。自分の人生がすべて詰まった場所と言ってもいい。ここから多くの子供たちが巣立って行った。その子らから折に触れて、手紙や電話で報告がある。「結婚しました」「子供が生まれました」そのたび、孤独な目をして玄関を入って来た子供らが、ようやく家族という幸福を手に入れた安堵に心安まる。それは結婚もせず子供もない音江にとっても、かけがえのない喜びだった。

その時、遠慮がちにドアがノックされた。

「はい、どうぞ」

芳子が入って来た。さっき音江が呼んだのだ。

「座って、今、紅茶をいれるわね」

芳子は言われた通り、椅子に腰を下ろした。音江はポットに紅茶の葉を入れ、薬缶から湯を注いだ。すぐに香ばしい香りが広がった。

「どうぞ」

「ありがとうございます」

芳子はカップを受け取り、それを包み込むようにして口に運んだ。

「あの時も、この紅茶をいただきました」

「ああ、そうだったわね」

芳子が変わり果てた様子で現れた時だ。

「とても温かくて、おいしくて、生き返ったような気がしました」

「そう」

「お話って、何でしょう」

「あのね……」言葉と一緒にため息が漏れた。

「今日、本部から連絡があって、新学期前に施設を閉鎖することが決まったの」

芳子の顔色がみるみる変わっていった。

「子供たちは、他の施設に行ってもらうことになる。だからね、芳子ちゃん、あなたにも申し訳ないけれど、そういう事情だから新しい仕事を探してもらわなきゃならないの。もちろん、私も協力するから」

芳子は驚きのあまりか、惚けたように音江の顔を見ている。

「ほんとに急な話で、今は私もどう言っていいのかわからないの。子供たちにはまだしばらく内緒にしておいてね。新しい受け入れ先が決まったら、私からきちんと説明するから」

「先生はどうされるんですか」

「修道院に戻ります」

そうですか、と芳子が膝に視線を落とす。芳子はここに来た時と同じセーターを着、ジーンズをはいている。膝のところが薄くなってそろそろ破れそうだ。

「先生、私も一緒に連れて行ってくれませんか」

突然の言葉に、音江は瞬きした。

「一緒にって、修道院に？」

「はい」

まさか芳子がそんなことを言い出すなどと思ってもいなかった。困惑しながら、音江は首を横に振った。

「残念ながら、修道院では一般の人は暮らせないの」

「わかっています」

「大丈夫よ、仕事は私が何とかするから。芳子ちゃんには理髪師の技術もあるし、きっといい仕事場が見つかるわ」

「やっぱり私みたいな者は、修道院に入ることはできないのでしょうか」

「それってまさか修道女になりたいってことなの？」

芳子が瞬きもせず頷く。

「本気なの？」

「私は神様が決してお許しにならないようなことをして来ました。でも、こんな私でも、もし許されるなら、残りの人生のすべてをかけて神様にお仕えしたいのです。身の程知らずだとわかっています。たとえ修道院に入れなくても、下働きでも何でもやります。寝るのも納屋の隅で構いません。どうかお願いします、私を連れて行ってください」

そのひたむきな様子を見ているうちに、芳子の決心がどれほど強いものか、音江にも伝わって来た。言葉通り、芳子はもしかしたら道をはずれた生き方をして来たのかもしれない。しかし、精神までは汚れていない。その眼差しを見ればわかる。音江は立って、芳子に近づき、その手を取った。

「神様はどんな人も拒んだりはしません。芳子ちゃんが修道女になるのを望むなら、私たちは喜んであなたを迎えます」

「なれるんですか、私……」

「なれますよ、修道院とはそういうところです」

芳子の目に涙が膨れ上がり、安堵とともに頬に零れ落ちた。

「ありがとうございます、ありがとうございます……」

音江は芳子の小刻みに震える肩を抱いた。

それから三日ほどして、重田がやって来た。

芳子は買い物に出掛けていて、音江が迎えた。重田にも閉鎖の説明をしなければならない。音江は事務室に案内した。

「今日は、お詫びしなければならないことがあるんです」

怪訝な顔つきで、重田は音江の勧める椅子に腰を下ろした。

「何だよ」

「実は、この施設が閉鎖されることが決まりました」

「へえ」

さすがに重田も驚いたようだった。

「せっかくいろいろと直してもらっていたのに、勝手なんですけど、修繕は今日で終わらせていただきたいんです。親方には私からお礼の連絡を入れておきます」

重田は椅子の背に身体をもたせかけた。

「ふうん。つまり子供らを放り出すってわけか」

音江は思わず眉を顰めた。

「そうではありません。今、次の受け入れ先を探しています」

「とか何とか言って、結局は、見捨てるってことだろ」

「違います、私たちはそれなりの施設を……」

「あのな」と、重田が身体を起こし、膝に肘を乗せて前のめりの姿勢になった。

「ここに来る子供っていうのは、親に捨てられたんだろ。で、今度はおまえらにも捨てられるわけだ。最後まで面倒をみられないなら、最初から手なんか出すなよ。放っておいてやった方が、覚悟ってもんができるんだよ、おまえら、そんな残酷なことをよく平気でやれるな。それも神様の御心ってやつか？　だとしたら神様っていうのはどこまで身勝手な奴なんだ」

音江は口調を硬くした。

「説明しても、わかっていただけないと思います。とにかくそういうことになりましたので、報告しておきます」

「あんたはどう思ってるんだ」

「どうとは？」

「この施設を閉めることを、どう思ってるんだって聞いてるんだ」

「どうもこうも……私の仕事は、指示を忠実に実行するだけです」

「あんたには意志ってものがないわけだ。何にも考えられないほど、神様に骨抜きにされてるってわけだ。なるほどな、毎晩オナニーの相手は、神様ってわけか」

「話は終わりました、どうぞお引き取りください」

音江は冷静な態度で席を立ち、ドアを開け、重田に出てゆくよう促した。重田がドアの前に進んでゆく。しかし次の瞬間、音江の腕を乱暴に掴んだ。

「神様の代わりに、俺が抱いてやろうか」

赤痣に囲まれた左目が無機質に音江を見下ろした。音江はその腕を撥ね除けようとした。しかし、重田の力はあまりにも強い。

「あんた、仕事をしている俺のこと、よく見てたよな。知ってるんだ。あれは尼さんの目じゃない。欲求不満の女の目だ」

「放しなさい」

音江は毅然（きぜん）と言った。重田の手にますます力がこもる。後ろ足でドアを閉めたかと思うと、そのまま音江を床へと押し倒した。

「何を……」声が震えた。

「決まってるだろ」

「やめなさい、すぐにここから出て行きなさい、さもないと」

「さもないと、何だ。罰（ばち）が当たるのか。神様は罰なんか当てないんだろ。どうせただ見てるだけなんだろ。だったら見せてやろうじゃないか、今から俺たちがすることをじっくり見てもらおうじゃないか」

重田の身体が音江に覆いかぶさる。押し返そうとするのだが、重くて身動きが取れない。息をするのさえ苦しい。スカートの裾を割って、重田の手が伸びて来た。

「やめて」

音江は声を上げた。

「俺は今、あんたを強姦することができる。殺すことだってできるんだ。あんたの運命は俺が握っている。わかるか、今は俺が神なんだ」

重田の赤痣に包まれた左目が、獰猛さに満ちている。

誰か！　と、音江は叫んだ。

「誰に助けを求めているんだ。神様か。残念だが神様は助けちゃくれない。そう言ったのはあんただろ。いいか、俺を恨め。それと同じだけ神様も恨め。神様は、あんたが犯されようが殺されようが、どうでもいいんだ。知ったこっちゃないんだよ」

そう言うと、重田は不意に手を緩め、身体を離した。音江は慌てて上半身を起こしスカートの乱れを直した。身体の震えを止めることができなかった。重田はゆっくり立ち上がり、音江を一瞥してから「これでわかったろ」と、投げ捨てるように言い、事務室を出て行った。

とうとう子供たちに閉鎖を告げる日がやって来た。

「みなさん、本当にごめんなさい。でも、新しい家はどこも素晴らしいところです。これからも精一杯頑張ってください。一生懸命勉強して、友達をたくさん作って、将来に向かって歩いて行ってください」

日曜日の夕食後、食堂に皆を残して、音江は事情を説明した。子供らはしばらく何も言わなかった。

「僕のせいなの？」

立ち上がって叫んだのは登だ。

「僕が、いけないことばかりするから、だから出て行かなくちゃならなくなったの」

「いいえ、違うわ」

音江は強く否定した。

「そうじゃないの、登くんのせいじゃない。いろんな事情があるの……」

「いやだ、僕、ここがいい、みんなと一緒がいい、どこにも行きたくない」

登が泣き出すと、他の子供らも肩を震わせ、声を上げて泣きじゃくり始めた。芳子も隅の席で涙を拭っている。その様子を眺めながら、音江は唇を嚙み締めるしかなかった。

春休みに入って、子供らはそれぞれ新しい施設に引き取られて行った。登ももう泣きはしなかった。皆それなりに自分が置かれた立場を知っていて、誰ひとり駄々をこねるようなことはなかった。その幼い気遣いに、音江はいっそう胸を痛めなければならなかった。

施設の備品で使えるものは無料で放出し、後は不用品として業者に引き取ってもらった。すでに施設の中はがらんとしている。二十年余りをここで過ごしたが、音江の荷物はここに来た時と同じボストンバッグひとつに収まる。

重田との間に起きた出来事を、音江はすでに祈りの中に収めていた。祈りだけが、自分を救ってくれると、音江はとうに知っている。音江はこれからも祈り続ける。自分をこの場所以外のどこにもやらないために。生きるために、死ぬために。そのどちらも同じであると知るために。

抜け殻になった部屋を、音江は名残り惜しげに見て回った。床の傷、壁の釘跡ひとつにも思い出があった。教会はここを土地ごと手放し、結局、建物は取り壊されることになった。

表に人の気配がして、音江は玄関に向かった。芳子は今、役所に転居手続きに行っている。今夜はふたりで礼拝堂に泊まり、明日の朝、荷物と一緒に富士山麓の修道院に向かう手筈になっていた。

玄関には男が立っていた。逆光で顔がよく見えない。一瞬、重田かと身を強張らせたが、身体つきが違う。

「先生、お久しぶりです」

男が頭を下げた。ようやく目が慣れ、音江はその顔を確かめた。

「まあ、周也くんじゃない」

紛れもなく、そこに立っているのは周也だった。すっかり大人になったが、子供の頃のどこか拗ねたような眼差しはあの頃のままだ。

「どうしたの、びっくりした」

「先生、お元気そうで」

「周也くんも、すっかり大人になって」

上がって、と勧めるべきだと思った。こうして久しぶりに訪ねてくれたのだ。それくらいのことをして当然だ。しかし、止める自分もいた。

「ごめんなさい、お茶でも飲んでいってもらいたいところだけど、実はこの施設を閉めることになったの。だから、もう何にもなくて」

「えっ、そうなんですか」

「明日には、私も引っ越すのよ。修道院に戻るの」

周也は困惑したように、何度も瞬きした。

「そっか、そうなんだ……」

「訪ねて来るなんて、何かあった？」

「いえ、別に何でもないです。何となく来てみたくなっただけで。そうか、ここ、なくなっちゃうんだ……。急に来たくなったのは、虫の知らせみたいなものだったのかもしれないな」

「そうね、そうかもしれないわね」

「じゃあ、俺は帰ります。先生の顔を見られただけでもよかった」

周也がぺこりと頭を下げた。

「本当にごめんなさいね。よかったら修道院の方に手紙をちょうだい」

「はい、そうします」

周也が玄関を出てゆく。このまま帰してもいいのだろうか。芳子がここにいることを告げなくてもいいのだろうか。明日、芳子は音江とともに修道院に向かう。そこで人生をやり直すと決めたのだ。芳子がぼろぼろになって戻って来た背景に、どういう経緯かはわからないが、周也が関わっているのは間違いないだろう。ここに戻って、自分から周也の名を一度も口にしないのがその証ではないか。だったら、これでいい、このままでいい。会わない方がすべてがうまく収まるに違いない。それでも、音江は玄関を飛び出し、周也を呼び止めた。

「周也くん、今、どうしているの？」

周也が足を止め、振り返った。

「大宮（おおみや）の居酒屋で働いてます」

「何てとこ？」

周也はジーンズのポケットに手を突っ込んでマッチ箱を取り出した。

「ここです」

音江はそれを受け取った。

「そう、頑張ってね」

「はい」

周也が笑った。ここにいた頃の懐かしい周也の笑顔だった。

その夜、閑散とした施設の礼拝堂で、芳子と布団に入った。明日は八時前にトラックがやって来る。布団や事務的な書類が入った段ボールをいくつか載せて、音江たちも同乗し、富士山麓にある修道院に向かう。

周也が訪ねて来たことを話すべきか、音江は迷い続けていた。動揺させたくない。伝えれば、物事がよくない方向へ向かうような気がした。それが何なのかはわからないが、それだけは妙な確信があった。だからと言って、隠してしまう権利が自分にあるだろうか。少なくとも、まだ修道院に入ったわけではない。芳子は自由だ。すべてを自由に選べる立場にいる。たとえそれが幸福とは呼べない選択であったとしても。

「あのね」音江はようやく口を開いた。

「夕方、芳子ちゃんがいない時に、周也くんが来たのよ」

「え……」

芳子は布団から身体を起こし、みるみる表情を変えた。

「何となく来てみたくなっただけだなんて言ってたけど……もしかしたら、芳子ちゃんを探しに来たんじゃないかしら。施設に来れば、何か手がかりが摑めると思って。私、芳子ちゃんがいること黙ってたんだけど、それでよかったのかしら」

芳子は呼吸を整えるように、ゆっくりと息を吐いた。

「周ちゃん、私のこと何か言ってましたか」

「いいえ、それは何にも」

「そうですか、だったらいいんです」

「本当にいいの？」

「はい」と、芳子が頷く。

「帰り際、周也くんから働いているお店のマッチをもらったんだけど、どうする？」

音江がバッグに手を伸ばしかけると「いりません」と、芳子は首を振った。

「そう、じゃあ処分するわね。本当にそれでいいのね」

音江は念を押し、芳子が「そうしてください」と、大きく頷くのを確認すると、ようやく胸を撫で下ろした。

「明日、いいお天気になるといいわね」

ええ、と芳子が小声で答えた。


朝、目が覚めると芳子の姿はなかった。布団がきちんと畳まれ、その上に『すみません』と短く書かれたメモ用紙が載せられていた。バッグの中を探ってみると、周也からもらったマッチ箱がなくなっていた。

こうなることは、昨日、周也が訪ねてきた時から決まっていたような気がする。ふたりに何があったのかはわからない。が、芳子を救うのも、そして滅ぼすのも、たぶん周也なのだろう。それは本人たちが選ぶというより、ふたりは結局、そうなることでしか生きてゆけない運命なのだ。それは何があっても、何が起きても、音江が祈りの中でしか生きられないのと同じように。

そろそろ施設に引越しのトラックがやってくる。音江は玄関に向かった。戸を開けると、光が弾けるように流れ込み、そのまぶしさに、一瞬、すべてが白に染まった。

第七章　空を射る

川口駅前の繁華街から一キロほど離れた古いアパートは、六畳四畳半風呂なしの２Kだ。

国野征夫（くにのまさお）は部屋に入ると、まず押入れを開けた。中は全面にアルミ箔（はく）が貼ってある。今は点けていないが、天井には六つの電球が取り付けられ、床には白いプラスチック製のプランターが八個並んでいる。そこから手のひらを広げたように葉をたっぷりつけた植物が、五十センチ近くまで伸びている。開花が順調であるのを確認し、一晩置いた水を与えて戸を閉める。同じように、六畳に三つと四畳半にふたつ置いてある洋服箪笥も開け、並んだプランターに水をやった。こちらも問題はない。

普段はあまり匂いもせず、薬草か香草、もしくは観葉植物と、たぶんほとんどの人間は思うだろう。しかし開花間近のこの時期に入ると、独特の匂いを発するようになる。部屋の隅に設置した空気清浄器が小さくモーター音をたてている。

水やりを終えてから、征夫は部屋の遮光カーテンを半分だけ開けた。昼の一時少し前、日差しが部屋に差し込んでくる。しかし二重になったレースのカーテンまでは開けない。ここは二階の奥まった部屋で、窓から見えるものと言ったら隣に建つマンションの壁ぐらいだが、何かの拍子に覗かれでもしたら面倒だ。この植物が何であるかわかる人間は少ないが、知っている奴が見れば一目瞭然だ。大麻栽培がバレるのは垂れ込みが最も多いと言われている。

征夫はほぼ毎日この時間、この部屋にやって来る。大麻はそう弱い植物ではないが、それなりの手入れをしなければ品質が落ちる。冬は寒さ対策が必要だし、ランプを当てて生長を促進したり、逆に開花を促すために光を遮断する短日処理を行わなければならない。換気も必要だ。室温や湿度にも気を遣う。もちろん水や肥料も与えなければならない。最近は水耕栽培も聞くが、征夫は慣れているせいもあってずっと土耕の方法を通している。

このアパートは栽培室専用で、生活の拠点はミニバイクで十分ほど走った駅向こうにある。以前は一緒だったが、だんだんプランターが増えて、自分の身も大切なものも置き場がなくなってしまい、二年ほど前から生活の場と栽培室を分けるようになった。

ひと息ついて、ジャージのポケットに入った缶コーヒーに手をやった時、携帯電話が鳴り出した。征夫は反対側のポケットからそれを引っ張り出した。

「はい」

「おう、俺だ」

名乗らなくても相手が多崎だとすぐにわかる。

「どうだ、いつ頃になりそうだ？」

「収穫は一週間後、乾燥に一週間、二週間あれば大丈夫です」

征夫は答える。今日、初めて声を出したせいか、少し掠れている。

「そうか、仕上がったらすぐ事務所に届けてくれ」

「わかりました」

電話を切って、征夫は缶コーヒーを飲んだ。少しでも品質が悪いと多崎は容赦なく値切る。時々、難癖をつけられているだけのような気がして腹が立つが、黙るしかない。多崎が相当の食わせ者だということはわかっていても、安定した顧客がついているのは有難い限りだ。こうして自分の部屋と栽培室を持ち、それなりにまとまった収入を得られるようになったのも多崎のおかげだ。

この商売で面倒なのは、何と言っても捌き方である。路上やネットでの販売はしたくない。やくざがらみもごめんだ。警察に捕まるか、身の危険を覚悟するか、どちらもリスクが高すぎる。だから征夫は多崎の理不尽な値切りに不満はあっても文句は言わないし、気に入るよう製品の出来に気を遣っている。

作業を終えたのは三時過ぎだった。まずアパートのドアを薄く開け、人がいないことを確認して外に出る。廊下に洗濯機が並んでいるから人は住んでいるはずだが、この部屋を栽培室にして二年たつ今も、住人たちと顔を合わせたことは一度もない。たぶん同じような人間ばかりが集まっているのだろう。これが気楽な学生やサラリーマン、時間を持て余した老人が住んでいるとなると、いつ何時出くわしてしまうかわからない。下手に顔を合わせれば、挨拶されたりもするだろう。何も考えてない奴だったら「今から出勤ですか」ぐらい質問するかもしれない。そんな煩わしさはまっぴらだし、危険にも繋がる。

そそくさとアパートを後にして、帰りにコンビニに寄った。弁当と缶コーヒーとカップラーメンとパンを籠の中に入れる。しばらく雑誌コーナーで立ち読みしていると、女子高生数人が入って来た。一団は騒々しい笑い声を立てながらスナック菓子のコーナーに行き、あれやこれやと選んでいる。そこでひとしきり騒いでから、今度は飲み物コーナーに移ってゆく。

征夫は背中が強張ってゆくのを感じる。気持ちが散漫になり、気がつくと手にした雑誌の同じところを目でなぞっている。早く消えてくれ、と舌打ちしたい気持ちが募ってゆく。あの乱暴で意味もなく語尾を伸ばす喋り方や、鞄に付けたじゃらじゃら音をたてる飾り物や、安物の化粧品の匂い、何もかもが気に障ってならない。隣で征夫と同じように雑誌を読んでいた中年男が、ちらちらと彼女らに視線を向けている。目つきまではわからないが、きっと好奇と興味に満ちた目をしているのだろう。女子高生たちは自分に向けられる視線に馴れきっている。挑発するように短いスカートを翻し、下着を見せ付ける。中年男は臭い息を鼻から吐き出している。見る方もカスだが、見せる方はもっとカスだ。ようやくレジを終え、女子高生たちが店から出て行く。それを見届けて、征夫はホッと息をつき、雑誌を棚に戻して自分もレジで精算した。

ミニバイクに乗りながら、一刻も早く部屋に戻りたくてたまらなくなっている。部屋には恋人たちが待っている。彼女たちに触りたい。抱きしめたい。そうすれば、この腹立たしさも落ち着いてくれる。あんな頭が悪く、品がなく、男に簡単に股を開いてしまうような女とは対極にいる僕の恋人たち。

駐車場にミニバイクを停めて、足早に部屋に入った。洒落た造りの広めのワンルームマンションは、壁一面に棚が設けてあり、そこに征夫の恋人たちが並んでいる。征夫はコンビニの袋を床に置き、棚に近づいた。五百体以上あるフィギュアたちが、いっせいに自分を見つめる。おかえりなさい。寂しかったわ。早く私に触って。そんな言葉が聞こえて来るようだ。征夫は彼女たちに平等に視線を向けながら、ただいま、留守にしてごめん、と呟く。

すべて征夫の手作りである。フィギュアといっても、アニメキャラクターやアイドルには興味がない。美少女というのとも少し違っている。征夫の好きな、儚げで、品がよく、涼しげな目とぽってりした唇を持つ女の子たちだ。

彼女たちの視線を一身に浴び、征夫は床に腰を下ろす。頭の芯が熱くなり、それが徐々に全身に広がってゆく。彼女たちの囁き、笑い声、息遣いがぴりぴりと伝わって来る。熱さはやがて一点に絞られてゆく。気がつくと、すでに勃起している。征夫はジッパーを下ろし、大きくなったそれを取り出す。彼女たちは恥ずかしそうに、けれど恍惚とした表情で征夫を見下ろしている。早く抱いて、と言っているように征夫には聞こえる。わかってるよ。今すぐ抱いてあげる。彼女たちの視線を受けながら、せわしなく征夫の指は動き始める。

征夫が生まれ、十八歳まで育ったのは琵琶湖に近い場所で、サラリーマンの父と専業主婦の母、二歳上の姉との四人暮らしだった。

人と接するのが苦手なのは子供の頃からだったが、何も珍しいことではなかったはずだ。そんな子供は「人と接するのが大得意」と同じくらいの数がクラスにいた。ただイジメのターゲットになるのだけは避けたくて、普通の生徒の中に紛れ込むぐらいの知恵は持っていた。何度か財布を盗られたり、教科書に落書きされたりしたが、殴られるよりかはマシだった。大学進学で上京した時、どれほど解放感に包まれただろう。これからはもう誰にも気兼ねすることなくひとりの時間を楽しめる。学校という枠だけでなく、家族というしがらみからも解き放たれたのだ。

最初に住んだのは三鷹（みたか）で、学生ばかり住んでいるロフト付きアパートだった。大学には一年の夏休み辺りまでまじめに通っていたが、休みに入っても帰省せず、ずっとひとり部屋で過ごしたせいで、すっかりその気楽さが身に付いてしまった。それから大学に行く気も失せてしまい、結局、一日中部屋でパソコンをいじったり、マンガや本を読んだりして過ごすようになった。もともと興味のあったフィギュアにのめり込んだのもその頃だ。素材を買い集めては、一体作り上げるたびにもう一体と、製作に没頭するようになった。

そのまま翌年の三月を迎えたが、当然ながら出席日数が足らず、留年になった。両親は怒り「仕送りを止める」と言い出した。収入の道がそれしかなかった征夫は「これからまじめに通う」と約束したが、結局そんな気にはなれなかった。フィギュアを作っていれば、それ以外、欲しいものは何もなかった。

征夫はフィギュアたちを天使と呼んでいる。新しいフィギュアが仕上がると「ほら、もうひとりの君だよ」と隣に並べる。どれだけ数が増えても、作っているのはひとりの天使だ。ここに並ぶすべてはひとりで、ひとりがすべてだった。

世の中の奴は、フィギュア製作にのめり込むなど、結局は生身の女にモテない男の性欲の捌け口と考えるかもしれない。そう思いたい奴は思っていればいい。自分は生身の女より、フィギュアを愛している。それだけだ。

ただ、一度も生身の女との性体験がないのは、負け惜しみに思われそうな気がして、大学に入学して間もない頃、初めて行ったコンパで知り合った女の子とセックスした。やはり、思った通りだった。自分に女は向いていない。何とか妄想を膨らませて勃起させたが、あれ以来、女としたいなんて思わない。どこが気持ちがいいのかわからない。むしろ、尖ったり濡れたり、そんなあからさまな反応はしらけたし、性器の色や形は海底深くでうごめく不気味な生き物のようでぞっとした。結局、自分が生み出したフィギュアたちに見守られながら自慰するのが、いちばん気持ちいいと再認識しただけだった。

大学は二年で中退し、仕送りも止められた。収入が途絶えて、しばらくは作ったフィギュアをネットで売って金を儲けた。キャラクターものはいい値がつくので、それを作ったりもした。しかし、征夫はだんだんと自分の好きなフィギュアしか作りたいとは思わなくなった。完成すれば、とても売りに出す気にはなれない。彼女たちは自分の大切な天使であり、誰かに渡すなんてできるはずもなかった。

何とか金の工面をしなければならず、仕方なくコンビニや牛丼屋のアルバイトにも出てみたが、いつも仕事仲間とうまくいかず、三ヵ月持てばいい方だった。働きたくない、でも働かなければ暮らせない。そんな時、声を掛けてきたのが高田だ。

高田は同じアパートの、三部屋先に住んでいた。ゴミだしに行く途中、たまたま部屋から出て来た高田と顔を合わせた。高田は安っぽいアイドルみたいに髪を染め、ホストみたいな癖のあるジャケットを着ていた。まだその頃は名前も知らず、征夫は目を合わさないよう通り過ぎた。

「おまえさ」

声を掛けられて、征夫は足を止め、ゆっくりと振り返った。

「名前、何て言うんだ」

黙っていると、高田は唇の端をわずかに持ち上げた。

「俺、高田。確か去年このアパートに入ったよな。大学生だろ」

それでも征夫は答えずにいた。あまりにも長い間、誰とも口をきいていなかったので、どう答えていいかわからなかった。

「どこの大学？」

「辞めたから」

征夫はようやく答えた。

「ふうん、中退か。で、どこにも出掛けず、引きこもってるわけか」

「いいだろ、別に」

「まあ、いいけどさ」

高田は人を小馬鹿にしたような、けれど見ようによっては愛嬌のある笑みを浮かべた。

「ヒマにしてるんだったら、いい仕事があるんだけどやってみないか。引きこもりにぴったりの仕事さ。さほど面倒はないし、結構な金になる」

「遠慮しとく」

征夫はあっさり話を打ち切って、ゴミを捨てに外階段を降りた。

「ま、気が向いたら俺の部屋に来いよ。明日の昼頃ならいるからさ」

背後から、やけに自信たっぷりの声が掛かった。行く気なんかさらさらなかった。あんなちゃらちゃらした奴と関わりたくもない。しかし、冷蔵庫の中はからっぽで、新しい天使を作る金もなかった。テーブルの上には二ヵ月分のガス代と電気代の請求書が載っていた。それを見ると、自分の意志とは別の、厄介なものの存在を認めざるを得なかった。結局、高田の思惑通り、翌日の昼に征夫は高田の部屋のドアをノックしていた。

仕事というのが、大麻の栽培であると聞いた時、征夫はさほど驚かなかった。むしろ、予想通りだった。大学生の間で流行っているのも、六本木や渋谷に行けば簡単に手に入るのも知っていた。家から出なくていい、人と会わなくていい、それで金が手に入るなら文句のつけようがない。とにかく征夫は金が欲しかった。

「おまえが栽培して、俺はそれを捌く。取り分は折半。それでどうだ？」

「いいよ」

呆気ないくらい簡単に話はまとまった。

大麻の栽培の方法は、みんな高田から教わった。もともと自分で吸いたくて、小鳥の餌に入っている麻の種から育てたのだという。最初は自分で吸っていたが、少しずつ友人たちにも売り始め、小遣いを稼ぐようになった。だが、もともとズボラな性格で、枯らしてしまうこともたびたびだったらしい。そんな時、征夫の存在が目に留まったというわけだ。

あの頃は小さな風呂場を改造して栽培していた。収穫は四ヵ月に一度。一回の収穫で約百万、年間三百万ほどが征夫の手に渡った。高田は折半と言っていたが、たぶんうまく丸め込まれていたのだと思う。しかし征夫は文句をつけるつもりはなかった。家賃が払えて、生活ができて、好きなだけフィギュアを作れればそれ以上のものを望むつもりはなかった。それは高田が大学を卒業するまで、三年間ばかり続いた。

驚いたことに、ああ見えて高田は芯まで腐っていたわけではなかったらしい。四年の正月休み明けに故郷から帰ってくると、卒業後は父親の営む部品工場の跡を継ぐから、と言った。

「考えてもみろよ、いつまでもこんな馬鹿はやってられないだろ。これでも俺は長男だしさ、親父とお袋の面倒もみなきゃならないんだ。で、おまえはどうする？」

征夫は黙った。捌き役の高田がいなくなれば自分で売るしかない。そんな才覚はとてもありそうになかった。かと言って、いまさら他に何がやれるだろう。就職か、アルバイトか、それとも田舎に帰るか。今のままでいたい。誰とも関わらず、愛しいフィギュアを作り、そのフィギュアに囲まれて生きてゆきたい。

「僕は、できるなら続けたいんだけど」

「そうか」

「うん」

「本当にそれでいいんだな」

高田は珍しく殊勝な顔つきで念を押した。

「引っ張り込んだ俺が言うのも何だけど、こんなこと続けてもしょうがないだろ。おまえは自分が吸うわけでもないし、これがいい潮時なんじゃないのか」

高田があまりにまっとうな言葉を口にしたので、逆に軽蔑しそうになった。

「潮時なんて僕にはないよ。今の暮らしがすべてだし、ずっとこうして生きてゆきたいんだ」

高田は短く息を吐き「ま、人それぞれだからな」と、いつもの無責任な言い方をした。

そして紹介してくれたのが、多崎だった。

今、征夫が作る大麻はすべて多崎が買い上げてくれる。四ヵ月に一度、事務所に持って行くと、だいたい百五十万から二百万ぐらい渡される。多崎が怪しげな宗教団体の理事であるのは高田から聞かされていたが、征夫にはどうでもいい話だ。ましてや、大麻が儀式めいたことに使われているらしい、など忘れるようにしている。

高田と折半する必要がなくなって、収入は倍になった。生活は以前より安定し、こうして自分の部屋と栽培室も持てるようになった。フィギュア製作も思う存分できる。今の生活に何の不満もない。


二週間後、乾燥を終えてバッズと呼ばれる花穂(かすい)をジップロックに入れ、多崎の事務所に持参した。

事務所は板橋にあるビルの一室だ。ここは宗教団体ではなく、多崎個人の持ちものらしい。看板も表札も出ていないところが胡散臭さをいっそう色濃くしている。もちろん余計な詮索はしない。

部屋は相変わらず雑然としている。スチールの机がひとつとキャビネットがふたつ、合皮のソファセット。いつ行っても多崎しかいないので、お茶も出ない。そんなことは構わない。多崎と話し込むつもりもない。早くモノを渡して、金を貰えればそれでいい。

しかし、今日は違っていた。ソファに女がひとり座っていた。

「おう、待ってたぞ。こっちに来てくれ」

そう言ってから、多崎は「椅子、持ってこいよ」と、壁に立てかけてあった折り畳み椅子を顎でしゃくった。征夫は言われた通りに持って来て腰を下ろし、すぐさまリュックからバッズの入った袋を取り出した。多崎は受け取り、ジップロックを開いて、早速出来を確認し始めた。

　征夫はちらりとソファに目をやった。女はまるで無表情だ。何か別のことに心を奪われている。と言うより、考えるのを放棄しているように見える。その目に生彩はなく、口元も薄く開いている。ジーパンにダンガリーシャツを着て、足元は素足にゴムサンダルを履いている。髪は肩より少し長いぐらいだが、何日も洗っていないのか、脂が浮いて束になっていた。

「まあまあだな」

　その言葉に、征夫は慌てて女から多崎へと視線を戻した。

「百八十ってところだな」

　征夫に確認を取るわけでもなく、多崎は足元の鞄から札束を取り出した。輪ゴムで留めた百万の束を二つ出し、まず一束を征夫の前に置き、残りの一束を勘定し始めた。札はいつも古いものばかりだ。破れかかっていたり、くしゃくしゃなものもある。こうして多崎の手に渡るまで、どんな経緯があったのだろうと、ふと考える。

　征夫は再び女に目をやった。生気のない顔ではあるが、まだ二十歳そこそこといったところだ。ここで何をしているのか。多崎の愛人なのか。女は瞬きもしない。呼吸さえ止まっているように見える。まさか死んでいるわけではないだろうが、生きている感じもしない。まるで人形のようだ。

「あの女に興味あんのか」

多崎の声に、征夫は我に返った。

「いえ、別に……ただ、どうしたのかなって」

多崎は八十万を一つの束の上に重ねて置いてから、煙草をくわえた。

「いつものうちの会長の悪い癖さ。訳のわからん女を拾って来て、飽きたらポイだ。いろんなとこにたらい回しにした挙句、俺に何とかしろって押し付けやがった。まあ結構、可愛い顔はしてんだが、ほら見ての通り、頭がイカレちまったみたいでさ、俺も一回やってみたが気持ち悪いぐらい反応がなくてどうしようもない。どう処分したもんか、困ってたところさ」

「それで、どうするんですか」

「だよなぁ、東洋の女でしか勃たないっていう変態ジジイのいる外国にでも連れてゆくか」

多崎の言葉は冗談ではなさそうに思えた。多崎はそういう男だった。そういうことを実際にやる男だった。

征夫はもう女から目が離せなくなっている。

「だったら……」

征夫の言葉に、多崎は皮肉というより残忍と呼んでふさわしい笑みを浮かべた。

「何だ、やっぱり興味あるんじゃねえか」

征夫は膝に視線を落とした。

「欲しけりゃ、持ってきな」

鼻でせせら笑うように多崎は言った。

＊

「周ちゃん、ほらハンカチとティッシュ」

アパートの狭い玄関でスニーカーを履いている周也に、芳子はそれを持ってゆく。

「今夜は？」

「八時までには帰れると思う」

周也はつま先を床に打ち付けながら、スニーカーに足を押し込んだ。

「じゃあ、お夕飯一緒に食べられるね。何か食べたいものある？」

「ハンバーグ」

即座に返事があった。

「いいわよ。特大のを作っといてあげる」

「やった」

久しぶりに周也のはしゃいだ声を聞いた。初めて会った五歳の頃と少しも変わらない、芳子のいちばん好きな無邪気な声だ。

「じゃ行ってくる」

「気をつけてね」

ドアを開けて出てゆく周也を、芳子はサンダルを突っ掛け、外まで見送りに出る。その時にはもう、周也は自転車にまたがって勢いよくペダルを漕ぎ始めている。空はよく晴れていて、目の前をサラリーマンやＯＬ、子供たちが賑やかに通り過ぎてゆく。のどかで平和な朝のひと時だ。

周也の後ろ姿が見えなくなってから、芳子は部屋に戻り、朝食の後片付けを始める。もう洗濯は済ませ、窓の外に干してある。このアパートは、窓枠が歪んでいて開閉もやっという古さだが、有難いことに日当たりだけはいい。

通りを挟んだ向かいが河川敷で遮るものは何もない。河川敷の向こうには荒川が流れ、さらに先にはうっすらと靄が掛かった東京の街が広がっている。手前の方から住宅地、中層マンション、それから高層ビルと、中心部に近づくに従って建物の高さはだんだんと空に近づいてゆく。こうして見ていると、そう遠くないいつか、東京は空を射抜いてしまうのではないかと思えるほどだ。

シスターの鞄から抜き出したマッチを手に、周也が働いている大宮の居酒屋を訪ねたのは半年ほど前のことである。

確かに周也はそこにいた。店の奥から周也が現れた時、芳子は店内を埋めつくしていたざわめきが一瞬にして消えたような気がした。周也もまた芳子の姿を認めると、しばらく声もないまま立ち尽くした。

「周ちゃん」

言葉にしたとたん、芳子の両目から溢れるように涙が零れ落ちた。

「ねえさん」

「やっと会えた……」

話したいこと、聞きたいことは山のようにあった。けれども言葉にならなかった。周也が目の前にいる、その喜びを噛み締めるのに精一杯だった。周也の腕が、ふわりと芳子の身体を包み込んだ。

「絶対に会える、俺はずっと信じてたよ」

シャツの襟口から立ち上る懐かしい周也の匂いを、芳子は目を閉じ、ゆっくりと吸い込んだ。

その日から、芳子は周也のアパートで一緒に暮らすようになった。久しぶりで見る周也は以前と違って、どこか大人びた雰囲気をまとうようになっていた。顔つきもそうだが、ちょっとした表情、ささいな仕草、たとえばコーヒーのカップの持ち方ひとつにも、前に感じた子供っぽいぎこちなさが消えていた。カオルのことを訊ねた時、「いずれ話すよ」と言ったきり、周也は口を閉ざした。その様子を見ただけで、別々に暮らしていた間に、周也の身に何が起きたかわかるような気がした。

居酒屋にはまじめに勤めていた。以前は何をやっても続かず、何だかんだと理由をつけて職を転々としていたが、朝から深夜まで、時には明け方まで帰れなくても、文句も言わず働いていた。

やがて、その勤務姿勢が評価されたらしく、新規オープンする川口店の副店長に抜擢(ばってき)されるという話が持ち上がった。

副店長？　周也が？　甘えん坊で、ひとりでは何もできなかったあの周也が？

それを聞いた時は嬉しいというより戸惑いの方が先に立ったが、これも周也が変わったという証なのだろう。そして、大宮から住まいをこのアパートに変えて、やっと生活も落ち着いたところだった。

二十四時間営業の居酒屋は早番遅番深夜番があり、毎日のように出勤時間が変わる。その上、副店長の周也は、残業はもちろん、休んだアルバイトの代わりもしなければならない。副店長という肩書きがあるために手当が出ないと聞いた時は、いいように利用されているだけではないかと思えたが、何よりも周也自身、自分が人の上に立つ立場になれたことがよほど嬉しかったらしく、前にも増して毎日張り切って出勤していた。

「俺、いつか自分の店を持ちたいんだ」

川口に越してしばらくしてから、夕食で飲んだビールに少し酔った周也が言った。

「ねえさんには迷惑ばっかり掛けてきたから、今度こそ絶対に楽させてやりたいんだ」

嬉しい言葉に芳子はもう涙ぐんでしまう。

「いいのよ、周ちゃん、私はこのままで」

「俺は今まで、人に甘えてばっかりだった。でもこういう立場になって、人を使うことの難しさがようやくわかるようになったよ。我慢するってことも覚えた。最近、バイトの子からいろいろ相談されるんだ。彼女のこととか、友達のこととか、人生のこととか。頼られると、人ってそれに応えようと努力するもんだね。責任感っていうのかな。俺も、もっともっと頑張らなくちゃって思うようになった」

考えてみれば、周也はもともとまじめな性格だ。ただ、それを評価してくれる人が今まで現れなかっただけなのだ。

「まあ、店を持つにはまだ大分時間がかかると思うけどさ」

「無理しないで」

「でも、絶対に叶えてみせる。だからもう少し待っててよ」

「うん、待ってる。ずっとずっと待ってるから」

芳子は幸せだった。もう二度と一緒に暮らせないと思っていた周也と、こうして過ごしている。周也にこんな優しい言葉をかけられている。周也のために食事を作り、周也のために服や下着を洗濯し、周也のために布団を敷いている。夜、目が覚めると隣で周也が規則正しい寝息を繰り返している。暑がりのせいで相変わらず寝相が悪く、剝き出しになった肩に毛布を掛けてやる。朝が苦手な周也を起こし、テレビに気を取られて飯粒をこぼすのを注意する。周也が「ねえさん」と呼び、芳子が「なぁに」と答える。

　食事の時、周也はいろんな話をした。しかし、相変わらずカオルのことだけは決して口を開こうとはしなかった。五島で暮らしていたのは聞いたが、過ごした日々についても、島を出た理由も、どうしてカオルは一緒ではないのかも、何も語ろうとしなかった。知りたい気持ちがないわけではなかったが、周也の気持ちの中でまだ整理のつかないこともあるのだろう。無理に聞き出して、今の平穏な暮らしに僅かでも影が落ちるようなことにはなりたくなかった。このまま何も聞かされなくても構わない。聞いたからって何が変わるわけでもない。周也とふたりでこうして暮らせるのなら、そんなことはどうでもいい。

最近、芳子の仕事も見つかった。近所の総合病院に入っている理髪店である。七十歳近くの老理髪師がひとりで経営しているが、年齢もあって手伝いを募集していた。その記事を求人ガイドで見つけて、すぐに連絡を取って面接に向かった。理髪師の資格があると告げると、その場で採用が決まった。

地下一階にある理髪店は、パーマの設備はなく、できるのはシャンプーとカットだけだ。客は入院患者が大半を占めるが、医師や看護師、介護人、時には近所の人もやって来る。当然だが、車椅子に乗っていたり松葉杖(まつばづえ)を使っていたり、認知症が進んだ老人もいる。頼まれれば病室まで送迎するし、予約を入れてくれれば、こちらから病室にカットに出向くこともある。久しぶりに持つ鋏ではあったが、勘は意外と早く戻っていた。

*

部屋の隅の壁に寄りかかり、クッションを敷いて、足を前に投げ出した姿で女が座っている。

髪もそうだが、ジーパンの裾から覗く足も汚れていた。何日も風呂に入っていないのは明白だった。ここまでタクシーに乗せて来たのだが、シートに座らせたとたん、ルームミラーに映る運転手が眉を顰め、窓を全開にした。

「風呂、入ったら」

声を掛けてみたが反応はない。相変わらずぼんやり宙を見つめている。

「髪も汚れているし、ちょっと臭いし」

動く様子はなかったが、征夫は風呂に湯をために向かった。バスタオルを用意してから、女物の着替えなど何もないのを思い出した。買いに行くといっても、女物の下着や服などどう選べばいいのかわからない。そんな売り場へ足を踏み入れるなんて勇気もない。ネット通販を利用するとしても、到着まで一、二日はかかる。仕方なく、自分のスウェットとブリーフを持って来た。

湯がたまると、征夫は女の前に行き、屈(かが)んで顔を覗きこんだ。

「お風呂、沸いたけど」

やはり反応はない。

「こっちだよ」

征夫は女の手を取り、立ち上がらせた。女は抵抗するでもなく、征夫の言いなりに付いてきた。風呂場まで行き「入って」と告げて、自分は部屋に戻ったが、しかし五分たっても十分たっても、湯の流れる音がしない。仕方なく再び脱衣場に行き、ドア越しに声を掛けた。

「どうしたの？」

返事はない。

「あの、悪いけど、ドアちょっと開けるよ」

案の定、女は床に座っていた。

「どうして入らないの。そのままっていうのは僕も困るんだ。風呂でさっぱりしたら、少しは元気も出ると思うんだけど」

それでも女は動かない。

「さあ、服を脱いで」

脱ぐつもりもないらしい。もしかしたら征夫の言葉など耳に届いていないのかもしれない。脱がせようか、と思った。でも、その途中で我に返り、大声など出されたらたまらない。それなりに洒落た造りになっているマンションだが、安普請には違いなく、叫び声は近所に丸聞こえになってしまう。

「君に、何かするつもりはないんだ」と、征夫は言った。

「ただ、風呂に入ってもらいたいだけなんだ。シャツのボタンをはずすけど、いい？いやなら言って。すぐやめるから」

答えない女に向かって、征夫は律儀（りちぎ）に説明した。ダンガリーシャツの下は、白いタンクトップ一枚だった。女はずいぶん痩せていた。小ぶりの胸と、ぶどう色した乳首が透けていた。シャツを脱がし、両手を上げさせてタンクトップも脱がせた。それから女を立ち上がらせ、ジーパンのホックをはずし、ジッパーを下ろした。小さな花柄のショーツが見えた。女の匂いが強烈に鼻を刺激し、征夫は思わず顔をしかめた。しかし、それでかえって気持ちは落ち着いた。足首までショーツを下ろし、片方ずつ足を上げさせ、引き抜いた。目の前に淡々(あわあわ)とした恥毛が広がる。征夫は目を逸らし、脱いだものを丸めて洗濯機の中に放り込んだ。

そのまま手を引いて、風呂場の中へと連れてゆく。掛け湯もさせずにすぐさま湯船へと入れた。どうせ自分で洗いもしないだろう。征夫は自分のズボンの裾を上げ、ジャージの袖をたくし上げた。女はことさら嫌がる様子もなかった。湯船から出ようと促すと素直に従い、洗い場のプラスチック椅子に腰を下ろした。スポンジに石鹸をつけ泡立て、征夫は女の身体を洗い始めた。首から肩、乳房、腹、そして淡い恥毛の奥へと指を進める。女の性器に触るのは抵抗があった。一度だけだが、女と寝た時のあの不気味な感触が蘇った。性器は複雑な形をしている。大雑把な洗い方をしても奥まで清潔にできるとは思えない。さっきの、むせかえるような女の匂いをさっぱりと消してしまいたかった。征夫は泡を女の性器に擦(す)りつけた。感触は、確かに覚えのあるものだったが、征夫の指が触れても突起は硬く尖りもせず、あの粘着性のある液体も溢れ出てはこなかった。

足の指の間まで洗ってやり、髪は二度シャンプーした。シャワーで流し、もう一度湯船につけてから脱衣所に戻って、バスタオルでていねいに身体を拭いてやった。征夫のブリーフとスウェットを着せて、髪をドライヤーで乾かし、部屋に戻った時にはすっかり疲れ果てていた。

女をさっきと同じ壁に寄り掛からせ、クッションに座らせる。相変わらず無表情だが、上気した頬にうっすらと赤みが差し、髪はふんわりと肩にかかっていた。いくぶん、顔つきが穏やかになったように見える。それを見て、征夫はようやく落ち着いた気持ちになった。

「これで君も天使の仲間入りだ」

新しい天使が来てから、征夫の毎日はすっかり忙しくなった。フィギュアとは違って、まず食事を与えなければならない。コンビニの弁当をふたつ買い、自分も食べながら、合間に箸やスプーンで天使の口に運んだ。

「はい、あーんして」

天使は言葉通り唇を開く。白くて小さな歯とピンク色の舌が見える。その中にご飯やおかずを入れてやる。「噛んで」と言うとゆっくり噛み始め、やがて飲み込む。「おいしい？」と訊ねても言葉はないが、吐き出すわけではないから、きっとおいしいのだろう。時間をかけて、征夫は根気よく天使に食べ物を与える。食後は洗面所に連れて行き歯を磨く。食べ物のカスが残らないようていねいに磨いてやる。口に水を含ませ、うがいをさせる。トイレがしたくなった時だけ、天使は身体をもぞもぞと揺らし始める。最初はその意味がわからなくて粗相させてしまった。それからはその様子が目につくたび、トイレに連れて行き、用を足させ、濡れた部分を拭いてやる。便の始末は楽しい仕事ではないが、それほど嫌だと思うわけでもなかった。フィギュアの染料が垂れるのを拭いてやるのと似たようなものだ。二日に一度は風呂にも入れる。夜は自分のベッドで眠らせる。征夫はというと、新たにひと組布団を購入し、今は床にそれを敷いて寝ている。

何より征夫の気持ちを躍らせたのは、ネット通販で天使に似合う服や下着を買うことだった。フィギュアたちにも、征夫の好きな服を着せ、髪型をさせ、ポーズを取らせている。しかし、いったん完成したフィギュアはもう服も髪型も変えられない。だいたい下着など必要ない。それが新しい天使にはできるのだ。毎日、征夫は遅くまでネット通販のページを覗き、天使に似合いそうな服や下着を吟味した。

襟にフリルがついた淡いピンクのブラウス。紺色のプリーツスカート。白いコットンの下着。同じく白いソックス。その他にも、花柄や水玉やパステルカラーの服や下着を購入した。それを着せて、もうすっかり定位置になった壁に寄り掛からせる。ここに連れて来てから二ヵ月近くたった今、あの時の薄汚れた姿など到底思い出せないくらい変わっていた。髪はさらさらと揺れ、いい匂いがしている。儚げで、品がよく、涼しげな目とぽってりした唇を持つ、まさに征夫の天使そのものだった。

天使たちに囲まれ、征夫は恍惚とする。ここは誰も立ち入れない、自分と天使たちだけの世界だ。天使たちが囁く。好きよ、愛してる。征夫は頷く。僕もだよ。心から愛してる。あなただけを見ているの。あなたしかいないの。僕だって同じさ。君たちだけだ。呟きながら、幸福感が全身を包み込む。征夫はジッパーに手を掛ける。大きくなったペニスを取り出すと、あちこちからため息が聞こえてくる。早く抱いて、早く。征夫の指が動き始める。

＊

明け方に目が覚めた。

台所との仕切りになっている半透明のガラス戸から明かりがもれている。芳子は布団から出て戸を開けた。周也が服を着たまま、床で寝ていた。卓袱台の上には、用意しておいた夜食が平らげてある。今、朝の四時。昨夜は十時に帰れる予定だったのだが、人手が足りないからもう少し残ると、日付が変わった頃に携帯に連絡があった。このところ、毎日勤務時間外の仕事が続いていた。食事をするだけで精一杯で、着替えて布団に入るのも面倒になるくらい疲れているのだろう。

毛布を持って来て掛けてやると、周也の身体の下に挟まれている本に気がついた。抜き取ると、調理師免許取得のための参考書だった。

いつか自分の店を持ちたいんだ。ねえさんに楽させてやりたいんだ。

周也の言葉が蘇る。子供の頃から勉強が嫌いで、本を開いているところなど見たこともない。そんな周也が芳子のために本気で夢を叶えようとしている。こんなに疲れていても、時間を惜しんで知識を得ようとしている。

芳子はまた涙ぐんでしまう。今まで、いろんなことがあった。周也のせいではないのに、出会うのは不運ばかりだった。自棄（やけ）になって、芳子の言葉にも耳を貸さず、何もかも投げ出してしまった時もある。けれど、最後の大切なものだけは捨て去りはしなかった。

少し伸びた髪が、周也の額に掛かっている。芳子はそれに触れた。小さな店でいい。カウンターだけの、近所の人がふらりと寄って、気楽に惣菜（そうざい）をつまみながら酒を楽しめるような店。定食もあって、家族連れで来てもらえれば尚（なお）いい。周也はきっといい店主になるだろう。人に喜んでもらいたい、周也の優しさはいつもそこから始まっている。もし、いつか周也にお嫁さんが来て、その人が店を手伝ってくれるなら、自分は余計な手は出さずふたりに任せよう。子供が生まれたら、夫婦ふたりで存分に仕事ができるよう、子守を引き受けよう。周也の子供を抱けるなんて、夢のようだ。

芳子は周也の寝顔を眺めながら、神様に祈る。どうかどうか、もう周也を苦しめるようなことが起きませんように。このささやかな幸せが永遠に続きますように。

栽培室に行って、新しく植え付けた種が順調に芽を出しているのを確認してから、征夫はミニバイクで帰り道を急いだ。

＊

最近は、コンビニ弁当だけでなく、ちょっとした料理を作るようになり、途中でスーパーに寄って肉や野菜を買った。今夜はシチューを作ろうと考えていた。天使は咀嚼の力があまり強くなく、硬いものは苦手だ。柔らかく煮込んだ料理を用意すると、いつもよりたくさん食べてくれる。

レジ袋をぶら下げて、マンションに入った。ただいま、と声を掛けてもどうせ返事はないが、少しも気にならない。天使たちがどれだけ自分の帰りを心待ちにしてくれているか、よくわかっている。

部屋に入ったところで、征夫の足が止まった。いつも壁に寄り掛かっている天使が、身体を丸めて床に蹲っていた。征夫は慌てて駆け寄った。

「どうしたの」

身体を起こすと、天使は苦しげに眉を寄せ、短い息を繰り返していた。唇は色をなくし、細かく震えている。

「具合が悪いの?」

その時、天使の水玉のスカートの裾に広がる赤い色が目に付いた。それは細い両足を染め、クッションに滲み、床にまで達していた。

「これ……」

出血している。恐る恐るスカートをめくってみた。下着も太股も血まみれになっていた。

「どうして……」

呟いたがどうしようもない。女に生理があることぐらい知っている。ただ、ここに来てから二ヵ月以上たつが、生理が来たことは一度もない。それを不思議に思うより、天使なのだから当然のように考えていた。しかしそんなわけはない。慌てて洗面所に行き、タオルを持って来た。それを股間に押し当てる。ストライプ柄のタオルがみるみる赤く染まってゆく。女の生理はこんなに出血するものなのか。いや、これは尋常ではないのではないか。いくら何でもここまで大量に出血するとは思えない。それに天使の顔は苦痛で歪んでいる。身体を丸め、低く唸(うな)り声を上げている。生理痛と思っていいのか。このままでは出血多量で死んでしまうのではないか。

病院へ……。

しかし、征夫はすぐに動くことができなかった。大学を中退してからまともな職に就いたことはない。健康保険証など持っていない。病院に連れて行っても果たして診察してもらえるのか。だいいち、この子の名前も知らないのだ。不審に思われて、警察に通報されたりしたらどうすればいい。拉致とか監禁とか、捕まってしまうのではないか。そうすれば当然、大麻の栽培もバレる。刑務所なんかに入りたくない。そんなことになったら残されたフィギュアたちはどうなる。

だったらいっそ、と征夫は考える。いっそ、どこかに置き去りにすれば……。

ふと、自分に向けられる視線を感じて、征夫は顔を上げた。棚に並べられたフィギュアたちが悲しげな目を向けている。愛する天使たちの失望は、何よりも征夫をいたたまれなくした。征夫は首を振った。

わかってる。そんなことするわけがない、できるわけがないじゃないか、君らと同じ、この子も僕の天使なんだから。

征夫は携帯電話を取り出し、１１９の数字を押した。

＊

理髪店の主人は話好きで、人が好い。

今日も仕事の合間に、名古屋に住む孫から似顔絵が送られてきたのを嬉々として話している。芳子はほほ笑ましくそれを聞いている。養護施設に育ち、親に捨てられた立場でも、いや、だからこそ、まるでホームドラマのような話に聞き入ってしまう。

「お幸せですね」

と、芳子がタオルを畳みながら言うと、主人は「あんた、家族は？」とざっくばらんな口調で訊いて来た。

「両親はいないんです」

少しためらって答えてから、芳子は続けた。

「でも、弟がいるんです」

「そうか、ふたりきょうだいか」

「ずっと、子供だ子供だと思ってたんですけど、気がついたらすっかり大人になっていて、最近、ねえさんに楽させてやりたいなんて言ってくれるんです」

「いい弟さんだねぇ」

「はい、本当にいい弟です」

芳子は言いながら、そんな言葉では言い足りないくらいの幸福感を持て余す。

養護施設で出会ってから、自分にとって周也は特別な存在だった。周也がいれば他に何もいらなかった。もっと言えば、周也のためなら命を投げ出しても構わないと思ってきた。周也がカオルと去った後の、虚無に満ちた毎日を思い出すと、芳子は息苦しさで今もしゃがみ込んでしまいそうになる。周也の幸せを願ってふたりを送り出したのに、取り残された現実が容赦なく芳子を追い詰めた。本当は、もう二度と会わない方が周也も自分も幸せだったのかもしれない。それでも、周也の消息を知った時、矢も盾もたまらず訪ねていた。血は繋がらなくても、自分と周也の魂はひとつなのだと思う。どこに行っても、何をしても、誰と交わっても、周也ほど自分の心を揺るがす存在はない。

「今日、ここに髪をカットしに来るんです。その時、会ってやってください」

「そうか、自慢の弟さんに会えるのか。そりゃ楽しみだな」

今朝、出掛けに卓袱台の上にメモを置いてきた。昨夜も深夜帰宅だった周也は、まだよく眠っていた。

『髪がずいぶん伸びたようなので、カットしてあげるから、時間の都合がついたら、お昼頃に病院のお店にいらっしゃい。お弁当をふたつ作ったから、一緒に食べましょう』

ついさっき携帯にメールが入り、十二時半頃に行く、との連絡があった。

そろそろ十二時半になる。芳子はいつになくそわそわしている。毎日顔を合わせているというのに、周也の髪をカットしてやるのは久しぶりで、気持ちが弾んだ。

「何だか、恋人を待ってるみたいだねぇ」

主人の言葉に、芳子は思わず肩をすくめていた。

＊

天使が入院してから一週間が過ぎた。切迫流産だった。そんな告知をされるとは考えてもいなかったので、征夫はただぼんやり医師の説明を聞いていた。

「父親なのに、わからなかったのですか」

非難めいた口調に、征夫は反射的に頭を下げた。

「すみません」

「四ヵ月ぐらいですね。栄養失調が原因のひとつにあると思うのですが、奥さん、食べてなかったことはありませんか？」

「全然ってことは……」

「悪阻(つわり)が重かったとか」

「はあ……」

「初めての妊娠ですか？」

征夫は頷く。何もわからないから、とにかく頷いておくしかない。

「出血がひどかったので、一時は母体も危うい状況でした。処置は成功しましたが、残念なことに――」

医者は少し言葉を途切れさせた。

「子宮を摘出するしかありませんでした」

「え……」

「奥さんには、体力が回復した頃に私から説明させていただきます」

「はい……よろしくお願いします」

頭を下げて診察室を出て、支払いに会計窓口に行った。健康保険証がないと告げると、職員は怪訝な表情を向けた。

「ないって、健康保険に入ってないってことですか？　それとも今、保険証が手元にないってことですか」

「手元にないっていうか……まあ、そうです」

「紛失ですか」

「はい」

「では、とりあえず全額自費で払っていただくことになりますが、よろしいですか」

「はい」

「保険証が見つかってから役所に申請していただければ、戻って来ますので」

「わかりました」

結局、八十万近くの金額を請求され、すぐに銀行に行って預金を下ろした。もったいないなんて思わなかった。フィギュア製作以外に、金の遣い道などほとんどない。酒も飲まないし、煙草も吸わない。賭け事もしないし、女も買わない。銀行から戻って会計に現金を差し出すと、職員はホッとしたような、それでいて気の毒そうな目を向けた。

天使に名前がないのは当たり前だが、病院ではあまりにも不自然だ。国野美津子、が今のところ天使の名だ。苗字は征夫の、名前は最初に世話をしてくれた看護師のネームプレートから拝借した。

「あら、私と同じ名前ね」

名前を使われた看護師が、そんなことも知らずに笑っていた。

一週間たった今、天使の状態もだいぶよくなり、今では車椅子にまで乗れるようになった。征夫は毎日、病室を訪ね、天使の介抱に心を砕いた。天使は相変わらず、ひとりでは何もできない。食事の世話から排泄まで、征夫がみんな引き受けている。

「大変ね、ご主人、よくやってるわ」

と、看護師からそんな労いの言葉を受ける時もある。周りはみんな好意的だった。それはたぶん「国野美津子」が、どうやら心的障害を抱えているらしい、という推測に基づいてのようだ。親切にも「うちの心療内科の先生に相談してみなさい」というアドバイスをくれる看護師もいた。もちろん征夫は診察を受けさせるつもりなどない。身体さえ元に戻ってくれればそれでいい。生身の人間になんか戻らなくていい。子宮を摘出したのだからもう生理は来ない。子供も産めない。これで本当の天使になったのだ。

午前十二時少し前に配膳された昼食を、一時間近くかかって食べさせ、征夫は窓の外に目をやった。抜けるような青空が広がっていた。

「ちょっと屋上に行ってみようか」

天使は何も答えないが、征夫は車椅子を借り、天使を乗せてエレベーターに向かった。

「きっと気持ちいいよ」

箱に乗って「R」のボタンを押す。

＊

十二時半を少し過ぎた頃、周也が照れ臭そうな表情で店に入って来た。

店主に紹介すると「姉がいつもお世話になっています」と大人びた挨拶をして、今度は芳子が照れ臭い思いを味わわなければならなかった。

「ほう、これが自慢の弟さんか」

店主も目を細めて周也を眺めている。芳子のひとりよがりでなく、周也はもう、他人の目から見てもいっぱしの男に映るようになったのだという満足感に包まれる。

周也の髪は、昔からつむじに癖がある。カットを上手くしないと、いつもそこだけ寝癖のように髪がピンと立ってしまう。それに気を遣いながら、そして久しぶりに周也の髪に鋏を入れることに喜びを感じながら、芳子はカットをした。

その後、ふたつ作った弁当を持ち、昼食のために屋上に向かった。一時を少し過ぎていた。

「今日は何時に出勤なの？」

「本当は五時からだけど、少し早めに行かなくちゃ」

「また人手が足らないの？」

「アルバイトの子が急にひとり辞めたんだ」

「そんなに働いて、身体は大丈夫？」

「平気平気、頑張った分、みんな身につくんだから」

エレベーターが九階にある屋上に到着した。そこには十数人の姿があった。家族や見舞い客と談笑している老人、柵に寄り掛かって煙草を吸っている中年男、洗濯物を干しているのは介護人だろうか。車椅子に乗っている女の子、松葉杖を突いた若者もいる。芳子と周也は空いているベンチに腰を下ろして、弁当を広げた。

「うまそう」

周也のその言葉が聞きたくて、張り切って作ってきた。

「周ちゃん、ちくわにチーズを挟んで揚げたの好きだったでしょ。きんぴらと玉子焼きも」

「うん」

周也はそれらを頬張ってから、やけにしんみりした声で言った。

「俺、自分の店を持ったら、こういう料理も出したいんだ。今の居酒屋にもいろんなメニューがあるけど、みんな本部から送られてくる冷凍でさ、揚げたり電子レンジでチンするだけっていうのばっかりなんだ。それなりの格好はつくけど、どうしても飽きがくるんだよな。やっぱり手作りはひと味もふた味も違う。手間ひまかかっても、そういうものを出せる店にしたい。野菜とか魚とか、産地を厳選して、無農薬だったり直送だったり……」

その時、唐突に周也の声が途切れた。そのまま立ち上がったせいで、膝に載せていた弁当箱が落ち、コンクリートの床に飯やおかずが散らばった。芳子は驚いて周也を見上げた。

「どうしたの、周ちゃん」

「カオル……」

周也が呟く。なぜその名を口にしたのか、芳子は咄嗟にわからない。

「カオル」

周也はもう一度口にし、足を一歩踏み出した。

周也はゆっくりと、フェンスの前にいる車椅子に乗った患者へと近づいて行った。

「カオル！」

周也が声を張り上げた。その声に、患者がゆっくり顔を向ける。その瞬間、芳子もベンチから立ち上がっていた。間違いなく、車椅子に乗っているのはカオルだった。カオルもまた周也を認識したようだった。カオルの顔に驚きとも苦痛ともいえる表情が広がってゆく。「あ、あ……」と、声にならない声とともに頬を痙攣させている。周也はさらに近づいた。

「カオル、どうして」

カオルは目を見開き、近づいてくる周也を凝視している。

「何だよ、あんた」

カオルの隣に立つ男が前に出て来た。

「やめろよ」

「どいてくれ」

「そっちこそ、変な言い掛かりをつけるなよ」

「カオルと話がしたいんだ、話させてくれ」

「カオル……？」

「周ちゃん」

「カオル、返事をしてくれ、なぜなんだ、俺たちあんなに幸せだったじゃないか。それなのに、なぜ突然、黙って行ってしまったんだ」

「やめろって言ってるだろ。この子はカオルなんかじゃない。勘違いしないでくれ」

　男が周也の胸を両手で突いた。周也がよろけて二、三歩後ずさる。その時、カオルが車椅子から立ち上がり、フェンスに手を掛けた。カオルの顔には絶望がはっきりと貼り付いていた。

「ごめん、ごめん、周也……」

　カオルが呟く。そして不意に、後ろに倒れ込むように、カオルの姿はフェンスの向こうに見えなくなった。あちこちから悲鳴が上がった。周也は男を突き飛ばしてフェンスに走り寄った。芳子は叫び声すら上げられないまま立ちつくしている。

「カオル、カオル！」

　空はあくまで青く、澄んでいる。その空を射るように、周也の悲痛な叫び声が長く尾を引いた。

第八章　月を這う

　午前一時過ぎ、コンビニの前で高校生らしき若者たちがたむろしている。ずり下げたズボンと、だらしなくボタンをはずしたチェックのシャツ。みな似たような格好をしている。貧相な体格からは、若者特有のエネルギーなど微塵も感じられない。

　パトロール中の自転車を止めて、長田和久は通りから声を掛けた。

「おーい、もう遅いから、早く帰れよー」

　コンビニから漏れた明かりが、彼らの顔を照らし出している。こちらに向けた冷めた目に絶望が滲んでいる。彼らは長田を一瞥しただけで、返事をすることなく、何事もなかったように自分たちの世界に戻る。こんな対応には慣れっこだ。制服を着た警官を見ただけで、顔が強張ったり慌てて愛想笑いをしたり、そんな若者はもうどこにもいない。ほとんどは無反応か、逆にこちらに向かってくるような凶暴さを湛えている。

「次もそこにいたら、ひとりひとり名前と学校名を聞くからなー」

それだけ言って、自転車のペダルに足を掛ける。交差点まで走って、足を止めて振り返ると、のろのろと解散してゆく彼らの後ろ姿が見えた。とりあえず言うことをきいたのだから、そう悪いわけでもないのだろう。

商店街を抜け、駅前の交番に戻ってひと息ついた後、二階の仮眠室で眠りについた。この後、何もなければ、朝七時まで眠れる。しかし、そううまくいかないのが交番勤務だ。明け方四時過ぎ、電話が鳴った。交番の据え置き電話ではなく、枕元に置いてある携帯電話の方だった。

「はい」

掠れた声で返事をすると、聞き覚えのある女の声が耳に届いた。

「ライフ・プラーナ研究所の村井ですけど」

「ああ、どうも」

「この間の酔っ払いが、また玄関前で怒鳴ってるんです。何とかしてもらえませんか」

「またですか」

「ほんと、迷惑もいいとこ」

「すぐ行きます」

電話を切って、長田は小さく舌打ちをする。ライフ・プラーナ研究所は細かいトラブルが絶えなくて、こうして週に二、三度電話が入る。今のように明け方に起こされることも珍しくない。

長田は布団から出て、上着を羽織った。装備を着けて交番の前に止めてあった自転車に跨る。ライフ・プラーナ研究所までおよそ十分。道は暗く、車の通りもない。星のない夜空に赤茶けた月が浮かんでいる。その表面を雲が這うように流れてゆく。ペダルをこぐたび、ひんやりと湿った空気が身体の中に流れ込んでくる。

やがて研究所の建物が見えて来た。目を凝らすと、確かに見覚えのある中年男が、玄関前で声を張り上げていた。

「おまえら、俺の女房をどこにやった。今すぐ女房を連れて来い。俺の女房なんだぞ、おまえら、何の権利があって俺から取り上げるんだ。返せ、返せ、今すぐ返せ」

長田は男に近づいた。

「また、あんたか。こんな時間に近所迷惑だろ、いい加減にしろよ」

中年男は酒に濁った目を向けた。

「なんだ、この間のおまわりじゃねえか。迷惑だってのは俺もわかってんだよ。でも、俺はここに女房を拉致されたんだ、黙ってるわけにはいかないんだ」

それから急に情けない声に変わった。

「なあ、何とかしてくれよ。おまわりなんだろう、この変な宗教から俺の女房を取り返してくれよ」

「あんたは拉致されたって言うけど、確かな証拠でもあるのか」

「あるさ。女房の奴、ここの講習会っていうのに通ってたんだ。おかしくなり始めたのは、それからだ」

「それくらいじゃどうしようもない。出て行った時、ここに行くって置手紙でもあったのか」

「いや……」

「突然、姿を消したってわけか」

「まあ、離婚届が置いてあったけど……」

長田は息を吐く。

「それじゃ仕方ないな。奥さんは、あんたを見限って、家を出たってことだろう」

「離婚だなんて、あいつにそんな知恵があるはずがないんだ。この変な宗教がそそのかしたに決まってる。それまであいつは俺に逆らったことなんかなかったんだ。絶対にここだ、ここに決まってる」

そして、男は再び声を張り上げた。

「返せ、女房を返せーっ」

「いい加減にしないと、交番に泊まってもらうことになるぞ」

「何で俺が捕まるんだよ」男の声はすでに泣きそうだ。

「女房を取られたのは俺なんだぞ。悪いのはこの訳のわからんライフ・プラーナ研究所じゃないか」

「いいから、もう帰れ」

「警察は何でのさばらせておくんだよ。こんなインチキなとこはとっとと潰しちまえよ。それが世の中のためだろ。警察は善良な市民の味方だろ」

あんたの言っていることはもっともだと、長田は思う。こんなところはなくなった方がいいに決まっている。しかし世の中そううまくは回らない。なくなればいいものが残り、残って欲しいものがなくなってゆく。訳のわからん何かにそういうふうに仕組まれている。

やがて諦めたらしく、男はよろける足取りで薄闇の中を去って行った。それを見送っていると玄関に明かりがつき、中から中年女が顔を出した。電話を掛けてきた村井キヨ子だ。ここに管理人として住み込みで働いている。長田は愛想笑いを浮かべた。

「もう、大丈夫ですよ」

キヨ子がそろそろと門のところまで出て来た。

「でも、また来るんじゃないかしら。どうせなら逮捕してくれればよかったのに」

「そこまで大げさにしなくても」

「あんな男、奥さんが逃げ出して当然よ」

長田はちらりと視線を向けた。

「じゃあ、奥さんっていうの、本当にここにいるんですか」

「そんなことは言ってないでしょう」

キヨ子の口調に警戒心が色濃く混ざった。賢い女とは思えないが、さすがに口は堅い。

「ああ、やっと寝られるわ」

「また何かあったら電話してください」

「頼むわよ」

キヨ子は礼ひとつ言わず、それどころか不満げな表情を隠そうともせず、玄関に戻って行った。

ここは板橋と高島平の中間に位置する住宅街だ。駅前ロータリーを中心にスーパーや銀行、居酒屋チェーン店やファッションビルが並び、それなりの華やかさがあるが、五分も歩けば人通りは極端に少なくなり、一軒家や低層マンション、アパートなどが連なるようになる。さらに進むと畑や町工場が広がり、空地も残っている。

長田がこの駅前の交番に配属されたのは四年前だ。その前も、前の前も、同じ沿線の駅前交番に勤務していた。大きな事件はそうないが、平和でのどかというわけでもない。それなりに毎日がめまぐるしく過ぎている。

ライフ・プラーナ研究所が、倒産した繊維会社のビルを買い取り、本部の拠点を置いたのは、長田が赴任してしばらくたってからだった。表向きは自己啓発のためのセミナーを催しているとのことだが、実体は怪しげな宗教団体だ。壺や数珠の販売といった霊感商法すれすれの行為もある。

会長は堂島という男で、人の心を見通せる超能力があるとの触れ込みだ。もちろん馬鹿げた話としか思えないが、それでも信用する人間は結構いて、研究所には若いのから年寄りから、男から女から、身なりのいいのからみすぼらしいのまで、しょっちゅう誰かが訪れている。一度、堂島に会ったが、確かにそれなりの威厳を感じさせる風貌をしていた。何より印象的だったのはその声だ。低く、重く、それでいて染み入るように心の中に入り込む独特の質感を持っていた。この男の説教を聞きたくて多くの人が訪れ、地方でも講演を行っているというのもわかる気がした。

しかし実質的に研究所を仕切っているのは、理事の多崎という男である。五十を超えたかどうかという年で、初めて顔を合わせた時、紳士然とした対応とは裏腹に、冷酷さと強欲さが身体から滲み出ているようだった。

ヤバい組織であるのはわかっている。しかし、長田は呼び出されればすぐに駆けつける。今日のように明け方はもちろん、非番の日でも同様だ。時には近所からの苦情、たとえば「研究所から変な声が聞こえてくる」、親らしい人物からの相談「子供があの研究所に入り浸って困っている」、また、まだ学生らしい若者からの訴え「高いものを売りつけられた」など、交番にもち掛けられるトラブルを、大事にならないよううまく処理している。とにかくこの組織が警察本部からマークされないよう気を配っている。ここがどんな組織であるかわかっていながら、長田は逆らうことができない。自分はライフ・プラーナ研究所の、もっと言えば多崎の、犬だからだ。

勤務を交代して自宅に戻ったのは午前九時半を少し過ぎたころだった。

もう妻の朝子(あさこ)はパートに出掛け、長男の勇一(ゆういち)は学校に行っている。風呂に入ったあと、味噌汁の鍋を火にかけ、冷蔵庫の中から焼いた鮭を取り出してレンジに入れた。あとは納豆に生玉子。テレビをつけ、新聞を読みながら、朝食を済ませた。それから布団に入って短い眠りについた。

目覚めたのは二時過ぎだった。まだ朝子も勇一も帰らない。長田はポロシャツとコットンパンツに着替え、家を出て駅に向かった。行き先は三駅離れた場所にある医療型有料老人ホームである。

ホームは、四階建ての、ちょっと見はホテルのような造りになっている。玄関に入ると、受付に頭を下げて、エレベーターホールに向かう。廊下の隅のベンチに、老人が呆(ぼう)然(ぜん)と座っていた。寝巻の前がはだけて老人斑の浮いた痩せた胸が見える。誰かを待っているのだろうか。そう考えて、待っているのはこの老人だけでないとの思いに至る。ここに入所している老人は、皆、何かを待っている。家族か、見舞い客か、退院する日か、それとも死か。その中できちんと約束を守るのは、たぶん死だけだ。

母の入っている部屋は三階にある。エレベーターを降りると、顔見知りの看護師と出会った。「いつもお世話になっています」と愛想よく頭を下げて、部屋に向かった。食事と点滴と排泄物の混ざった臭いが鼻をつく。最初の頃はこの臭いに慣れなくて、露骨に顔をしかめてしまうのもたびたびだった。しかし今は少しも気にならない。懐かしい母親の匂いと重なりつつある。むしろホッとするくらいだ。

ドアの代わりに掛けてあるカーテンを割って、長田は顔を覗かせた。六人部屋の、右側の、真ん中のベッド。そこで今、母は生きている。長田は枕元に近づき、母の顔を覗きこんだ。

「かあちゃん、具合どう?」

母がうっすら目を開け、ああ、と声にならない声で呟いた。

「今日は元気そうだな。顔色もいい」

母の頬が少しほころぶ。

「ベッド、起こすよ」

枕元にあるスイッチを手にして、背もたれを半分ほど上げた。力を失った母の身体が、シーツの上をずり落ちる。長田は両手で身体を抱え、姿勢を直してやった。真ん中のべッドなので、窓の外も廊下も見えず、閉塞感に包まれている。場所を変えて欲しいと頼もうと思ったこともあるが、言い出せないままでいる。何か言って、もし医師や看護師に不快な印象を与えたら、出て行けと言われるかもしれない。それが怖くて、何も言えないでいる。

　母はじっと長田の顔を見ている。その視線は、誰だったかと思い出そうとしているようにも、これで見納めと覚悟しているようにも見える。

「髪、梳(す)いてやろうか」

　長田は引き出しの中から櫛(くし)を取り出し、母の髪に通した。短く切り揃えてある母の髪は、後頭部だけが禿(は)げている。いつも寝かされっぱなしで、枕にこすれているうちにこうなった。それを見ても、もう悲しくなんかならない。これが母なのだと受け入れられるぐらいの時間が過ぎてしまった。

「外はいい天気だから、あとで庭に出てみような」

　母は嬉しそうに、歯のない口で笑った。

　母が脳梗塞で倒れたのは三年前である。六十八歳だった。それまで病気などしたこともなく、寸前まで近くの縫製工場で元気に働いていた。父親は長田が十六の年に死んでいて、それから女手ひとつで長田を育てて来た。長田は高校を卒業すると警察学校に入学した。警察官という仕事に対する青臭い憧れと正義感があったし、公務員になれば生活も安定すると思ったからだ。卒業して交番勤務についた。意外に、というのも何だが、交番勤務は性に合っていた。出世とは縁がないが、地域に溶け込み、人助けをしているという自負もあった。母はそんな長田を誇らしく思っていたはずである。知り合いによく息子自慢をしていて、たまに顔を合わせると「あんたがあの自慢の息子さんね」と冷やかされた。

二十七歳の時、朝子と結婚した。母との同居生活は、朝子にとってあまり快適なものではなかったろう。母はもともと活発で口達者で、何事もストレートに接する性格だ。そこが気に入って親しくなる者もいれば、徹底的に敬遠する相手もいる。朝子が後者のタイプだったと知ったのは、結婚してからだった。

母は幸いにも命を取り留めたが、右半身の麻痺と脳の器質障害による認知症が残った。それでも半年近くの入院で、伝い歩きできるくらいにまで回復した。母は退院して家に戻り、再び、長田と妻の朝子と息子の勇一との四人の暮らしが始まった。

耐えられない、と、妻が強張った顔で言ったのは、一年ほど過ぎた頃だ。母の介護のためにパート勤めを辞めて、ほとんど付きっ切りで世話をしていた。

長田が夜勤を終えて家に帰ると、朝子が台所の板の間にぺたりと座り込んでいた。どうした、と訊ねると、まるで何かに取り憑かれたように、朝子は一気にまくしたてた。

「わかってる、私は嫁なんだからお義母さんの世話をしなきゃいけないことぐらい。でも、お義母さんが元気な頃、私にどんなに辛く当たってたか、あなた、知ってるでしょう。結婚前に初めて会った時からそうだった。緊張してうまく話せずにいたら『挨拶もろくにできないなんて、親の躾がなってない』って言われたのを今もはっきり覚えてる。うちの息子は人を守る大事な仕事をしているんだから、あんたみたいな年上の女と結婚させたくないとも言われた。あなたを取られたくないって気持ちもわかっていたし、私も三つも年上なのを引け目に感じてたから、一生懸命、お義母さんに尽くそうと決心してたのよ。でも、嫁に来てからも家計はずっとお義母さんが握っていて、スーパーに行くのも二千円くださいってお金を貰わなきゃならなくて、それでいて、帰って来てレシートを渡すと、無駄なものを買い過ぎるって毎回嫌味を言われた。子供がなかなかできなかった時も、ずっとネチネチ言われ続けて、検査で原因があなたにあるってわかっても、お義母さんは『年をくってる分、畑が悪いからだ』って言ったわ。不妊治療だって『健康な嫁ならこんな無駄遣いはしなくて済んだのに』って。悔しくて、悲しくて、でも、あなたに訴えても、あなたは何もしてくれなかった。別居したいって言った時も、いつでも忙しいばっかりで、しらんぷりを決め込んでた。勇一が生まれて、学校に上がって、私もパートに出るようになって、やっと自由な時間とお金が少し持てるようになって、これで息抜きできると思ったら、今度は脳梗塞で倒れて、介護で私を縛ろうとしてる。お義母さん、夜中に何度ブザーを鳴らすか知ってる？　あなたはいつも家にいないからわからないのよ。私、ここずっと三時間以上続けて寝たことなんてないのよ。お義母さんはいったい私をどこまでコキ使えば気が済むの？　いいえ、あなたもよ。あなたは、私をお義母さんの奴隷にさせようとしてるのよ。食べ物のカスの詰まった入れ歯を洗いながら、うんちとおしっこにまみれたオムツを替えながら、私が何を考えているかわかる？　もう耐えられない。このままだったら、私、お義母さんの思う壺にされてしまう」

長田はようやく口を挟んだ。

「……思う壺？」

「わからないの？　お義母さんはね、自分を殺させようとしているのよ。私を殺人犯にすることが、大切なひとり息子のあなたを奪った私に対するお義母さんの最後の復讐なのよ」

長田は唖然（あぜん）とした。まさか朝子がここまで追い詰められているなんて思ってもいなかった。

今まで、確かに見て見ぬふりをしていた。妻が母に対して不満があるのはわかっていたが、今までがそうだったように、何だかんだ言いながらも、どうにかこうにかやり過ごしてくれるに違いないとタカをくくっていた。もっと言えば、面倒に巻き込まれるのはたくさんだと逃げていた。しかし、朝子の我慢は限界をとうに超えていた。翌日には勇一を連れて実家に戻って行った。慌てて迎えに行き、床に頭をこすりつけるようにして帰ってきてくれと懇願したが、朝子はどうしても承諾しなかった。ある意味、あの時の朝子は、母よりも病気だったのかもしれない。

母とのふたり暮らしが始まって、長田はすぐに音を上げた。ヘルパーを頼んだり、ショートステイに出したりしたが、泊まりの多い交番勤務では、母をひとりにする時間が長い。なまじ伝い歩きなどができるものだから、誰もいない時に母は部屋の中をうろつき、そこらじゅうに尿や便を漏らした。後始末にほとんど半日を費やすことになり、勤務明けの疲れを取ることすらできなかった。やがて、母ひとりを残して家を出る時は、動き回れないようベッドに足と手を縛り付けて行くようになった。母は泣いて嫌がったが、こうでもしなければ、家中が尿と便とにまみれてしまう。できれば縛るなんてしたくない。自分の母親に何てひどいことをするんだと、罪の意識が長田を追い詰めた。そのうちだんだんと家に帰るのが苦しくなった。家の中はすでに獣のような臭いに包まれていて、戸を開けるたび、吐き気に襲われた。母を入院させられる病院はないものか、ずいぶん探し回った。空きベッドがない、専門外、と断られるところがほとんどで、受け入れをほのめかす施設は法外な負担金を提示した。朝子と勇一への仕送りも必要だ。とてもそんな余裕はなかった。

かあちゃんさえいなくなれば。

いつか、その願望が無意識に胸の中を埋めるようになっていた。そんな時ライフ・プラーナ研究所と関わりを持つことになった。

町中に黴が生えそうな湿気の多い夜だった。夜中に交番に電話がかかって来た。女がひとりでふらふらと歩いている、というライフ・プラーナ研究所の近くのアパートに住む住人からの通報だった。すぐに自転車を走らせて行くと、通報通り、若い女が路上をふらついた足取りで歩いていた。下着姿とでもいったような格好で、おまけに裸足(はだし)だった。

「どうかしましたか？」

声を掛けると、女がゆっくり顔を向けた。女というより少女に近かった。焦点の合わない目で、ぼんやりと長田を見つめ返した。ドラッグだ、と直感した。シンナーか、睡眠薬か、大麻か、それとも覚せい剤か。

「名前は？」

答えない。もしかしたら聞こえていないのかもしれない。

「ちょっと交番まで来てもらおうか」

そう言って長田が女の手を摑もうとした時だ、ライフ・プラーナ研究所の玄関から中年女——村井キヨ子が飛び出して来た。

「すみません、その子、うちにいる子なんです」

長田の手から女を奪い返そうとする。長田はそれを制した。

「尋常な様子ではないですね」

「病気なんです。すぐに寝かせつけますから。ご迷惑を掛けて申し訳ありません」

キヨ子は慌てた口調で答えた。

「もう少し、詳しく説明していただけませんか。この子の名前は？」

「本谷カオルです」

「年は？」

「えっと、ええっと――」

「あなたは、この少女とどういう関係にあるのですか」

「関係って……私はこの研究所の管理人をしてまして、この子は何ていうか、会長のその……」

キヨ子は口籠もる。何か隠していると察せられる。だいたいこのライフ・プラーナ研究所自体が胡散臭い存在なのだ。暴力団が隠れ蓑（みの）として使っている可能性もある。女に薬を使って売春させる。よくある手口ではないか。

「やっぱり交番に来てもらいましょうか」

「ちょっと待ってください、今、連絡を取りますから」

キヨ子は慌てて携帯電話を取り出した。

「あ、私です。すみません、ちょっと目を離した隙にカオルが勝手に外に出てしまったんです。今、警官に職務質問されていて、交番に連れて行くって言われて、どうしたらいいものか——はい、はい、わかりました。そう伝えます」

電話を切って、キヨ子は顔を向けた。

「今、責任者が説明に参ります。立ち話も何ですから、どうぞこちらに」

キヨ子がカオルという少女の肩を抱きかかえるようにして、研究所に戻ってゆく。カオルに嫌がる様子は見られない。長田はとりあえず本部に連絡を入れ、促されるまま研究所に足を踏み入れた。

玄関を入ったところにカウンターがあり、その向こうに机が並んでいる。今は明かりが消えているが、どこの会社にもあるありふれた事務室といった感じだ。ただ、正面の壁には男の大きな写真が飾ってあった。

「こちらに」

そのままエレベーターに乗せられて三階に行く。ここは役員室のある階らしい。三つのドアがあった。キヨ子は「理事室」とプレートのかかった奥の右側のドアを開け、電気を点けた。

「ここでしばらくお待ちいただけますか。すぐに責任者が参ります。私はこの子を休ませて来ますので」

頷くと、キヨ子は少女を抱えて出て行った。

　窓を背にして大きなデスクと椅子があり、手前に革張りのソファが並んでいる。趣味がいいとは言えないが、値の張ったものだということはわかる。左右の壁際に大きな棚が置かれ、ガラス戸の向こうに壺やら数珠やらが並んでいた。近づいて眺めてみたが、値打ちのほどはさっぱりわからない。趣味なのか、売り物なのか。もしかして霊感商法をやっているのか。

「お待たせしました」

　背後から声がして、長田は振り返った。黒っぽいジャケットを羽織った男が立っていた。

「真夜中に、ご迷惑をお掛けして申し訳ありません。私はライフ・プラーナ研究所の理事をやっております多崎と申します」と、男は頭を下げ、名刺を差し出した。

「どうぞお掛けください。今すぐお茶を持って来させますので」

「いえ、勤務中ですのでお気遣いには及びません。それで、さっきの本谷カオルという少女の件ですが」

　多崎は大きく頷いた。

「あれは、うちの会長の親戚の子なんです。実は複雑な家庭の事情があって、心を病んでおりましてね。それで会長が引き取って面倒をみているんです」

「ちょっと様子がおかしかったようですけど」

「ああ、鬱病の治療薬を飲んだからでしょう。あれを飲むと、時々あんなふうになってしまうんですよ。かなり強い成分が含まれているらしいです。あんなに若いのに鬱病だなんて、まったく世の中はどうなっているんでしょうね。若者たちが希望を持てないなんて、世の中、間違ってますよ」

それには返事をせず、長田は返した。

「だいたいの事情はわかりました」

「じゃあ、そういうことで」と、立ち上がろうとした多崎を、長田は制した。

「今夜のところは引き上げますが、もう少し詳しいお話を伺いたいと思います。会長さんという方にはお会いできますか」

「それはまあ、会えないこともないですけど……」

多崎は浮かせた腰を再びソファに下ろした。

「明日は？」

「いや、明日は講演で地方に出ています」

「では、明後日は」

多崎はしばらく考え、やがて頷いた。

「わかりました。では明後日の午後二時ごろでいかがでしょうか」

「結構です」

「えっと、おまわりさんのお名前も聞かせていただけますか」

「もちろんです」

長田は胸ポケットから名刺を取り出し、多崎に渡した。

「長田和久さん、巡査部長さんですか」

「駅前の交番に勤務しています」

「ご苦労さまです。では、明後日の午後二時に」

あの時は、これをきっかけに、この怪しげなライフ・プラーナ研究所の実体を何とか探れないものかと考えていた。もしかしたら大きな手柄になるのではないかとの期待もあった。しかし今思うと、すでに自分は多崎に転がされていたのだとわかる。多崎にとって、交番勤務の巡査など、コンビニの前でたむろしているガキと大した変わりはなかったに違いない。うまく利用すれば何かの役に立つかもしれない、と踏まれたのだ。

二日後、ライフ・プラーナ研究所に出向くと前と同じ部屋に通された。すぐに多崎が現れた。

「すみませんね、会長がちょっと他の用事で手を取られておりまして、少々お待ちいただけますか」

しばらく雑談を交わした。そこで話題に上ったのは、こんなことだ。

「うちの研究所は、福祉の面でもいろいろ貢献させていただいているんですよ。たとえば地球温暖化対策のために全国に植樹するとか、海外の貧困にあえぐ子供たちを援助するとか、それから、病院や特養ホームが引き受けてくれない老人をうちの系列の介護施設に紹介するとか、そういうことをやっています」

長田はゆっくりと顔を上げた。

「ボランティアみたいなものですよ。特に最近は介護に力を入れています。日本を作り上げて来たのは、今の老人の方々ですからね。感謝の気持ちでご奉仕させていただいているんです」

「でも、そうは言っても、入るのには相当の金がかかるんでしょう?」

「相手次第ですね。私どもがお世話になっている方には、特別な料金で利用していただいています」

「…………」

「もちろん、誰でもってわけにはいきませんけどね。でも長田さんなら、いつでもご相談に乗りますよ。今回のことでもお世話になりましたし」

言ってから、多崎は口元にうっすらと笑みを浮かべた。

長田は家にいる母を思い浮かべた。玄関に入ったとたん暴力のように襲い掛かる悪臭を思い起こした。台所の隅にある尿と便にまみれたオムツが詰め込まれたゴミ袋。溜まっている洗濯物。何かと言うと役所に手続きに行かなければならない煩わしさ。母の入れ歯に挟まった食べ物のカス。母の手と足をベッドに縛り付ける自分の手。母の呻き声。夜中に鳴り続けるブザー。

やがて会長の堂島が現れたが、その時にはもう、長田はカオルという少女について追及する気持ちは失せていた。

「このたびはご迷惑をお掛けしました」

堂島は頭を下げたが、長田には胸を張っているように映った。

「もうカオルの体調もだいぶ戻りまして、今は落ち着いています。鬱というのは厄介な病気ですな」

腹の底にまで響く声を、長田は黙って聞いていた。堂島の隣で、多崎が何もかも見透かしたように笑っていた。

多崎が、長田の訪問をなぜ翌日ではなく二日後に指定したのか、気がついたのは母を介護施設に入所させた後だった。たぶん長田の情報を得るためだったのだろう。そして長田の母親がどんな状態にあるか、家庭がどんな状況にあるか、それを知って逆手に取ろうとしたのだろう。だからと言って、いまさら何も感じない。あの母親を引き取ってくれたのだ。それも格別の料金でだ。妻の朝子と息子の勇一も帰って来た。家の中に平穏が訪れ、今は笑い声もおきる。多崎のおかげで、やっとまともな暮らしを取り戻せたのだ。

今はもう、多崎の命に背くなんてできない。頼まれ事はすべて引き受ける。警察官しか知り得ない情報も躊躇なく流す。家出人の捜索願、犯罪経歴、風俗摘発の日程、車のナンバーから持ち主を割り出す、何でもだ。

自分が何をしているか、わかっている。バレれば情報漏洩で、守秘義務違反の罪に問われる。クビになるどころか刑務所行きだ。それでも、多崎に頼まれれば、首を縦に振るしかない。気がついた時にはもう、頭のてっぺんまで泥水に浸かっていた。

*

周也はすっかり変わってしまった。

芳子は日に何度も小さなため息を繰り返す。目の前でカオルが死んでから、ほとんど口もきかず、部屋の中に閉じ籠もっている。勤め先の居酒屋から、携帯にしょっちゅう連絡が入っていたが、今はもう電源すら切っている。

ついこの間まで、あんなに幸せだった。周也は副店長という立場にやりがいを感じ、将来、自分の店を持ちたいという夢も持つようになっていた。芳子もまた、周也とともに店を切り盛りする自分の姿を思い浮かべ、心を弾ませていた。

神様は何てひどい仕打ちをするのだろう。悪意を持っているとしか思えない。ようやく未来に明るい兆しが見えたと思ったとたん、奈落の底に突き落とす。周也があまりに可哀想で、芳子の胸は潰れそうになる。愚かなところは確かにあるが、それでも周也はいつだって一生懸命生きて来た。幸せになりたくて、真っ直ぐ進んでいるのに、辿り着く場所にはどういうわけか不幸ばかりが待っている。

カオルは結局、身元引受人がないということで、検視されたのち、地元自治体の福祉課によって焼き場に回され、無縁墓地に葬られた。屋上で一緒にいた男は夫ではなかったらしく、気がついた時には姿が消えていた。警察が救急車の要請記録からマンションを探し出し、そこを訪ねた時にはすでに行方をくらましていた。部屋には夥しい数のフィギュアが残されていたと、看護師から聞いている。

カオルを引き取ってやりたい、自分の手で葬式を出してやりたいと、周也は心から望んでいただろう。しかし、自分たちも身元を探られては困る事情を抱えた身だった。カオルの遺体を引き取れば、探られたくないところまで警察は踏み込んでくる怖れもある。そんな自分たちの都合でカオルを見捨ててしまったという罪悪感もまた、周也を激しく追い詰めていた。

「周ちゃん、ご飯、できたよ」

芳子は閉じられたままの襖の前から声を掛ける。ずっと食べたり食べなかったりが続いていて、食べたとしても、ほんの少しおかずをつつく程度だ。頰の肉は削げ落ち、眼差しは虚ろで、身体の機能が働いていないように見える。今夜は少し食べてくれるだろうか。それともやはり部屋に籠もったままだろうか。テーブルには周也の好物のハンバーグが載っている。それに無邪気にかぶりつく周也の姿が見たかった。五分たっても十分たっても、周也は部屋から出て来ない。ハンバーグも味噌汁もすっかり冷めてしまった。今夜は食べないのだろう。ようやく諦めて箸を手にした時、襖の向こうから周也が姿を現した。

よかった、と、芳子は笑い掛けた。

「ちょっと待っててね、すぐお味噌汁を温め直すから」

慌てて椀を手にし、立とうとした。

「いいんだ、ねえさん。それより座って」

「どうしたの?」

「いいから、座って」

周也の硬い声に、芳子は黙って従った。

「俺、居酒屋は辞める」

「そう」

これだけ休めばそうなっても仕方ない。でも、仕事ぐらい構わない。また探せばいいだけの話だ。

「俺、五島に行きたい」

　芳子ははっとして顔を上げた。

「五島って、カオルちゃんと一緒に暮らしてた……」

「うん」

「どうして」

「五島に行って、考えたいんだ。カオルが突然姿を消して、そのカオルがあんなふうに死んでしまって、もう何が何だかわからなくなってる。五島の海がカオルは大好きだった。カオルの代わりに、あの海を見てきたい」

　それを聞いて、芳子はようやく納得した。かつてふたりで暮らした五島に行くことで、周也は気持ちに決着をつけたいのだろう。そうして葬式を出してやれなかった代わりに供養をしてやりたいのだろう。だったら行ってくればいい。行って、カオルの思い出を心置きなく味わい、何もかも五島に置いてくればいい。

「そう、わかった。行っておいで」

「ごめん、勝手なことばかり言って」

「いいのよ、あんなことがあったんだもの、周ちゃんだって心の整理が必要よ」

「それで……」

周也は言い淀(よど)んだ。

「わかってる。お金ね。いくらいる？」

「十万くらいあると助かる」

「任せといて、それくらい何とかなるから」

「ほんとにごめん」

「大丈夫よ、私には理髪店の仕事があるんだから。お金のことは心配しなくていいの」

十万くらいなら、消費者ローンを使えばたやすく手に入れられる。

「恩に着るよ、ねえさん」

周也が殊勝な面持ちで深々と頭を下げる。

「いやね、そんな水臭いこと言わないで。さあ、冷めちゃったけど、ご飯、食べましょ」

周也は少し表情を和らげて、ようやく箸を手にした。

流しで食器を洗いながら、芳子は自分が妙に明るい気持ちになっているのに気がついた。周也が話してくれたのが久しぶりだったからか、部屋に引き籠もるのをやめて顔を出してくれたからか。それとも、と考えて、芳子の指先が止まる。茶碗に水道の水が撥ねて、芳子の前掛けを濡らしてゆく。

心の奥を覗いてみれば、カオルの死に、ホッとしている自分がいた。もうカオルはいない。永遠に周也の前には現れない。いまさらながら、あの時、周也がカオルとふたりで芳子の元から去った後の、闇の中を手探りするような毎日を思い出した。周也の幸福を祈りながら、本音のところで、周也を失った孤独が容赦なく芳子を締め上げた。もう二度とあんな思いはしたくない。ハオのようになって欲しくない。周也と離れたくない。周也を誰にも渡したくない。

違う、違う――芳子は身震いしながら否定する。そんなことは考えてもいない。周也はカオルを忘れてこれから新しい人生を始めるのだ。いつかお嫁さんをもらって、可愛い子供を持って、家族を作るのだ。私は陰からそんな周也をずっと見守ってゆく。可哀想な周也、可愛い周也。八王子の施設で初めて会った時から、周也だけが生きる支えだった。だからこそ周也のために生きると決めたのだ。それは今も、これからも、決して変わりはしない。

二日後、芳子は周也とふたり、アパートを出た。周也の手には小さなボストンバッグが提げられている。電車に乗る前に一緒に昼食をとり、その後見送るつもりだった。

入ったのは定食屋で、一時を少し過ぎていたせいか、思いの外空いていた。周也はハンバーグ定食を、芳子は焼き魚定食を注文した。

「やっぱり、ねえさんのハンバーグの方がうまいな」

「しっ、お店の人に聞こえるでしょ」

口ではそう返しても、そんな些細な言葉が芳子を嬉しがらせる。

「帰ってきたら、また作ってあげる」

周也は薄く笑う。そして、ぽつりと漏らす。

「ねえさんはもっと幸せになれたんだ」

「いやね、急にどうしたの」

「本当は今頃、誰かの奥さんになって、ダンナさんと子供と一緒に暮らしていたはずなんだ。ほんとに、俺みたいな弟を持ったばっかりに、ねえさんの一生を台無しにしてしまった」

強く否定すればわざとらしく聞こえる。芳子は味噌汁をすすり、何でもないように静かに答えた。

「違うよ、周ちゃん。私はね、周ちゃんと一緒にいるのがいちばん幸せなの。今まで不幸だなんて思ったことは一度もないの。本当よ。だからそんなこと言わないで。五島から帰ったら、また一からやり直しましょう。それで、いつかお店を持ちましょう。周ちゃんは人に好かれるから、きっと常連になってくれるお客さんがいっぱいいる。私もお料理の腕を磨かなくちゃね。五島にはどれくらい行ってるの？　一週間ぐらい？」

「そんなもんかな」

「待ってるから」

「うん」

周也は残っていたハンバーグを口の中に押し込んだ。

*

また夜中にキヨ子から連絡が入った。

玄関前をうろつく不審な男がいる、という。またあの酔っ払いが出没したのかと、自転車で向かった。確かに玄関前には男がいた。目深に野球帽をかぶり、黒っぽいシャツを着て、門から中を覗き込んだり、背伸びして塀の向こうの様子を窺っている。しかし、あの酔っ払いとは違っていた。

「ちょっと、君」

自転車を止めて、声を掛けた。振り向いた男は、長田の制服姿を見ると怯えたように一歩後ずさった。二十代半ばくらいのまだ若い男だった。

「ここで何してるんだ」

長田を見返す男の目が、濡れているように見えるのは、月明かりのせいだろうか。

「ちょっと交番まで来てもらおうか」

言ったとたん、男は背を向け、一目散に駆け出した。

「あ、おい」

追いかけようとしたが、男の足は速く、瞬く間に姿が見えなくなった。

まあ、いいか、と、長田は呟く。とにかく追い払ったのだから、文句を言われることもないだろう。

＊

周也が五島に行ってから十日が過ぎた。

今日こそは帰って来る、と、芳子は毎日心待ちにしている。周也からの連絡はなく、こちらから何度か携帯に掛けてみたが、電波が届かないのか電源が切れているのか、機械的な案内が流れるばかりだ。

ひとりで過ごす夜を、芳子は幸福な想像で紛らわす。周也とふたり、どんな店を始めよう。場所はどこにしよう。いっそのこと、東京を離れてしまうのも悪くない。この街にはいやな思い出ばかりが詰まっている。海に近くて、魚がおいしくて、気のいい漁師がざっくばらんに集まるような店。それとも、里山の麓で自分たちで野菜を育て、それを料理するのもいい。きれいな空気ときれいな水は、きっと周也が負った傷も癒してくれる。春になったら桜が咲いて、冬になったら雪が降る。そんな町だったらどんなに楽しいだろう。

でも……、と、芳子は口元をほころばせる。周也と一緒ならどこでもいい。そこがどんなに荒涼とした場所だったとしても、ふたりで暮らせる場所が、芳子にとっての天国なのだから。

*

今日は非番で、家族三人で夕食を終え、ちょうど寛いでいるところに多崎から携帯に電話が入った。

「おう、俺だけど、ちょっと六本木まで出て来いや」

「今からですか」

息子とこれから一緒にゲームをする約束をしていた。

「何だ、都合悪いのか」

「いえ、そんなわけじゃ……」

「じゃあ来いよ。場所は今、バーテンに説明させる」

「はい」

犬の身となった今、強い態度には出られない。多崎と電話を替わったバーテンから場所を聞いた。

「ちょっと出てくる。先に寝ていていいから」

「気をつけてね」

朝子の柔らかい声が、玄関で靴を履く長田の背に降り注ぐ。

この家で、あのまま母の介護が続いていたら、二度と聞けなかった声だろう。母と自分を置き去りにして、出て行った朝子を恨む気持ちなど毛頭ない。朝子はもともと心根の優しい女だった。だからこそ心が壊れるまですべてをひとりで抱え込んだのだ。今では、母の見舞いにホームに顔を出せるようにまでなった。息子の勇一もまた、一時出ていた頻繁な瞬きや咳払い（せきばら）い、首振りに肩すくめなどのチック症状もずいぶんと治まった。今の穏やかな生活が続くのを、長田は心の底から望んでいる。

こうしてクラブに呼び出される時は、大概、運転手代わりに使われる。たぶん、今日もそうだろう。金があるのだから、代行を呼べばいいと思うのだが、そういうところで多崎はひどくケチ臭い。と言うより、長田がどこまで従うのか、自分の力を確認したいのだろう。

店に入ると、奥の席でいい気分で酔っている多崎の姿が見えた。迎えに出て来たママに促され、長田はソファの端に腰を下ろした。

「おう、来たか。ママ、そいつに水割り。ウイスキー抜きでね」

自分の冗談に、自分ひとりで笑っている。多崎は気に入った若いホステスをべったり横にはべらせて、すっかりご機嫌だ。多崎の周りを取り囲むホステスたちも、みんな肩が剝き出しのドレスを着て、華やかに笑っている。ねえねえ、と、多崎の隣に座るホステスが長田に声を掛けて来た。

「多崎さんの言ってること、ほんとなの？」

「え？」

何の話かわからず、長田は間の抜けた表情で、水の入ったグラスを口から離した。

「だから、昔、刺されたっていうの」

「さあ、それはちょっと……」

その話は何度も聞いている。新しい店に行くと、必ず持ち出す多崎の自慢だ。

「ほんとうさ、何なら傷、見せてやろうか」

「見せて、見せて」

ホステスたちに囃し立てられ、多崎は立ち上がるとズボンからシャツを引っ張り出し、腹を突き出した。

「どうだ、これが証拠だ」

右肋骨の少し下、ちょうど肝臓辺りにある七センチほどの縫合の痕。そんなに古い傷ではない。痕からして、凶器はかなり深くまで達したかと思われる。

「すごーい、多崎さんってハードボイルドなんだぁ」

「死んでも不思議じゃないほどの傷だったんだぞ。鋏が柄まで肝臓に達したぐらいだからな。でも、俺は死ななかった。あれから俺は何にも怖いものがなくなった。怖いものがなくなるってどういうことかわかるか。俺は神に選ばれたってことさ。選ばれた以上、欲しいものは何でも手に入れてやる、そう決めたんだ」

これもいつものセリフだ。それから隣のホステスを引き寄せ、耳元で囁いた。

「さしあたって今欲しいのは、おまえかな」

ホステスは身を捩って笑い、多崎にもたれかかった。

「やだぁ、そんな口説き方されるの初めてぇ。ねえ、それで刺した犯人はどうなったの？」

「さあ、魚の餌にでもなったんじゃないかな」

冗談めかして言ったが、多崎の言葉は真実だろう。この一年ばかり多崎を見てきて、この男にあるのは強欲さだけだと痛感していた。ライフ・プラーナ研究所の理事という肩書きの裏に、別の顔を持っているのもわかっている。要求される情報から想像するに、闇金、外国人労働者の不当斡旋、風俗や裏ビデオの販売、ドラッグにも手を染めている。このまま多崎と関わっていては、いつか自分は破滅する。しかし戻る道はすでに閉ざされている。もう、どこにも行けない。行く場所はない。

午前一時過ぎ、ようやく多崎は席を立った。「アフターにお鮨に連れてって」というホステスに「明日は大阪に出張だから、今度な」と、ポケットから万札を数枚取り出し握らせた。長田は先に店を出て、通りに車を横付けし、ホステスたちに見送られながら店から出て来た多崎を乗せた。

「どちらに向かいますか」

多崎の家は研究所と板橋の事務所、自宅マンションと三つある。

「壺を取りに行きたいから、研究所に寄ってくれ。それからマンションに帰る」

そう言って、すぐに携帯電話を取り出した。

「ああ、俺だけど、今からそっちに寄るから玄関の鍵を開けといてくれ。いいんだよ、顔なんか出さなくても。おまえの顔なんか見たら、せっかくの酔いが醒めちまうだろ」

キヨ子への指示のようだ。雑談のつもりで、長田は訊ねた。

「最近、研究所には泊まらないんですね」

「四六時中、仕事の奴らと顔を合わせるのはうんざりだからな。息が詰まっちまう」

「まあ、それもそうですよね」

「あんなところで暮らしてる堂島は変人なのさ。四階のフロアを自分の好きに改装してるから、離れられないいんだろうけどな。おい、どんな改装かわかるか。女とのあっちのために使うんだよ。ＳＭクラブみたいにしやがってる。あいつの女好きはほとんど病気だよ。あのキヨ子にも手を出したんじゃないかって、俺は睨んでるぐらいだ」

「まさか」

「あいつなら、やりかねない。あいつはもともと不安神経症なんだ。自分の能力を蘇らせてもらうために女が必要なんだとさ。ほんとに馬鹿だろ。それでいて、いらなくなったらポイだ。あとは何とかしてくれって、俺にいつも面倒なことを押し付ける」

「もしかして、あのカオルって子も」

ルームミラーの中で多崎と目が合った。

「下らないことは聞くな」

多崎の声が急に不機嫌になった。

「すみません」

「寝るぞ、着いたら起こしてくれ」

すぐに多崎の鼾が聞こえて来た。夜が、液体のように糸を引いて、フロントガラスを流れてゆく。点在するネオンの明かりが、夜の深さをいっそう濃くしてゆく。

ぼんやりと、長田は母親を思い出していた。三方を白いカーテンで囲まれたベッドで、今日一日、母は何を思いながら過ごしただろう。痛まないでくれたらいい、悲しまないでくれたらいい。母に望むのは祈りと同じだ。かあちゃん、長田は口の中で呟いてみる。

中学の時、どうしてあんなにかあちゃんが煩わしかったのだろう。そこにいるだけで苛々して「ババァ、死ね」と叫んだ自分が蘇る。それを聞いたかあちゃんの打ちひしがれた顔が、二十年以上たった今になってもリアルに思い出される。どうしてあんなことを言ったのか、泣きたいほどの後悔に包まれる。高校に入って、警察学校に入って、警察官になって、結婚して、子供を持っても、いつも自分の居場所がしっくり来なかった。大人になって酒が飲めても煙草が吸えても、いつもどこか心許なかった。何がどうなっても、俺はいつもかあちゃんの子供だった。かあちゃんが俺よりずっと小さくなっても、俺にとって、俺を心の底から守ってくれる唯一の存在だった。かあちゃんが脳梗塞で倒れてから、俺は迷子になった子供みたいだ。俺の知っているかあちゃんは、どこに行ってしまったんだ。人はこんなにも違う生き物になってしまうのか——。

今の俺も同じだ。俺もすっかり違う生き物になってしまった。かあちゃんの自慢の息子は遠いところに行ってしまった。俺さえ、自分を見つけられないくらい遠いところに。

多崎の指示通り、研究所の玄関の鍵は開いていた。

「ちょっと手伝え」と言われ、長田はエンジンを止めて、建物の中に連れ立って入った。エレベーターのボタンを押して、四階で止まっていた箱が降りてくるのを待ち、三階の理事室に向かった。

「壺はふたつだな。数珠も五、六本持っていくか」

多崎に言われた通り、長田はそれを手にする。この安っぽい壺や数珠は、いったいいくらの値で買われてゆくのだろう。長田の月給くらいか、ボーナスか、年収以上かもしれない。

その時、不意に階上から大きな音が響いた。まるで家具が倒れたような音だ。

「今夜も派手にやってるな」

多崎がにやついた瞬間、今度は叫び声が上がった。男の、恐怖に満ちた声だった。さすがに多崎の顔色が変わった。足早に理事室を出て、エレベーターに乗り込む。長田も後を追った。四階のボタンを押して、箱が動き出し、やがてドアが開いた。

四階に来るのは初めてだった。三階と違って、廊下からしてマンションのような造りになっている。多崎が「堂島」と、名を呼びながら、まず右手の部屋へ足を踏み入れた。ここは居間兼リビングだ。誰もいない。それを確認して、廊下に戻り、今度は左側のドアを開けた。ここは、白いシーツを掛けられたごく普通のベッドルームになっている。そこにも姿はない。長田は足早に、奥のドアに向かって行った。それを開けた瞬間、ぬめりのある赤黒い光が溢れて来た。薄暗さに紛れて、さまざまな器具が見える。トレーニングマシンのようだが、そうではないとすぐにわかる。足を踏み入れると、拘束具に女が縛り付けられているのが見えた。X字形に組まれた柱に、女は全裸のまま鎖で繋がれ、猿轡(さるぐつわ)をはめられていた。そして、その視線は一点に向けられ、顔には恐怖が貼り付いていた。長田は女の視線の先に目をやった。リクライニングチェアのようなものが倒れている。いや、あれは分娩台ではないか。勇一が生まれる時、朝子をその台にまで連れて行った。そんなことを思い出す間もなく、その台の陰で、裸の堂島と若い男が座り込んでいるのが目に入った。正確に言えば、男が背後から堂島を抱え込むようにして、首元にナイフを突き付けていた。

「来るな」

男が低い声で言った。

「助けてくれ……」

堂島がすがりつくような目を向けた。堂島は後ろ手にされ、どうやら手錠のようなものを掛けられているらしい。そんなものは床にごろごろ転がっている。堂島の身体のあちこちに切り傷が見えた。深くはないが、血が筋を作り、それが腹を伝って陰毛を濡らし、そこから縮み上がったペニスが覗いていた。

「それ以上近づいたら、こいつを殺す」

堂島が悲鳴のような声を上げた。

「やめろ、俺のせいじゃない。俺はただ、カオルに連絡先を教えただけだ。勝手に来たのはカオルの方だ。カオルとはすぐに別れて、後のことは何も知らない。カオルが死んだのも、今、初めて聞いたんだ。カオルのことは、みんなそこにいる多崎に任せたんだ。

多崎に聞いてくれ」

「多崎……？」

男がゆっくりと視線を向けた。長田はその時、それが先日、研究所の玄関前にいた男だと気がついた。

「あんた……」

男の口調に驚きと、怒りが色濃く滲んだ。

「死んでなかったのか」

「えっ、おまえ」

「俺の顔、忘れたか」

「……周也、周也なのか。おまえこそ、死んだんじゃなかったのか」

多崎が戸惑うように言い、それに堂島の声が重なった。

「多崎、はっきり言ってくれ、俺は関係ないって。カオルはおまえに渡したよな」

「周也、カオルを知ってるのか」

「カオルを殺したろ」

男が低く言う。

「何だ、そりゃ。カオル、死んだのか」

「おまえたちが殺した」

「ちょっと待て、何のことだ。殺してなんかないぞ、言い掛かりはよせ」

「直接手を下さなくても、殺したも同然だ、おまえたちが殺ったんだ」

「何を言ってる。とにかく落ち着け。そのナイフを捨てろ。それじゃ、まともに話もできないだろ。ナイフを捨てたら、おまえの気が済むまでちゃんと説明してやるから」

「その手に乗るか」

「堂島を殺ったからっておまえにいったい何の得があるんだ。金が欲しいのか、だったらやるよ。金なんかこいつは腐るほど持ってるんだ、好きなだけ持って行けばいいだろ」

　周也と呼ばれた男は、唇の端を歪めた。

「あんた、あの時も、金のことばっかり言ったよな。集金できなかった俺を散々馬鹿にした」

「そうだったな、それでおまえはキレて、俺を刺したんだったな」

　長田は多崎と男を交互に眺める。多崎の腹の傷は、この男の仕業だったのか。

「多崎、早く何とかしてくれ……」

　堂島が哀願する。多崎が吐き捨てた。

「自業自得なんだよ。おまえが散々遊んで捨てた女だろ」

「おまえだって、やったじゃないか」

「知らねえよ」

多崎に突き放されて、堂島は再び、自分で説得に当たり始めた。

「周也、五島でよくしてやったろう。スナックに連れて行ってやったろう。おまえは本当にいい奴だ。俺はおまえが大好きだったよ。あのな、カオルはおまえが思っているような女じゃない。おまえはカオルに騙されてたんだ。あいつは根っからアレが好きな……」

そこで堂島の言葉が唐突に途切れた。ナイフが堂島の喉を掻き切ったからだ。ゲフッと息が漏れる音がして、堂島の首ががくんと後ろに反り返った。血が長田の足元にまで飛び散ってくる。息絶えたと、長田にはわかる。

すぐに男は堂島の身体を離し、こちらに近づいて来た。その目の冷ややかさは、すでに常軌を逸している。多崎の顔から血の気が引いてゆく。まさか本当に堂島を殺すとは、多崎も想像していなかったに違いない。

「あの時、おまえを殺していたら、そうしたらカオルは死なずに済んだんだ」

「やめろって、カオルなんて女のこと、俺は本当に何も知らないんだ」

多崎は頬を引き攣らせながら後退し、背を向けていきなりエレベーターへと走り出した。男がナイフを手にしたまま多崎を追う。それを長田は、コマ送りの映像を見るように眺めた。

堂島も多崎も殺されても不思議はない。そうされて当然のことをやって来た。堂島は死んだ。多崎も死ねばいい。こいつらが死ねば、解放される人間は数多くいるはずだ。人の弱みに付け込んで、たかるだけたかり、吸い上げるだけ吸い上げる。こいつらはクズだ、死んで当然の奴らだ。

そう思いながら、長田の身体はほとんど反射的に、男に飛び掛かっていた。男の腰に手を回してタックルし、つんのめった身体を床にねじ伏せる。すかさず男の手首を摑み背中に腕を回し上げて、ナイフを持った右手に肘を振り下ろした。長田の肘に、男の腕の骨が砕ける鈍い音が伝わって来た。男が呻く。右手から落ちたナイフをひろい上げ、長田は遠くに投げた。

男が泣いている。砕けた骨の痛みではない。多崎を殺せなかった悔しさに泣いている。身体を震わせて、「頼む、殺らせてくれ」と懇願している。

多崎はエレベーターの前で、腰を抜かしたようにへたり込んでいる。ズボンの股間が濡れている。

自分はまだ警察官だったのかと、長田は戸惑っている。腐り果てたと自分に絶望しながら、まだ腐っていない部分が残っていたことに狼狽え、そして、その腐っていない自分が、結局、腐った奴を助けたという事実に混乱する。

俺はまだ警察官なのか。警察官であり続けられるのか。

問うても、答えは見出せない。

押さえつけた男の慟哭（どうこく）だけが、夜を震わせている。

最終章　降り暮れる

理髪店のドアが開いて、赤いランドセルを背負った美歩が入ってきた。「ただいまあ」と、大きな声を上げげて、客の髪をカットしていた芳子の腰にしがみつく。

「おかえり、美歩ちゃん」

芳子は手を止め、胸下までしかない美歩の頭に手を乗せた。

「こら、美歩、仕事の邪魔しちゃだめだろ」

隣の椅子で髭剃りをしていた川尾がたしなめたが、美歩は知らん顔で、芳子にいっそう甘えてくる。

「今日の晩ご飯は何？」

「美歩ちゃんの好きなシチューにするつもり。野菜もたくさん食べられるし」

「うれしい、美歩、シチュー食べたかったの」

「その前に宿題をやってしまわないとね」

「はーい」

弾むように答えて、美歩は母屋に続くドアの向こうに消えていった。

三年ほど前から、芳子は町はずれにあるこの小さな理髪店、『バーバー川尾』で働いている。店主の川尾文夫は、口数は少ないが、まじめで、礼儀正しく、腕もいい。そして、時折見せるどこか翳りのある表情には、周也と似通うものを感じる。

「美歩ちゃん、いくつになった？」

客が訊ねると、髭剃りの手を止め、川尾は答えた。

「七歳ですよ、今年、小学校二年になったんです」

「そうか、もうそんなになったのか」

しみじみと客は言った。客はこの理髪店とは古い付き合いらしく、川尾と美歩に起こった出来事もよく知っているようだった。

川尾の妻は、帝王切開で美歩を産んだ後、急死した。だから美歩は母の記憶どころか、抱かれたことさえなく、母乳すら飲んだことがないのだった。以来、川尾は美歩を男手ひとつで育ててきた。美歩は素直で優しい娘に成長している。利発で、学校の成績もいい。ただアトピーと喘息の傾向があり、普段は元気に飛び回っていても、真夜中に突然発作を起こし、病院に駆け込むこともあると聞いている。

「美歩ちゃんのためにも、そろそろ身を固めた方がいいんじゃないの」

芳子がカットしている客が言い、からかうように鏡に映る川尾と芳子の顔を交互に眺めた。

「はいはい、余計なお世話をありがとうございます」

川尾は軽くいなして、蒸しタオルを取りに行った。

「どうよ、芳子さん。美歩ちゃんもあんたにずいぶんと懐いてるし、この際、嫁さんになってあげたら」

「そんなこと言ってると、耳もカットしちゃいますよ」

言い返すと、客は肩をすくめ、げらげら笑った。


周也が逮捕されたという連絡を受けた時、いったい何が起こったのか、芳子にはさっぱりわからなかった。周也は五島に行っているはずだ。何かの間違いに違いないと、半信半疑で呼び出された警察署に向かった。しかし、そこにいたのは紛れもなく周也だった。

刑事から、周也が堂島という男を殺したと聞かされたが、それも信じられなかった。堂島を知っているかと何度も質問されたが、その名を聞くのも初めてだった。

事情を知ったのは、一週間ほどしてからだ。国選弁護人から、堂島という男は、五島で周也と一緒に暮らしていたカオルを東京に呼び寄せ、間接的ではあるが死に追いやった人物であると聞かされた。つまり、周也はその報復をしたというのである。しかしそれを聞いても、芳子はやはり何かの間違いとしか思えなかった。

堂島はライフ・プラーナ研究所という、一種の宗教団体の教祖的存在だった。事件は想像以上に注目を集め、あの頃、新聞や週刊誌はずいぶんとスキャンダラスに書き立てた。芳子は記者やカメラマンに追いかけられ、アパートに帰ることもできず、ビジネスホテルに泊まる日々が続いた。

取調べがあり、裁判があり、多少の情状酌量が認められ、判決は懲役十年と下された。周也はその日のうちに千葉の刑務所に収監された。

あの頃のことは、霧がかかったようにぼんやりとしか思い出せない。何もかもが、自分とは別の世界の出来事のようで、芳子はただ呆然と事の成り行きを見つめていた。それでも、周也の後を追うように、芳子も刑務所近くの町に引っ越した。幹線道路沿いの、排気ガスと騒音にまみれた、小さなアパートだったが、そんなことはどうでもよかった。アパートの窓から、建物の隙間を埋めるように、刑務所の灰色の壁が見える。周也のそばにいる、それを実感できるだけで、生きてゆけそうな気がした。

アルバイト先を転々としながら、生活費を稼いだ。コンビニ店員でも皿洗いでも、工事現場の深夜作業員でも、昼夜構わず何でもやった。電気が止められるほど逼迫(ひっぱく)した時は、かつて手を染めた仕事が頭をかすめたが、身体を売る気にはなれなかった。周也のために、そして周也を失った孤独を埋めるために、身を投じたことはあっても、自分のために見知らぬ男に身体を開くのは、想像するだけで身震いした。周也はもうどこにも行かない。もう周也を失うことはない。たとえそれが刑務所の中であっても、確かにそこにいる。その感覚は、芳子に寂しさより、むしろ安堵を与えてくれた。

周也が入所した時から、面会には足繁く通った。収監されて間もない頃は、どれだけ話しかけても周也は口を開こうとはせず、短い面会時間の間、アクリル板の向こうで無表情のまま宙を眺めていた。痩せて、頬骨が尖り、年寄りのように目の下には黒い袋がぶら下がっていた。そんな周也を見るたび、このまま死んでしまうのではないかと、どれほど心配しただろう。

やがて半年がたち、一年も過ぎる頃になると、周也もようやく生活に慣れたようだった。殺した堂島という男については何ひとつ語りはしないが、それでも、ぎこちないながらも芳子が知る無垢な笑顔を時折浮かべるようになっていた。朝は六時四十分起床。掃除と朝食の後、七時五十分から昼食を挟んで夕方四時半まで刑務作業。風呂は、夏場は週三回、冬場は週二回。それも十五分という短い時間しかなく、遅く入ると垢が浮いているという。運動時間は一日三十分。点呼、整列、私語の禁止、刑務官の怒鳴り声。当然だが、厳しい規律に従わなければならない。それに加えて、他の受刑者たちとの緊張した関係がある。周也はぽつりぽつりと、そんな日常を口にした。

面会の時は、下着やタオルといった差し入れの他に、敷地内の売店で買ったお菓子を持って行く。特別なものではない。どこにでも売っている百円程度の駄菓子だ。初めてそれを口にした時、周也は食べながら、泣いたという。チョコレートやクリームは、周也にとって塀の向こうの象徴だったのだろう。

周也は今、刑務作業で桐簞笥の製作に携わっている。もともと手先の器用なところがある周也は、すでにその技術を習得しつつあるらしい。以前、「ここを出たら簞笥屋さんになる?」と聞くと、「それもいいな。ひとりでやれる仕事だから」と、周也はまじめな顔で答えた。

事件を起こす前、周也は居酒屋を持ちたいと言っていた。商店街の片隅にある、家族が夕食がてら気楽にのれんをくぐれるような店だ。そこで働く周也と自分の姿を、芳子は何度うっとりと思い浮かべただろう。しかし、簞笥職人になるというなら、それもいい。周也が何になろうと、どこに行こうとそばにいる。それに変わりはないのだから。

周也が服役してから、すでに七年が過ぎていた。芳子は三十八歳に、そして周也は三十一歳になっていた。

理髪店の閉店は夜の七時だが、芳子はいつも六時には仕事を終えて、母屋に向かう。川尾と美歩の夕食を作るためだ。

以前は川尾が作っていた。しかし夕方前に帰ってくる美歩は空腹に耐え切れず、菓子ばかりに手を伸ばしてしまう。週に四度はコンビニの弁当を食べているのも知っていた。美歩のアトピーや喘息も、こうした偏った食生活が関係しているのかもしれない、それがずっと気に掛かっていた。

あれはいつだったか、川尾が町の組合の集まりに行ったまま、時間になっても帰って来ない日があった。店の仕事を終えて母屋を覗くと、空腹を紛らすために、美歩はまた菓子を口にしていた。

「美歩ちゃん、おなか空いたんでしょう。おばちゃんが何か作ってあげようか」

見兼ねて声を掛けると、美歩は何度か瞬きした。

「いいの?」

「もちろんよ、冷蔵庫の中を見てもいい?」

「うん」

芳子は庫内を見回し、玉葱（たまねぎ）やハムや玉子を手にした。

「オムライスなんかどう?」

「ほんと?　美歩、オムライス大好き」

台所で芳子が玉葱を刻んだり、フライパンでご飯を炒（いた）めたり、玉子を割ったり溶いたりするのを、美歩は珍しそうに覗き込んでいた。そして十五分後、ケチャップで口の周りを赤く染めながら、美歩は「おいしい」を連発した。

「おいしい、おいしい、すごくおいしい」

「気に入ってもらえてよかった」

「パパのオムライスは、いつも玉子が破れてて、ご飯は赤いのと白いのとが混ざってるの」

「でも、パパのもおいしいでしょ」

「どうかな。おいしいって言わないと、パパ、悲しそうな顔をするから」

美歩の子供なりの精一杯の気遣いに、芳子は胸が詰まりそうになった。

「おばちゃん、あのね、ロールキャベツって作れる？」

「好きなの？」

「ルミちゃんのママの得意料理でね、いつもルミちゃんが自慢するの。お肉の中にコーンがいっぱい入ってて、すごくおいしいんだって」

ルミというのは、どうやら美歩の学校の友達らしい。

「じゃあ今度、作ってあげる。お肉にコーンがいっぱい入ったのね。パパのお許しがでたらだけど」

ほんと！と、美歩は目を輝かせた。

翌日から、美歩は芳子との約束を待ち焦がれるようになった。「いつ、ロールキャベツを作ってくれるの？」と、学校から帰ってくるたび、芳子に訊ねた。それが三日も続くと、さすがに川尾も呆れて「わがままを言うんじゃない」と、きつい口調でたしなめた。美歩は一瞬口を噤んだが、次の瞬間、まるで胸の中にためていたものを一気に吐き出すように叫んだ。

「パパのご飯も、コンビニのお弁当も大嫌い！」

川尾は驚いたように美歩を眺めたが、何も言葉を返せずにいた。川尾も精一杯やったはずである。それでも、母親役まで担うには限界があるのを、その時、知ったのかもしれない。自分が言い出したという責任もあって、芳子は思わず美歩を抱き寄せた。

「勝手に約束してすみません。差し出がましいとわかっています。でも、よかったら、これから私に夕食を作らせてもらえませんか」

「まさか、そんなこと頼めるはずがない」

川尾は首を横に振った。

「夕食の用意ぐらい、大した手間じゃありません。お客さんが少ない時にでも、ちょっと台所を貸してもらえば」

美歩が芳子にしがみついたまま、川尾に言い返す。

「美歩、芳子おばちゃんのご飯がいい。芳子おばちゃんのロールキャベツが食べたい」

その姿を見ると、川尾も何も言えなくなったようだった。

「すみません。そこまで言ってくれるなら、お言葉に甘えてお願いしてもいいですか。その代わり、六時には店から上がってください。後は僕がやりますから」

その日以来、芳子は定休日以外の毎日、母屋で夕食の準備をするようになった。時折、一緒にどうかと誘われることもあったが、食卓に着くのは極力避けるようにしていた。嫌というのではなく、そこまで川尾や美歩と関わるのは気が重かった。自分はいつかここを去ってゆく人間である。ここに残ってはいけない立場にある。親しみを深めるのは、自分にも、美歩や川尾にも、結局は苦い思い出にしかならないのではないかという怖れがあった。


「寒くなってきたけど、風邪なんかひいてない？」

「大丈夫」

「冬用の下着を差し入れておいたから」

「うんありがとう」

「何か欲しいものは？」

「本がいいな」

「本って？」

「聖書」

「聖書だなんて、どうして」

「最近、施設にいた頃にシスターから聞いた話をよく思い出すんだ」

「どんな話？」

「この世の中に、自分のものなんて何もない、この身体さえ、自分のものではなく神様のものだって」

「そう」

「それがどういうことか、知りたいんだ」


その日は美歩の八歳の誕生日だった。すき焼きがいいと言うので用意していると、川尾がケーキの箱をぶら下げて母屋に入って来た。「わぁ、ケーキケーキ」と、美歩がはしゃいだ声を上げている。

「よかったら、一緒に祝ってやってくれませんか」

帰ろうとする芳子を、川尾が引き止めた。

「いえ、私は」

「いいじゃない、おばちゃんも一緒に食べようよ。お祝いしてよ」

美歩が駆け寄ってきて、芳子の腕を摑んだ。これ以上、断るのはかえって気が引けた。

「じゃあ今夜だけ、お言葉に甘えて」

結局、三人で食卓を囲んだ。ケーキに八本のロウソクを立て、火をつける。明かりを落とした部屋の中で、三人の顔に柔らかな光が注ぐ。ハッピーバースデイを歌った後、美歩が頰を紅潮させてテーブルに乗り出し、火を吹き消した。

「おめでとう」

「おめでとう、美歩ちゃん」

川尾と芳子の拍手が重なった。

周也が八歳の誕生日を迎えた頃、芳子は中学三年生で、そろそろ施設を出なければならない時期に来ていた。理髪師になって自立する決心はついていたが、心配なのは、残して行く周也のことだった。芳子がいなくなっても、周也はひとり、施設でちゃんと暮らして行けるだろうか。真夜中のおしっこも、時々熱を出してしまうことも、車酔いがひどくてすぐ吐いてしまうのも、シスターが気づかなかったらどうしよう。もし他の子供たちに弱虫とか汚いとからかわれたらどうしよう。そんな想像をしただけで胸が痛み、いたたまれなかった。周也もまた、自分の身に近づいてくる気配のようなものを察していたのだろう。以前にも増して、芳子にまとわりつくようになっていた。どこに行くのも一緒だった。何をするにも、芳子がそばにいないと、見つけるまで施設中を探し回った。

あの日は雨が降っていた。細かい霧のような雨だった。室内で遊ぶのに飽きて、施設の子供たちがかくれんぼを始めた。芳子も周也と一緒に混ざることにした。外に出て、周也と手を繋いだまま、隠れ場所を探した。施設の裏の、物置の脇。咲き誇った八重山吹の花びらには、水滴がびっしりついて、折れそうなぐらい枝がしなっていた。その花の中に分け入り、ふたりでしゃがみ込んだ。息を潜め、身体を寄せ合い、握りあう周也の手が小さく、柔らかく、ひんやり湿っていたのを今もよく覚えている。鬼が近づく足音に、聞こえてしまうのではないかとはらはらするほど胸の鼓動が大きく鳴った。八重山吹と周也の幼い汗の匂いが混ざり合い、頭の芯がじんじん痺れ、呼吸するのも苦しかった。いたたまれないような、狂おしいような、あの感覚を何と理解すればいいのだろう。幸福感か、罪悪感か。けれども芳子には、そのふたつは同じことのように思えた。

「おばちゃん、美歩ね、クラスでいちばん上手になわとびが跳べるんだよ」

芳子は我に返った。

「あら、すごいのね」

「男の子より上手なんだから」

それからも、美歩はさまざまな話を喋り続けた。学校でウサギが飼われるようになったこと。国語のテストが九十一点だったこと。帰り道に新しいコンビニができたこと。まるで芳子に「じゃあ」と席を立つ隙を与えないかのように、ひたすら話し続けた。

「こら、ちゃんと箸を動かしなさい」

川尾に注意されると、その時だけは殊勝な顔つきでご飯を口に運ぶが、すぐまた友達の消しゴムがいい匂いがすること、音楽の先生が替わったことを話し始める。

芳子は団欒という和やかな空間にホッと息をつきながらも、次の瞬間には後ろめたさに包まれていた。目の前にある温かな食事も、無防備に上げる笑い声も、今の周也には決して手に入らないものだ。今頃、周也は何を思って夕食をとっているだろう。

今日はお風呂に入れたか。周囲とうまくやり過ごせたか。刑務官に怒鳴られなかったか。

そんな毎日の繰り返しを、いったいあとどのくらい続けなければならないのか。

日々は坦々と過ぎて行った。

芳子は時折、長い夢を見ているような不思議な気持ちになった。ある朝、目が覚めると、周也とふたり、八王子の施設で暮らしている。泣いて、笑って、身を寄せ合って眠る。自分たちを見捨てないのは孤独と人恋しさと、壁にかかった物言わぬキリストの苦しげな絵だけだ。その他には何もなくて、そして、すべてが満ち足りている。

その日、アパートに帰ると、郵便受けに一通の封書が入っていた。差出人を見て、慌てて封を切った。中には、周也の仮釈放の知らせが入っていた。芳子は手にしたまま、部屋の真ん中に座り込んだ。十年を覚悟していた刑期が七年で出所できる、その喜びと驚きとで浮き足立った。

周也が帰って来る。刑務所から出られる。この日をどれほど待ち焦がれて来ただろう。立ち上がり、意味もなく狭い部屋の中を歩き回った。それからふと不安になって立ち止まり、また封書に目を落とした。間違いない。二週間後に、周也は出所する。

頭の中でいろんなことが回り始める。迎えるために、どんな用意をしたらいいだろう。新しい服と新しい下着、新しいソックス。スニーカーは26・5センチ。甲高の周也のために、紐は緩めに掛けておこう。ああ、布団がひと組しかない。すぐに買いに行かなければ――。

しかし、その前にしておかなければならないことがあるのも、芳子はわかっていた。

翌日、川尾に「夕食のあと、お時間をください」と告げた。だったら一緒に食べようと言われたが、とてもそんな気にはなれず、店の後片付けをしながら待っていた。七時半を少し回った頃、川尾が店に戻って来た。

「すっかりお待たせしてしまって」と、待合のベンチに腰を下ろした。芳子は丸椅子を持って来て、川尾の向かいに座った。

「何かあったのかな」

「突然で申し訳ないのですが、お店を辞めさせていただきたいんです」

「え……」

川尾の頬に緊張が広がった。

「勝手を言ってすみません」

「どうして」

すべてを話す覚悟はついていた。それがこの三年余りもの間、世話になった川尾へのせめてもの償いの気持ちだった。

「何てお詫びしていいのか、私、嘘をついていました。身寄りはないと履歴書に書きましたが、本当は弟がいるんです。血が繋がっているわけじゃないんですけど、肉親以上の存在です。その弟が服役中だってことを、川尾さんにどうしてもお話しできませんでした。話して、クビになるのが怖かったからです。再来週、その弟の仮釈放が決まりました」

「そうか、ついに仮釈放か」

その口調に驚きはなかった。芳子は思わず顔を上げた。

「川尾さん、知っていらしたんですか」

「ああ」と川尾は頷いた。「この辺りで、刑務所の仕事に携わっている人間は多いからね。刑務官もいるし、出入りをしている業者もいる。噂は自然と耳に入って来る」

「そうだったんですか。それなのに、何も言わないで、私をここに置いてくれたんですね」

「辞めて、どうするの？」

「まだ、決めてません。でも、前から弟が釈放されたら、この土地を離れるつもりでいました。やはり、刑務所にこんなに近い場所で暮らしてゆくのは無理でしょうから」

「まあ、そうだろうな」

「本当に、勝手を言って申し訳ありません。長い間、ありがとうございました」

川尾はしばらく逡巡（しゅんじゅん）するように言葉を途切れさせた。店の前をオートバイが通り過ぎてゆく。遠くから踏切の警報機の音が風に乗って流れてくる。

「芳子さん、唐突な申し出に驚くかもしれないけど」

「はい」

「美歩の母親になってくれませんか」

芳子は目をしばたたいた。

「あなたがいなくなったら、美歩がどんなに寂しがるか。いや、美歩を言い訳にしちゃいけないいな、僕も同じだ。これからも、あなたに、僕たちのそばにいて欲しいんだ」

芳子はすぐに言葉が出なかった。正直を言えば、今まで、川尾の好意を感じなかったわけではない。美歩の芳子に対する思慕も心のどこかで嬉しく思っていた。しかし、たとえそうであっても、すべてはいつか失うという前提での話だ。

「それは……無理です」

「どうして」

「私の弟は七年以上も刑務所に入るようなことをしでかしたんです」

「知ってるよ。申し訳ないけど、調べさせてもらった。殺人は確かに重罪だ。でも殺人といっても、金欲しさや自分勝手な動機での事件じゃない。報告書を読んで、僕は周也くんを責める気になれなかった。いいや、むしろ、痛いくらいに気持ちがわかった。僕だって、一歩間違えば、同じことをしていたはずだから」

芳子はふと顔を上げ、川尾の顔をまっすぐに見つめた。

「美歩が生まれた時に女房が死んだって話は知ってるよね」

「はい」

「あれは担当医のミスだったんだ」

「え……」

「美歩を帝王切開で取り上げた後のことだった。女房は意識がない状態が続いていた。とっくに目覚めていいはずなのに眠り続けていた。普通じゃないと思って、何度も看護師に主治医に診に来て欲しいと頼んだよ。でも、主治医は病室に顔も出さず、麻酔が効いているだけだと答えるばかりだった。それでも食い下がると、そんなに信用できないなら転院しろと、看護師経由で脅しめいた言葉すら聞かされた。しかし、目が覚めないのは術後の腹腔内出血のせいだったんだ。心肺停止に陥って、初めて医者は駆け付けた。でも、その時にはもう手の施しようがない状態だった」

そこで、川尾は短く息継ぎをした。

「僕は裁判を起こした。どうしても納得できなかった。納得できるはずがないだろう。しかし、一審でも二審でも医者は無罪になった。不可抗力の死だそうだ。もちろん、謝罪の言葉もない。あの男はまだのうのうと医者を続けている。殺してやろうと思ったよ。女房を殺したあの医者を、今度は僕が殺してやろうって。でも、僕には美歩がいた。僕は美歩を守らなければならない。美歩にはもう、僕しかいないんだ。その僕が刑務所に入ったらどうなる、それを思うとどうしても実行できなかった」

川尾と初めて出会った時、どこか周也と通じるものを感じた。今、その訳が初めて理解できたような気がした。

「だから、わかるんだ、弟さんの気持ちも。もし、芳子さんが弟さんと一緒にこの町を離れるというなら、僕もそうしようと思う」

「まさか、そんなこと……」

「周りから心ないことも言われてきた。金が欲しいからゴネてるだけだろうってね。どこかに行ってしまいたかったが、もし僕らがこの地から出れば、逃げたように思われる。どうして被害者の僕たちが逃げなきゃいけないんだ。それが悔しくて、意地になって居座っていたところもあるんだ。でも、もういい。さすがに疲れた。これから美歩の耳にもいろんな話が入るようになるだろう。その前に、事件のことなど誰も知らない、どこか静かなところに行って暮らしたい。美歩のアトピーや喘息にもその方がいいに決まっている。美歩も芳子さんと離れるのは辛いだろう。あの子は、あなたを母親のように思ってるから」

そして、川尾は口調を改めた。

「弟さんと一緒に、僕たち、家族にならないか」

仮釈放の日は、休みをもらっていた。

芳子は前の晩から眠れず、外が暗いうちから起き出して用もないのに立ったり座ったりした。胸がどきどきして朝食を食べる気にもなれず、まずは周也の好きなハンバーグの下ごしらえを始めた。午前中に出られるから、ふたりで昼食に食べるつもりだった。

この七年あまり、周也はずっと坊主頭だったが、あまり上手いカットとはいえないのが気になっていた。戻ってきたら綺麗に刈り直してやりたい。押入れの中には、安物だが、新しく揃えた布団一式が入っている。洗い立てのカバーも掛けてある。アパートの風呂は小さいから、銭湯の方が快適かもしれない。洗面器に石鹸やシャンプーを入れておこう。

指定の時間になって、刑務所の出入り口に行くと、他にも何人かの仮出所者がいるらしく、門の前にはすでに人や車が並んでいた。初秋の乾いた風が心地よく吹き抜け、空が高い。そこにどんな事情があるにしろ、誰もが期待に満ちて目当ての人間を待っていた。

門が開いて、男たちが出て来た。芳子はすぐに周也の姿を認めた。あんなに面会していたが、刑務所の作業服から差し入れた私服に着替えた周也は、七年前と少しも変わらぬように見えた。まるで、今日、五島から帰って来たのを出迎えているような気がした。

周也が芳子の姿に目を留め、近づいて来た。

「ねえさん、ただいま」

おかえり、と言おうとしたが、言葉にならなかった。芳子は足元に視線を落とし、静かに肩を震わせた。

「ごめん、長い間、心配かけて」

「いいのよ、これからまた一緒に暮らせるんだから」

芳子は指先で涙を拭い、ことさら明るく言った。

「さあ、帰りましょう。小(ち)っちゃなアパートだけど、周ちゃんのもの、いろいろ揃えたの。お昼ご飯にハンバーグも用意してあるの。帰ってきたらいちばんに食べてもらいたかったから。周ちゃん、好きでしょ」

「あのね、ねえさん」

遮るように、周也は言った。

「その前に俺、ちょっと行きたいところがあるんだ」

「行きたいって?」

不安にかられて芳子は訊ねた。

「心配ないよ、出所したら最初に行こうって前から決めてたんだ」

「どこなの?」

「カオルのところ。無縁墓地に入れてしまったこと、ずっと後悔してたんだ。俺が引き取るべきだったのに結局何もしてやれなかった。せめて、カオルが死んだ場所に行って、出所の報告だけでもして来ようと思う」

「だったら私も」

「いいや、ひとりで行ってくる。大丈夫さ、心配はいらないよ。夕方までには帰るから」

出所していちばんにしたいことがそれだったと知り、芳子は寂しさを感じている。でもカオルは死んだのだ。もう周也と愛し合うことはできない。今は、周也の願いを叶えるのを最優先に考えよう。もう七年以上も、周也は我慢の中で生きて来たのだ。

近くの駅まで一緒に向かった。改札口の前で、芳子はバッグの中からメモ帳とペンを取り出し、自分の携帯電話の番号を書き込んだ。

「じゃあ、駅に戻ってきたら電話してね。すぐに迎えに来るから。お金はある？」

「大丈夫、報奨金、貰ったから」

「そう」

「じゃあ、行ってくる」

「気をつけて」

周也が手を上げ、改札口を抜けてゆく。その後ろ姿は、ごく普通の青年に見える。すれ違う人も、殺人をおかし、七年以上も服役していた男とはとても思わないだろう。

別れて芳子はアパートに戻り、周也の新しい服や下着を、たたんだり広げたりした。落ち着いたら、川尾のことを話すつもりでいた。今まで、周也さえいればいい、ふたりで暮らせれば他に何もいらない、と思って来たが、川尾の言葉は芳子にどれだけ心強さをくれただろう。周也も、同じ痛みを抱えた川尾なら、兄のように慕うに違いない。周也は人間に恵まれなかった。今まで周也を利用するか馬鹿にするか、そんな人間ばかりとしか出会えなかった。それが不運のすべてだった。でも、川尾は違う。周也を受け入れ、周也のために、この地を離れても構わないとまで言ってくれている。

時計を見ると、四時を少し過ぎていた。そろそろ帰ってくるはずだ。ハンバーグを焼くのは少し時間がかかる。きっと周也はおなかを空かせて帰ってくるから、すぐに食べられるよう、ある程度火を通しておこう。芳子はキッチンに立った。

四時半になった。秋の夕暮れは早い。窓の外はすでに薄ぼんやりと翳り始めている。芳子は座布団の位置を変えた。もう何十回もやっている。テレビが見える場所と、窓の外が眺められる場所、どちらがいいか、まだ決めかねている。ふと外を見ると、雨が降り始めていた。霧雨だろうか、窓ガラスをビロードのような細かい水滴が覆っている。

五時になり、六時になり、七時になった。芳子は部屋の真ん中に座り込んでいた。携帯電話の電源が切れているのかもしれないと、何度も確認した。不安は限界に近づいていた。何かあったのだろうか、道に迷ったなら連絡をくれるはずだ。まさか、事故だろうか。

八時少し前、ようやく電話が鳴り始めて、芳子は飛びつくように手にした。

「周ちゃん、今どこ？」

周りの喧騒が耳に届く。発車のベルも聞こえて来る。

「ああ、よかった。駅に着いたのね。遅いから心配しちゃった。じゃあ今から迎えに行くね」

「ねえさん、俺……」

背後に駅のアナウンスが流れている。

「どうしたの？　周りがうるさくて、よく聞こえない」

「ごめんよ、ねえさん。俺はやっぱりだめだ」

「だめって何なの、どうしてそんなこと言うの。困ったわ、声がよく聞こえないの」

「俺は――俺は――」

周也の途切れ途切れの声に、芳子の胸はすでに不安で潰れそうになっている。

「多崎を――」

「え、誰？　誰ですって？　ううん、いいの、話はうちに帰ってからゆっくり聞くわ。とにかく迎えに行くからそこで待ってて。ね、お願いだから、そうして」

「多崎を殺ったんだ」

その声だけは、喧騒の中でもはっきりと芳子の耳に届いた。

「あいつ、のうのうとしてやがった。板橋の、前と同じところで事務所を開いてた。俺の顔を見て、誰だったっけなって言ったよ。信じられなかった、俺の顔さえ忘れてるんだ。あいつは人間じゃない。化け物だ、悪魔なんだ。そんなあいつを見たら、どうしても我慢できなかった」

足から力が抜けて、芳子は床に座り込んだ。

「ごめんよ、ねえさん。俺は行くよ。最後にねえさんと会いたくてここまで来たけど、顔を見たらきっと甘えてしまう。だから、俺、ひとりで行く」

「いやよ！」

芳子は思わず声を上げた。

「ひとりでなんて、どうして言うの。私も行く、一緒に行くに決まってるじゃない」

「ねえさん……」

周也にそれ以上、言わせるつもりはなかった。

「いいの、周ちゃんはそこで待ってて。そこから動いちゃだめよ、絶対に待ってて、すぐ行くから」

電話を切って、芳子は押入れの中からボストンバッグを取り出した。この先に何が待っているか、それがわかっていても、芳子を引き止める理由にはならない。周也が行くなら、自分も行く。答えは初めからひとつしかない。芳子はほんの数枚の着替えを慌しくバッグに押しこむと、玄関に向かった。

靴を履いて振り返ったとたん、部屋の中がぐらりと揺れて、目に映るものが歪んで見えた。やはりこれは夢の中なのだと、芳子は思った。自分たちは、今もあのかくれんぼを続けている。八重山吹の中に身を潜め、鬼に見つからないよう、ふたりで身を寄せ合っている。シスターは言った。自分のものと呼べるものは何ひとつない、この身体さえ神のものだと。でも周也は私のものだ。神様にだって渡しはしない。罰を与えるならそうすればいい。決して、誰にも渡さない。

外に出て、後ろ手でドアを閉じると、芳子は雨の中を、周也が待つ駅に向かって走り出した。

解説

青木千恵

近松門左衛門の『曽根崎心中』等々、古今東西、心中を扱う物語はたくさん紡がれてきた。映画や小説、古典芸能などを通し、私も心中の物語にいろいろ触れてきた。十代の頃、オーストリア・ハンガリー帝国の皇太子と男爵令嬢の心中事件（一八八九年）を描いた映画「うたかたの恋」（一九三六年、仏）を観たり、連城三紀彦さんの小説「戻り川心中」（一九八〇年）を読んだりしては、心中事件をめぐる人間の情念、社会の不可解さ、知らない世界の深淵を覗き見る感じになり、ぞくぞくさせられたものだった。

心中とは、相愛の男女が合意の上で一緒に死ぬ、あるいは、複数の者が一緒に死ぬことである（デジタル大辞泉より）。当事者は世を去っていて他人には事情がわからない。どちらが誘ったのか。どちらがどちらの命を奪ったのか。なぜ心中したのだろうか？田辺芳子と片岡周也。七歳違いのふたりの流転を描いた本書も、「心中」を題材にした長編小説だ。ただし、とても不思議な心中物語である。「心中物」というと男女の情死事件をまず連想すると思うが、そう思って本書を読み始めると、先入観を覆され、予想外の展開に驚くだろう。本書の芳子と周也は恋人同士ではなく、姉と弟のような間柄なのだ。不思議な縁で結ばれたふたりを軸に、本書はラストまで、あるいはその向こうまで先が読めない、独自の展開をする物語である。

　本書の主人公、田辺芳子は六歳の時、カトリック系の教会が運営する東京・八王子の養護施設に連れてこられた。父親はいず、母親は一度も面会に来ないまま行方知れずになった。大人しくて我慢強い芳子は〈孤独と僻みと恋しさ〉に満ちた施設での生活を受け入れたが、小学六年生になり、物心ついた頃から持っていた熊のぬいぐるみをなくした時だけは泣きじゃくった。それから間もなく施設に来たのが五歳の片岡周也だった。継父から虐待を受け、初めはひどく怯えていた周也は芳子に懐き、芳子も大切に面倒を見て、身を寄せ合って育った。物語の冒頭、芳子と周也はそれぞれ二十八歳、二十一歳になり、2Kの古いアパートで一緒に暮らしている。六年前、十五歳で施設を出た周也は半年で勤め先を辞め、芳子のアパートに転がり込んできたのだ。六年の間に職を転々とした周也は、マルチ商法に騙されて三百万の借金を抱えてしまう。そのため芳子は結婚話を諦めて、昼は理髪店で、夜は風俗で働いている。なんとか借金を返済しつつあった時、周也が裏社会の男、多崎と出会ってトラブルになる。芳子は周也と一緒に逃げることを決意し、ふたりの逃避行が始まる――。

　独特な心中物語である本書の魅力を挙げると、まずは構成の巧みさだ。一～八章、最終章で構成されており、芳子の視点で描かれる一章のあとは、錦糸町で裏ビデオ店を営む北沢、川崎の風俗店で働くカオル、外国人研修生として来日し横浜に流れついた中国人のハオ――と、章ごとにがらりと舞台と視点人物が切り替わりながら展開する。予期せぬ視点人物が次々に現れながら、周也の視点だけはないのも興味深い。別れて、再会して、芳子と周也はあちこちを流転し、さまざまな人と出会う。視点人物に多く共通するのは、「普通の家族」や表社会からはずれたところで生きている「訳アリ」な人々である点だ。報復を避けて街を出た芳子と周也も「訳アリ」だが、〈幼い時から求め続けてきた幸福な家庭を手に入れる〉ことが元来の夢であり、養護施設を切り盛りしてきたシスター、音江もそう望んでいた。しかし周也が借金を作り、さらに多崎とこじれて〈いるかいないかわからないくらい日常の中に溶け込むという暮らし〉さえ難しい。都会のはずれに身を隠し、誰が現れ、何が起こるのか、予断をまったく許さない。摑みかけても、幸せの欠片は零れ落ちる。〈神様は何てひどい仕打ちをするのだろう。悪意を持っているとしか思えない。ようやく未来に明るい兆しが見えたと思ったとたん、奈落の底に突き落とす〉。

次に、人と人が惹かれあう、「恋愛」をベースにした人間ドラマであるのも特色だ。本書は「心中」という題材に基づいた恋愛小説である。恋愛によって絡み合う人間関係は、独特で、複雑で、厄介なぶん豊かだ。舞台と視点人物がみるみる切り替わる中、主人公の芳子やカオルの視点が交えられ、女性の揺れ動く心の機微が精緻に描きとられている。このあたりは恋愛小説の名手、唯川恵さんの本領発揮だ。〈こうして周也とふたり心穏やかに暮らせるなら、他には何もいらない〉と、錦糸町の木造アパートに移り住んで芳子は思うが、望みはなかなか叶わない。そもそもふたりは恋人同士ではなく、それぞれが別の人とも惹かれあう。心中物語だけれど、相愛はどの人とどの人？　という、独特の人間相関図となる。相愛、片思い、三角関係、失恋、未練、新しい恋、歪な欲望、執着……。恋愛の狂おしさが底流にあるからこそ、心中物語の要所である人間の情念と社会の不可解さを読むことができる。〈周也の優しさも気弱さも、ひたむきさも短慮さも、無垢も無知も、五歳の頃のままだ。出会った時から、周也が愛しくてたまらなかった〉。主人公、芳子の心の機微は、物語と密に連動している。

そしてもうひとつ、芳子と周也を取り巻く社会の描写も読みどころだ。本書は二〇〇四年から二〇〇八年にかけて「小説現代」に連載され、二〇一〇年に単行本にまとまり講談社から刊行された。携帯電話はあるがスマートフォンではなく、動画配信サービスやＳＮＳなどは普及していず登場しない。それなのに、単行本刊行から十年以上の時を経て物語は古びていない。むしろ、はびこるままになっている世の中の「負の側面」を突きつける。たとえば多崎が関わる闇のビジネスや、虐待、性被害、外国人労働者や介護の問題などである。〈不幸な子供たちが減っているわけでないのは、新聞やニュースを見ればわかる。昔よりも複雑に、そして決定的に親子関係は崩れている〉と、シスター の音江は思っている。〈出身も学歴も関係ない、あるのは努力のみだ〉〈若者たちが希望を持てないなんて、世の中、間違ってますよ〉と聞こえのいいことを言う多崎は、その実は〈人の弱みに付け込んで、たかるだけたかり、吸い上げるだけ吸い上げる〉。施設を出た芳子と周也の前には、どんな社会が広がっていたか。本書では、ふたりを追い詰める社会のありようが読める。また、唯川さんが描き出したふたりを取り巻く社会状況は、約十年後の今、むしろ悪化していると思う。時を置いて刊行する価値のある、普遍的な物語である。

それにしても、芳子はなぜ、周也を突き放せないのだろう。周也は〈よく言えば天真爛漫だが、物事を慎重に捉えられない性格とも言える。傷つきやすく、情に脆く、それでいてどんな嫌な出来事も数日すればけろりと忘れてしまい、経験や失敗といったものが身に付かない〉。借金を作り、多崎に付け込まれ、何度裏切られても信じてしまう周也の愚かさを知りながら、芳子は愛しさを抑えられない。〈私から言わせてもらえば疫病神ね。早く縁を切った方がいいって〉と言われても、芳子にとって周也は「宝物」だった。なぜかは物語を通して浮かび上がる。〈ふたりは別の身体を持ったひとつの魂だ〉。周也が愛しくてたまらない芳子は、自分も「無垢」であろうとした。芳子を原点に引き戻すのが雨の記憶である。雨は、幸福にも不幸にもつながっている。記憶を引っ張り、愛しいものを手放さない芳子の生き方は、切ないがひたむきで力強くもある。〈いたたまれないような、狂おしいような、あの感覚を何と理解すればいいのだろう。幸福感か、罪悪感か。けれども芳子には、そのふたつは同じことのように思えた〉。幸福感と罪悪感、雨と青空など、本書には逆説的なものが同時に存在している。また作中には描かれていないが、周也の視点と心理も「裏」に存在して、物語を動かしていたはずだ。彼にとり、芳子はどんな存在だったのか、世界はどう見えていたのか。そんなところまで想像させるのが、心中物語の面白さだと思う。

　唯川恵さんの作家デビューは一九八四年だが、私が初めて読んだ唯川作品は、二〇〇二年に直木賞を受賞した『肩ごしの恋人』（二〇〇一年・マガジンハウス刊、集英社文庫所収）だった。恋愛と女性を描きながら、唯川さんの小説は、作品ごとに彩りを変える。近刊の『みちづれの猫』（二〇一九年・集英社刊）は、猫を絡めて七人の女性の人生を綴る七編から成り、人生の切なさと愛しさ、ぬくもりが、優しく伝わってくる珠玉の短編集だった。唯川さんは、目に見えない心の機微とともに、「その人」の人生を描き出す達人だと思う。ひとりの人生がそうであるのと同様に、唯川さんの小説は一筋縄ではいかない奥行きと変幻自在さがある。「心中」を題材にした本書も、独自の展開と、芳子の人生が読める。

〈こんなところはなくなった方がいいに決まっている。しかし世の中そううまくは回ら

ない。なくなればいいものが残り、残って欲しいものがなくなってゆく。訳のわからん何かにそういうふうに仕組まれている〉

本書のこの一節にも頷かされた。心中を扱う物語に触れ、十代の頃にドキドキしていた私だが、それからだいぶ時が経って、自分は生きながらえても、身の回りにあった思い出深いものがたくさんなくなっている。

残って欲しいものを守るのは、運命への抵抗なのかもしれない。

本書が上梓されてから十年以上が経ち、芳子と周也をめぐる登場人物たちは、そのぶん年を取っているはずだ。

彼らは今どうしているのだろう。幸せになっているだろうか。

（あおき・ちえ　書評家）

本書は、二〇一三年七月、講談社文庫として刊行されました。

単行本　二〇一〇年六月　講談社

初出「小説現代」二〇〇四年五月号／二〇〇五年四月号
二〇〇七年五月号／二〇〇七年八月号
二〇〇七年十月号／二〇〇七年十二月号
二〇〇八年六月号／二〇〇八年九月号
二〇〇八年十一月号

唯川恵の本

肩ごしの恋人

女であることを最大の武器に生きる「るり子」と、恋にのめりこむことが怖い「萌」。対照的なふたりの生き方を通して模索する女の幸せとは……。第126回直木賞受賞作。

今夜は心だけ抱いて

47歳バツイチの柊子と幼い頃に別れた17歳の娘、美羽。久しぶりに再会したふたりは、事故で心と体が入れ替わる。青春時代に戻った柊子と、大人の世界に放り込まれた美羽の運命は？

唯川恵の本

天に堕ちる

出張ホストを買う独身女、自殺願望を持つ風俗嬢、8人の女性と共同生活を送る中年男に安らぎを覚える女など、幸せを求めるだけなのに、歯車がずれてしまう10人を描く傑作短編集。

手のひらの砂漠

夫の暴力に苦しみ、シェルターに逃げ込んだ可穂子。離婚を経て、少しずつ自立を果たそうと模索していたが、元夫・雄二の執拗な追跡の手が迫ってくる……。衝撃のサスペンス長編。

集英社文庫

集英社文庫

雨心中（あめしんじゅう）

2022年 3 月25日　第 1 刷　　定価はカバーに表示してあります。

著　者　唯川（ゆいかわ）　恵（けい）

発行者　徳永　真

発行所　株式会社　集英社

東京都千代田区一ツ橋2-5-10　〒101-8050

電話　【編集部】03-3230-6095

【読者係】03-3230-6080

【販売部】03-3230-6393（書店専用）

印　刷　図書印刷株式会社

製　本　図書印刷株式会社

フォーマットデザイン　アリヤマデザインストア　　マークデザイン　居山浩二

ISBN978-4-08-744361-5 C0193